図説 呪われた
ロンドンの歴史

ジョン・D・ライト　井上廣美 訳
John D. Wright　　Hiromi Inoue

Bloody History
of London

原書房

図説
呪われたロンドンの歴史

目次

はじめに…………………………………………………………………… 2
 初期の戦争　4　　残酷な君主　5　　卑劣きわまる殺人　5　　ロンドンの治安維持　6

第1章　古代のロンドン………………………………………… 8
 混乱と征服　10　　皇帝の象　11　　ブーディカ　12　　テムズ川の橋　14
 ウェルラミウムの大火　14　　円形闘技場での死　15　　ローマ時代の壁　19
 ローマ支配時代の市民の自警活動　19　　ロンドン初の売春宿　19
 殺人と略奪　21　　「鎖の」パウルス　22　　ローマ時代の埋葬　23
 ローマ人支配の終わり　25　　イングランド初のキリスト教殉教者　25
 「大虐殺」　26　　ロンドン橋の破壊　28
 アルフレッドはどれほど偉大だったのか？　28　　ロンドンの治安維持ギルド　29
 聖ブライスの日の虐殺　30　　エゼルレッドはどれほど無策だったのか？　31
 エドマンド剛勇王　32　　カヌートのふたりの息子たち　33
 陰の実力者ゴドウィン　34　　ウィリアム征服王　35　　ロンドン塔　36
 ◆イケニ族とは何者か？　13　　◆戦う女王　14
 ◆ヴァイキングの蛮行　27　　◆カヌートと海の水　32

第2章　中世のロンドン………………………………………… 38
 ザ・アナーキー　40　　おそろしい死に方　43　　殺人と重傷害　44
 ナイトウォーカー　44　　神判　46　　大聖堂の殺人　47　　ユダヤ人の大虐殺　50
 火かき棒で処刑？　53　　タイバーンで処刑された最初の貴族　54
 農民一揆　56　　絞首刑日和　58　　ロラード派の火刑　60　　公爵の魔女の館　62
 ケイドの乱　64　　王族の殺人　66　　砲火を浴びたロンドン　67
 火災とペスト　69　　黒死病　70　　ロンドンの街路──汚物と腐敗　72
 シティの罪　74　　元祖ベドラム　75
 ◆ラック　65　　◆幼い王子たち　68　　◆ゴミの川　72
 ◆ジョン・ライケナー　73　　◆流血の娯楽　77

第3章　テューダー朝……………………………………………… 78
 平和と繁栄とパニック　80　　11回斧をふるった斬首　83
 ヘンリー8世の6人の妻たち　85　　ケントの修道女　88
 宿命の友情　89　　10代の女王の斬首　95　　ワイアットの反乱　99

メアリはどれほどブラディーだったのか？　101　　トマス・クランマー　103
　　その他のオックスフォードの殉教者　104　　ザ・ヴァージン・クイーン　106
　　スペインの無敵艦隊　107　　レスター伯　112　　致命的な寵愛　114
　　マーローは殺されたのか？　115　　スコットランド女王メアリ　117
　　プリースト・ホール　119
　　◆王位僭称者ウォーベック　82　　◆油で釜ゆで　93　　◆ストックスとピロリー　94
　　◆ロンドン塔の拷問　106　　◆フランシス・ドレーク、ボーリングに行く　111
　　◆エイヴォンの詩人と女王　114

第4章　17世紀 ……………………………………………………… 122

　　連合と混乱　123　　火薬陰謀事件　124　　ダムド・クルー　127　　冒険家の死　128
　　ロンドンの魔女？　130　　国王の斬首　131　　護国卿　134
　　アイルランドの虐殺　135　　王政復古　137　　プリティ、ウィッティ、ネル　141
　　国王のワイルドな愛人　142　　クエーカーの迫害　143
　　ジェームズ・ネイラーの拷問　144　　奴隷とロンドン　146　　ロンドン大疫病　148
　　ロンドン大火　149　　カトリック陰謀事件　154　　血の巡回裁判　155
　　ジャック・ケッチ　157　　殺人者となった産婆　158
　　舞台の外の悲劇　158　　名誉革命　159
　　◆やつを燃やせ　126　　◆お楽しみはもうおしまい　136
　　◆こりすぎの衣装　146　　◆ペストの日記　149　　◆大火の日記　152
　　◆ウィリアムとメアリとエリザベス　161

第5章　18世紀 ……………………………………………………… 162

　　ロンドンの分断　163　　マグハウス暴動　164　　ヘルファイア・クラブ　166
　　ジャコバイトの反乱　168　　南海泡沫事件　169
　　ジャック・シェパードの脱獄劇　171　　シーフテイカー・ジェネラル　176
　　ジェニー・ダイヴァー　179　　反アイルランド人暴動　180　　売春婦の天国　182
　　プレス・ギャング　184　　犯罪者の流刑　186　　ジン取締法　187
　　悪臭を放つ街　188　　ディック・ターピン　189　　妻たちの殺人　192
　　エリザベス・ブラウンリッグ　196　　セント・ジョージズ・フィールズの虐殺　196
　　レディ・ワーズリーの27人の愛人　197　　ゴードン暴動　199　　パン騒動　201
　　◆ジョージ1世の愛人たち　165　　◆ボウ・ストリート・ランナーズ　178
　　◆ラヴィニア・フェントン　181　　◆シャーロット・ヘイズ　182
　　◆ロンドンとシティ・オヴ・ロンドンの闘い　195

第6章　19世紀 …………………………………………………… 202

失敗した暗殺　203　　ラトクリフ・ハイウェイ殺人事件　204　　債務者監獄　206
ケイトー・ストリート陰謀事件　208　　やりすぎの国王　212　　議会炎上　213
スウィーニー・トッドの伝説　215　　ロビンソン夫人の日記　216　　大悪臭　219
1873年の大詐欺事件　219　　牢獄船　221　　「エンジェル・メーカー」　222
首絞め強盗パニック　224　　モードント・スキャンダル　225
ディルク・スキャンダル　226　　切り裂きジャック　228
切り裂きジャック事件の容疑者となった王室関係者　230
オスカー・ワイルドの有罪判決　230　　クリーヴランド・ストリート・スキャンダル　231
大西洋を横断した連続殺人犯　233　　プラストーの惨事　236
◆12歳の処刑　208　　◆ブライトン・パヴィリオン　212
◆乗客は死者　217　　◆にせの不倫　218　　◆犯罪者のスラング　232

第7章　現代のロンドン……………………………………… 238

ドクター・クリッペン　239　　女性参政権運動家「サフラジェット」の暴動　241
浴槽の花嫁　243　　ロンドン大空襲「ザ・ブリッツ」　245　　ジョン・クリスティ　248
プロヒューモ・スキャンダル　251　　クレイ兄弟　252
ロックンロール・ロンドン　254　　ルーカン卿　256　　連続殺人と屍姦　257
ロンドンで発生したIRAによる大量殺人　259　　イギリス最大の金塊強奪事件　262
その他のヒースロー空港強盗事件　263　　人頭税反対暴動　264
現代のロンドンで発生したその他の暴動　266　　スティーヴン・ローレンス　268
戸口での死　269　　2005年のロンドン同時爆破テロ　270　　リー・リグビー　272
放射性物質暗殺事件　273　　ハットン・ガーデン盗難事件　274　　現在のロンドン　275
◆クリッペンの逮捕劇　240　　◆炎をのりこえたセント・ポール大聖堂　246
◆毒をしこんだ傘　257　　◆「神の銀行家」　259

参考文献　276
索引　278
図版出典　283

はじめに

　ロンドンという都市の長い歴史は、誇りと苦痛の歴史でもある。ロンドンの人々は、征服者が次々と現れては去っていくのを目にし、自分たちの住む都市が世界的な帝国の中心になってゆくのを見てきた。だが、その栄光の陰には、流血の歴史が隠されている。

　世界中を見まわしても、ロンドンの美と力にかなう大都市はほとんどない。イギリスの首都ロンドンは、その驚くべき歴史の大半の時代において、文化、経済、工業、金融の中心地だ。古代ローマ人の集落から発展して地上最大の帝国の中心地となったこのダイナミックな都市は、王たちにも庶民にもインスピレーションをあたえつづけてきた。ウィットで有名だった作家サミュエル・ジョンソンは、このような名言を残している。「ロンドンにあきたという者は人生にあきているのだ」

　だが、ロンドンで暮らす人々は、暴力に満ちた残酷な人生を送り、短命に終わってしまうことも多かった。2000年もの歴史をもつロンドンは、これまでペストや大火にみまわれてきたうえ、暴動や革命、数えきれないほどの殺人も起きている。死はさまざまな形で訪れた。王族が斬首刑や火あぶりの刑や絞首刑によって処刑されたこともあれば、暗い裏通りで連続殺人が発生したこともあった。現代では、放射性物質を使った殺人やテロ攻撃の犠牲になることもある。

　ロンドンの歴史には、スキャンダルもつきまとう。1660年の王政復古は、享楽の時代の到来を告げた。インサイダー取引がひき起こした南海泡沫事件は、1720年にそのバブルが崩壊して株価が暴落［バブル経済の語源となる］、多数の破産者が出た。悪徳に溺れた有名人もいる。1868年には未来のエドワード7世が、

前ページ：古代のロンドンとイングランドは、生きていくだけでも大変で、人々は短命だった。先住民がもっとも苦しんだのは侵入者だ。とりわけローマ人の暴力とヴァイキングのひどい残虐行為に悩まされた。

右：中世には、もめごとを解決し裁定をくだしてもらうために決闘を行なうことがあった。ノルマン朝の法律では、有罪か無罪かを決めるのにも決闘裁判が行われた。容疑者が自分に代わって戦ってくれる代理人を指名することもあった。

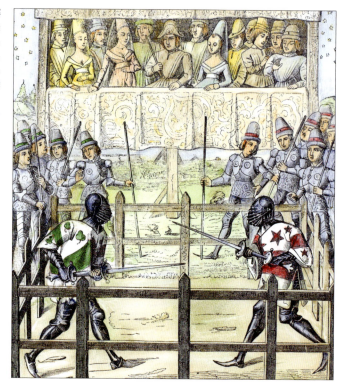

1895年には劇作家のオスカー・ワイルドが世間を騒がせ、ロンドンがいわゆる「スウィンギング60s」を謳歌していた時代の1963年には、陸軍大臣のジョン・プロヒューモのスキャンダルが発覚した。

初期の戦争

はじめて記録に残された暴力は、この地域に住んでいた諸部族を敗走させた紀元43年のローマ人の侵攻だ。ローマ人に対する抵抗は、イケニ族の女王ブーディカが率いた反乱で激化したが、この反乱は61年、血まみれの終わりを迎えた。その後、何度か起きた反乱もたちまち鎮圧されたが、やがて410年にはローマ人も立ちさった。そして諸部族の権力闘争がはじまり、9世紀になると、ヴァイキングの襲来に耐えなければならなくなった。

1066年、ロンドンはふたたび陥落した。ウィリアム征服王がイングランド軍を打ち破り、クリスマスの日にロンドンでイングランド王として戴冠したのだ。

残酷な君主

イギリスの君主たちは、ロンドンに富と称賛をもたらしたが、生殺与奪の権をにぎって支配していた。中世のロンドンでは、1170年にヘンリー2世が、カンタベリー大司教トマス・ベケットの暗殺を命じた。1483年には、リチャード3世がまだ幼い甥ふたりを拷問で有名なロンドン塔で殺害させたらしい。16世紀にも、ヘンリー8世が6人いた妻のうちのふたりをロンドン塔で斬首刑に処し、イングランド史上もっとも悪名高い王となった。

残忍な支配者は王だけとはかぎらない。1554年、メアリ・テューダーは「九日間女王」ともよばれるレディ・ジェーン・グレイを斬首刑に処し、「ブラディー・メアリ（流血のメアリ）」とよばれるようになった。メアリ1世として即位してからも、彼女は約280人の非カトリック教徒を火刑に処するよう命じた。処刑された人々のなかにはカンタベリー大司教もふくまれていた。

こうした残忍な支配は、1649年にチャールズ1世が公開の場で斬首されたときに終わりを告げたが、ロンドン市民はそれから20年後、さらに多くの死をまのあたりにすることになった。ロンドン大疫病で約6万人が亡くなり、ロンドン大火が4日間にわたって燃えつづけたのだ。この大火で焼失をまぬがれたのは市域のせいぜい5分の1だった。

卑劣きわまる殺人

ただ、支配者がどれほど暴力的だとしても、ふつうのロンドン市民からすれば、同じ階級の人間がもたらす危険のほうが大きかった。1888年の「切り裂きジャック」によるおそろしい連続殺人は、ロンドンの街頭で市民を待ち受ける危険をクローズアップしてみせた。1978年に反体制派ブルガリア人ゲオルギー・マルコフが、ウォータールー橋で先端に毒をしこんだ傘で足をつかれて殺害された事件や、1982年に、ヴァティカンの資金管理を行なっていた「神の銀行家」ロベルト・カルヴィの他殺死体がブラックフライアーズ橋からつるされていた事件も、同

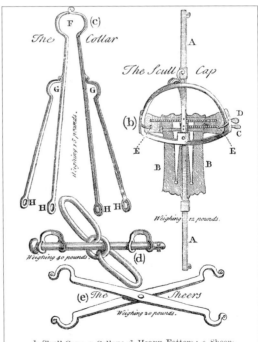

下：ロンドンのサザークにあった悪名高いマーシャルシー監獄（宮廷裁判所付監獄）で使われていた鉄製の拷問具。この監獄には、この地域の犯罪者、海賊、国教反対者、債務不履行者などが収監されていた。チャールズ・ディケンズの父親もここに収監されたことがあった。

じことがいえる。

　また暴動も、どの時代にもみられる。1189年には、リチャード1世の戴冠式にあたってユダヤ人の大虐殺があり、1780年には、反カトリックのゴードン暴動が発生した。1985年と2011年には労働者階級の住む地域で警察に対する暴動が起き、この間の1990年には、セントラル・ロンドンで人頭税に反対する大規模な暴動があった。

　とはいえ実をいうと、流血の事態はロンドンの家庭内のほうが多い。有名なところでは、ドクター・クリッペンの事件とルーカン卿の事件がある。ホメオパシー医師で薬剤師だったアメリカ人のホーリー・クリッペンは、妻を毒殺して愛人とカナダへ逃亡したが、1910年にカナダで逮捕され、世界ではじめて電報の利用によって逮捕された男となった。伯爵のルーカン卿は、妻とまちがえて子どもたちの乳母を殺害したといわれている。彼は失踪した。裕福な友人たちの手助けがあったのではと見られており、さまざまな目撃情報があるにもかかわらず、いまだに行方不明だ。

ロンドンの治安維持

　ロンドンがまだロンディニウムとよばれていた古代には、犯罪者の逮捕は容易なことではなく、結局はローマ人軍団兵が先頭に立ってする仕事だった。処罰は厳しく、斬首刑や磔刑も行なわれたが、たいていの場合、有罪の判決は根拠のない嫌疑や目撃者の話にもとづいており、拷問が行なわれることも多かった。このため、ロンディニウムでは無実の人々があまりにも多く処刑された。

　ロンドンにふつうの警察組織ができたのは、下ること1829年になってからだった。この年、ロバート・ピール卿が首都警察を創設し、ここに所属する警官はピールの名前「ロバート」の愛称にちなんで「ボビー」とよばれるようになった。また当時は、食べ物を盗むといったような軽犯罪でも残酷な死刑を言い渡されることが多かったが、ピールはとくに、こうした場合の処刑をやめた。首都警察の本部（ロンドン警視庁）があったのが、スコットランド・ヤードだ。この近代的な警察の誕生は、ヴィクトリア朝時代の血なまぐさい犯罪への対応にぎりぎりながらまにあった。ヴィクトリア朝時代になると、普及しつつあった大衆紙が、そうした犯罪に対する恐怖心をあおるようになり、その恐怖が頂点に達したのが、イースト・ロンドンで5人が犠牲になった連続バラバラ殺人事件だった。新聞はこの「切り裂きジャック」の記事を第1面で派手に書きたてた。

上：刑務所の過剰収容状態を解消し、犯罪を減らすためのてっとりばやい方法は、犯罪者を海外へ送り出してしまうことだった。流刑に処せられた犯罪者は、アメリカかオーストラリアに移送され、何年間か重労働の刑に服することになっていたが、帰国した者はほとんどいなかった。

　もっとも、ピールとしては近代的な警察を創設したつもりだったのだろうが、その警察はまだ当て推量に頼ることが多かった。科学が捜査を支援するようになったのは19世紀末期のことだった。1860年代に写真が犯罪現場の記録に利用されるようになり、1880年代には指紋が犯罪者の逮捕に使われはじめた。それから100年後、DNA鑑定による現代的な証拠が出現した。いまではDNAデータベースのおかげで、地元ロンドンで起きた犯罪との闘いのみならず、国際犯罪との闘いでも、ロンドンの警察が優位に立っている。

第1章
古代のロンドン

　ローマ人が建設した都市ロンディニウムは、いつ大混乱におちいってもおかしくない状況だった。異邦人の文明を破壊しようとする先住民諸部族に襲撃されるおそれがつねにあったからだ。先住民にしてみれば、異邦人の文明こそが自分たちの土地を支配し、自分たちの文化と宗教と価値観を脅かす存在だった。

　ローマ人がやってくるまでは、ロンドンという町は存在しなかった。考古学者の発掘調査によれば、先史時代には、いまよりも流量が少なかったテムズ川に沿って、あちこちに小さな集落があったにすぎない。ガリア北部から来たベルガエ族のようなケルト系の諸部族が、南東部の土地の大半を支配していた。彼らの農耕生活は順調で、その農地と住居を戦士たちが守っていたが、そうしたケルト人戦士も、陣容の整ったローマ軍にはかなわなかった。
　ロンディニウムを建設する場所は、紀元1世紀にローマ人が選んだ。ロンディニウムには、行政機関、商店、住宅のほか、港と軍事基地もあり、不穏な動きをしている部族の鎮圧には、ここからローマ軍が派遣された。のちに皇帝となるウェスパシアヌスは、第2軍団アウグスタを率いて、テムズ川沿いと南部で勝利をおさめた。だが紀元61年、ロンディニウムは「戦う女王」ブーディカに奪われた。このとき、ロンディニウムの軍団はウェールズ北部の不平不満を抑えこむという任務を行なっている最中だった。そして、戻ってきた軍団がブーディカの反乱を鎮圧した。以後、ロンドンは平和な時代を享受したが、やがて6世紀になると、ローマ人は故国の政治的危機に対処するため、ロンドンから完全に手を引いた。自力でやっていくことになったロンドンは、衰退しながらも、その影響力を失ってしまうまでにはいたらず、アングロ・サクソン人がここに集落を置いた。そして7世紀には、ロ

前ページ：ロンディニウムという小さな町の名残はいまでもある。金融街シティ・オヴ・ロンドンの境界、街路の名前やレイアウト、ラドゲイトやムアゲイトのようにローマ時代の門に由来する名前などだ。

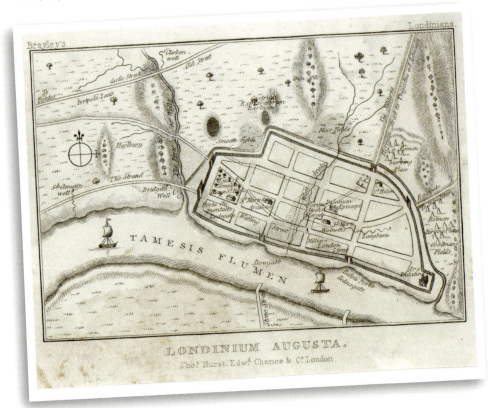

上：368年頃から、ロンディニウムは公式にはロンディニウム・アウグスタとよばれるようになった。この町がローマ帝国の属州ブリタンニアの首都であることを示すためだ。だが、それから40年もたたないうちに、ローマ軍は故国ローマの混乱を鎮めるために撤退しはじめた。

ンドンは交易の発展によって重要な都市に成長したが、ローマ人よりもおそろしい侵略者の占領が目前に迫っていた。ヴァイキングの襲来だ。

混乱と征服

　ユリウス・カエサルと彼の軍団がいまのブリテン島に上陸したとき、そこは20ほどの部族が無秩序にちらばって住んでいる一地方にすぎなかった。部族民たちは強力な侵略者に抵抗したものの、抵抗が実を結ぶことはなく、紀元前54年、カエサルがカトゥウェラウニ族の軍を打ち破り、ブリテン島はローマ帝国の一属州となった。だが、こうした鮮やかな侵略によっていまのロンドンがある場所に集落ができたわけではない。集落の建設は、のちにクラウディウスが約4万の兵を率いて侵略に成功した紀元43年のことで、このとき、ロンディニウムとカムロドゥヌム（いまのコルチェスター）に拠点ができた。そして、ロンドンの集落にもバシリカ（公会堂兼法廷）やフォルム（公共広場）、テムズ川

にかかる橋が造られ、本格的な町の姿を呈しはじめた。ローマ軍は部族の大半を鎮圧したばかりか、ローマ人支配のための協力者も作ることができた。こうして、部族間対立の絶えない混沌とした社会をカトゥウェラウニ族が支配していた時代が終わった。

皇帝の象

皇帝クラウディウスは、紀元43年にイングランドを侵略したとき、戦象の部隊もつれていき、部族連合軍をぎょっとさせた。この部隊には12頭から38頭の象がいたと推定されている。これらの象は、イギリス海峡を船で渡ったが、どうやらこのとき、のちにロンディニウムとなる地域も通過し、テムズ川も渡ったらしい。そして、クラウディウスが勝利をおさめてカムロドゥヌムの町に入っていったとき、その入城を華々しく見せる役割を担っ

下：ローマ人の侵略に対し、先住の諸部族は猛烈に抵抗したが、その戦闘能力では、武器や甲冑、組織や訓練にまさるローマ軍にはかなわなかった。結局、多くの部族が最善の道として和平を選んだ。

て、ローマの力を誇示するのに役立った。2世紀のギリシア出身のローマの著述家ポリュアイノスは、装甲し弓兵を背に乗せた象が1頭、目の前に現れたとたん、部族軍の守備隊が逃げ出したと書いている（ただし、ポリュアイノスはこのときの皇帝がカエサルだったとまちがえている）。それから数週間後、クラウディウスは帰国の途につき、象もつれ帰った。

ブーディカ

ケルト系のイケニ族の「戦う女王」ブーディカは、ローマ支配の暗黒時代をおとなしく受け入れるつもりなどなかった。彼女の夫はローマのうしろだてを得て王国を支配していたが、紀元60年頃に夫が亡くなると、その遺産を家族と皇帝ネロで分けあうように、という遺言を夫が生前に残していたにもかかわらず、夫の王国はローマ帝国に略奪され編入されてしまった。ブーディカはこれに抵抗しようとしたが、裸にされて鞭打たれたばかりか、彼女の娘ふたりも凌辱され、親族たちも奴隷にされた。

この屈辱から、ブーディカはローマ人に対して憎しみをいだくようになった。そして61年、ついに蜂起したブーディカは、2万人のケルト人軍を率いてロンドンやコルチェスターなどの町を襲撃し、火を放った。ローマのブリタンニア総督スエトニウス・パウリヌスは、当初はロンドンを放棄するという判断をくだした。ケルト人軍があまりにも多勢だったからだ。そして、まだ防御壁のなかったロンドンの町から脱出したがっていた住民を護送した。町に残った住民は反乱軍に虐殺された。

ブーディカ軍の兵士たちは、行く先々で住民を皆殺しにし、

右：ローマ人の残忍さに対抗し、ブーディカは炎と責め苦を用いてローマ人以上の残虐行為を行なった。かつては敵対していた部族も、この立派な女王ならば、ローマ人を国から一掃することができるかもしれないと確信して、彼女の軍にくわわった。

イケニ族とは何者か？

　イケニ族は鉄器時代に現れたケルト系の部族で、現在のイースト・オヴ・イングランドのノーフォークとサフォークが居住地域だった。大半が農村で暮らし、手製の陶器を数多く作ったり、毛織物を売買したりしながら、羊や牛や馬の世話をしていた。

　イケニ族は貧しい人々ではなかった。紀元43年にクラウディウス率いるローマ軍が上陸したとき、イケニ族はすでに金貨と銀貨を鋳造していた。イケニ族はローマ人と条約を結んだが、その4年後、武装解除を命じられて反乱を起こした。ローマ人はこの反乱をすぐに鎮圧すると、ブーディカの夫プラスタグスが属国の国王としてイケニ族を統治することを認めた。プラスタグスが死去し、ブーディカの反乱が失敗に終わると、ローマ人は平和を保てるよう、現在のノリッジの近くにイケニ族のための小さな町を建設したが、イケニ族は都市に住めるような人々ではなかった。結局、イケニ族は自分たちの偉大な王国を復興することなく、弱小部族になってしまった。

家々を破壊しつくした。イースト・アングリアの他部族も結集していたブーディカ軍が虐殺したローマ人とブリトン人は、約7万人にも上る。ブーディカ軍は敵を捕虜にすることはせず、つるし首や火あぶりにした。はりつけにすることすらあった。とくに貴族の女性は、乳房を切りとられ、その乳房を口に押しこまれて縫いつけられたまま、串刺しにされた。またブーディカ軍は、いまのリンカンから援軍として派遣されてきたローマ軍第9軍団も撃破した。

　しかし、反乱はブーディカにとっては悪い結果に終わった。スエトニウスは高度に組織された軍隊を結集し、数にまさるブーディカ軍を壊滅させた。戦場はいまのミッドランズ（イングランド中部）だったらしい。ローマ軍は投槍と弓矢と剣を駆使して約8万人のケルト人を殺害したが、自軍の死者は400人だけだった。ブーディカは娘たちを従え、みずから戦車を駆って兵士たちとともに戦っていた。「この場所で、わたしたちは勝利を得るか、さもなくば栄光に輝く死を迎えるか、どちらかしかないのです」と彼女は言った。「ほかの道はありません。わたしは女ですが、覚悟はできています」。ブーディカがどのような最期を迎えたのかは明らかではない。みずから毒を飲んで死んだという説もあれば、戦場で受けた傷がもとで亡くなった、あるいは病死したという説もあり、逃げのびたという話もある。

> 「ブーディカ軍の兵士たちは、行く先々で住民を皆殺しにし、家々を破壊しつくした」

テムズ川の橋

ローマ人がロンドンにはじめて橋を建設したのは紀元52年のことで、仮設の橋だった。おそらくは、ならべたボートの上に板を渡した舟橋だろう。ローマ軍が敵対する部族を征服するため上陸するのに使われた。橋があったのは、いまのロンドン橋からほんの数メートルのところだ。当時のテムズ川は、いまよりも広くて浅かった。そして55年頃、あらためて木造の橋が架けられ、守衛の兵士が置かれた。ロンドンがブーディカの反乱軍に襲撃された61年には、この橋も町もろとも焼失したようだが、80年頃再建され、サザークの集落と北岸を結んだ。そして北岸に再建されたロンディニウムが、ローマ人の一大拠点となった。300年にローマ人が最後に建設した橋は、町の防御壁の出入り口に通じていた。記録によると、ローマ人が撤退した後の984年には、当時の木造の橋が、魔女の疑いをかけられた女性を溺死によって処刑するのに使われたという。

ウェルラミウムの大火

ローマ人が造った町ウェルラミウム(いまのハートフォードシ

戦う女王

ブーディカは赤い髪をした長身のケルト人女性だった。ブーディカという名前は、ケルト語で「勝利」という意味だ。夫の王国が消滅させられることに異を唱えて鞭打たれたとき、ブーディカは30代だった。彼女は聡明なことで名高く、荒々しい声と刺すような鋭い眼光の持ち主で、腰までとどく長い髪をなびかせていた。ふだんは多色織りのチュニックに、ブローチでとめたマントをはおり、首にはトルクという装飾をほどこした黄金の首環をしていた。このトルクは、死ぬまで戦い抜くと誓ったケルト人戦士が身につけていたトルクと同じ種類のものだった。人々を鼓舞する演説をするときには、彼女は槍を手にした。1902年にロンドンのウェストミンスター橋の隣に設置されたブーディカと娘たちのブロンズ像では、ブーディカは戦車に乗り、槍をにぎりしめている。

右:ブーディカのブロンズ像の制作者は、彫刻家トマス・ソーニクロフト。彼はロンドンのアルバート・メモリアル(アルバート記念碑)にある「商業」の寓意像も制作している。

ャーのセント・オールバンズ）は、壊滅的な大火に3度もみまわれた。最初は61年のブーディカ軍の占領で、町は焼け落ちたが、このときはまだ、ローマ人が本格的に造った建物はほとんどなかった。町は数年後には復興をとげ、市壁と濠で守りを固めた交易の一大中心地となった。次に破壊されたのは、外からの攻撃が原因ではなく、紀元155年の夏の火災のせいだった。そして100年後の紀元250年、またも壊滅的な大火災が発生した。当時立ちならんでいたのは、粘土と木材で造られた小さな住宅や商店だった。ローマ人とブリトン人はまたも町を再建した。今度は石造りの建物にし、建物と建物のあいだの空間も前より広くとった。ウェルラミウムの町は、ローマ人の権力と商業と文化の重要拠点として発展を続けた。ビジネスのためでも遊びでも、ロンディニウムへすぐ行ける地点にあるからだ。

> 「ロンドンのローマ人がふだんからうんざりするほど暴力を目にしていたということは、だれもが想像できるだろう」

円形闘技場での死

ロンドンのローマ人がふだんからうんざりするほど暴力を目にしていたということは、だれもが想像できるだろうが、じつはロ

下：ウェルラミウムのローマ劇場は140年頃に建設され、最終的には約2000人の観客を収容できるようになった。ここは円形闘技場ではなく、舞台をそなえた劇場で、宗教的行事から野生動物の見世物にいたるまで、あらゆることに使われた。

「ローマ人がロンドンにはじめて橋を建設したのは紀元52年のことで、仮設の橋だった」

ローマ人は300年までにはロンディニウムを囲う壁を築き、その外壁の門のひとつに通じる橋をテムズ川に架けていた。だが、こうした防備も、ロンディニウム内部の権力闘争に対しては役に立たなかった。

上:グレシャム・ストリートから入ったところにあるギルドホール・アート・ギャラリーでは、ローマ時代の円形闘技場を無料で見学できる。このギャラリーには、ロンドンのさまざまな時代を描いた絵画のコレクションもある。

ーマ人は、暴力を娯楽として楽しんでもいた。町の中央に円形闘技場があり、剣闘士の死闘を見物したり、犯罪者や戦争捕虜の処刑を見たりするために、満員の観客がつめかけた。落とし戸から解き放たれた野生動物が荒々しい闘いをくりひろげるのを楽しむこともあった。

　この円形闘技場の存在は、1985年にギルドホール・ヤードの地下で作業員が発見した。その場所は、ローマ人支配時代には市壁の内側にあった。またこのとき、39個の頭蓋骨も見つかった。ロンドン博物館の鑑定では、これらは紀元120年から160年のあいだのものと推定されている。いずれも20代から30代の男性で、負けた剣闘士が、慈悲としてのとどめの一撃を受け、首を切り落とされたらしい。死刑を宣告された囚人も、闘技場で剣を渡されて互いに殺しあった。

　この円形闘技場は、最初は紀元70年に木造で建設され、その

後、紀元120年頃に石材と象眼された大理石で建てなおされた。7000人以上の観客が座れるようになっている野外闘技場だった。闘いの行なわれるアリーナの床には、流血を吸収するために砂と砂利が敷かれていた。この闘技場の遺構は、いまではギルドホール・アート・ギャラリーの地下で見ることができる。

ローマ時代の壁

　200年頃、ローマ人はロンドンを守るために巨大な壁を築いた。ピクト人とよばれるおそろしいケルト人部族連合の侵略を防ぐためだったらしい。この壁は長さが約4キロメートル、壁の内側の面積が約134ヘクタールで、出入り口が4か所あった。場所によっては、高さが5.4メートル、厚さが2.7メートルにおよんだ。また、それより約100年前に造られたローマ軍の砦も組みこまれており、ブリタンニア総督の護衛兵1000人が駐在していた。紀元255年には、テムズ川側にも壁が築かれ、町を完全に囲んで、川からの船舶による攻撃も防げるようになった。そして4世紀になると、防御力を強化するため、東側の壁に塔が追加された。

　ローマ軍がロンドンから去ると、壁はところどころがもろくなり、アングロ・サクソン人が補修を行なった。中世には、壁の多くの部分がロンドンの防衛に利用された。いまもロンドン塔の北のタワー・ヒルで、壁の遺構を見ることができる。

ローマ支配時代の市民の自警活動

　ロンディニウムが建設されたばかりのころ、町の法と治安を守る役目を負っていたのは駐留するローマ軍だった。だが、暗い街頭で急に襲いかかってきては、闇のなかにさっと姿を消してしまう犯罪者に対しては、市民は自分の身を自分で守らなければならなかった。住民たちは団結して家々の監視と警戒にあたり、窓に鉄の棒をとりつけたり、ドアに頑丈な錠をかけたりした。また、神に助けを求めることもあった。だれかに傷つけられたり財産を盗まれたりしたら、犯人に当然の報いがくだされるようにと、鉛の板に訴えをきざんで神々に祈った。復讐の機会を増やしたいときには、犯人に対する呪いの言葉を書きくわえた。

ロンドン初の売春宿

　ルパナリアとよばれるロンドンの売春宿が生まれたのは、駐留するローマ兵を楽しませるため、女性の奴隷がローマ帝国内の別の地域からロンディニウムに運ばれてきたときだった。当時の売春宿は、テムズ川南岸にある粗末な家で、地元の女将が経営して

いた。その娼婦たちは無給の奴隷で、生きて30歳を迎えられる者はまれだった。その後、地元の女性も公衆衛生当局に申請すれば、売春宿の娼婦になれるようになった。合法的な売春宿は、娼婦に免許を発行することによって注意深く管理されており、免許を受けた娼婦は奴隷ではなかった。彼女たちはサービスに対する報酬を受けとり、税金も払っていた。高貴な生まれの娼婦の場合には、どのようなサービスを提供できるかを列挙した「メニュー」を出したり、客の好みをきざんだトークン（代用硬貨）を客に渡したりした。2012年には、こうしたブロンズのトークンのひとつがパトニー橋近くの泥のなかから発見された。10ペンス硬貨よりも少し小さなものだった。

前ページ：ロンディニウムの市壁は、ローマ人がブリテン島で手がけた最大級の建築プロジェクトのひとつだった。建設には約8万5000トンのケント石が使われた。以後1600年間にわたり、この壁がロンドンの境界だった。

娼婦はみな、定期的に性病の検査を受ける必要があった。また、もぐりの娼婦という強力な商売敵もいた。もぐりの娼婦の場合は、公園や庭園、はては墓地といった公共の場で客をとった。祭りや祝いの場、スポーツの大会で客引きすることもあった。

> 「その娼婦たちは無給の奴隷で、生きて30歳を迎えられる者はまれだった」

殺人と略奪

284年頃には、ブリテン島ではローマ人の力が不安定になりつつあり、フランク人とサクソン人がほぼ自由に田舎を荒らしまわっていた。ローマ人は秩序を回復するため、カラウシウス率いる強力な艦隊クラッシス・ブリタンニカを派遣したが、カラウシウスは逆に侵略者と手を組んで、ブリテン島のローマ軍の支配権を奪い、皇帝を自称して287年から293年までブリテン島を支配した。

彼の支配が突然終わったのは、カラウシウスが部下の提督で財政顧問官のアレクトゥスにヨークで暗殺されたからだった。そして今度は、アレクトゥスが皇帝を自称した。だが、アレクトゥスの支配はカラウシウスよりも短命に終わった。296年にコンスタンティウス・クロルス（のちの皇帝コンスタンティウス1世）率いるローマ軍が、二手に分かれて攻撃するという作戦をたずさえて到着したのだ。コンスタンティウスは艦隊を率いてロンドンへ向かい、アスクレピオドトゥス率いる軍をサセックスの海岸に上陸させた。霧が出ていたため、コンスタンティウスの艦隊は待ち受けるアレクトゥスの艦隊を避け、ロンディニウムから引き返したが、アレクトゥスのほうは、おもにフランク人とサクソン人からなる

上：ローマ人はブリテン島に自分たちの貨幣制度ももちこみ、新しい貨幣が皇帝や自称皇帝によって鋳造された。先住民族も独自の貨幣を鋳造していたが、結局は、使える場所が多く管理もすぐれているローマ人の貨幣を使うようになった。

> 「囚人たちは考えうるかぎり最悪の方法で拷問にかけられてから斬首された」

自軍を市街の外まで進め、そこでアスクレピオドトゥス軍にぶつかった。そして戦いに破れ、みずからも命を落とした。敗残兵たちはロンディニウムに逃げこみ、住民を殺害して、町にある多くの財宝を略奪した。だが、それもつかのま、順風に乗ったコンスタンティウスの艦隊が、テムズ川をさかのぼってロンディニウムを救いに来た。市街のあちこちで戦闘がくりひろげられ、敵兵はみな殺害された。その後まもなく、コンスタンティウスの肖像をきざんだ黄金の大メダルが作られた。そこには、彼のことを「永遠の光を回復した者」とよぶ銘もきざまれた。裏面は、馬上のコンスタンティウスが市の門でロンディニウムを擬人化した女性の歓迎を受けているところと、テムズ川に浮かぶ彼の軍艦が描かれている。

「鎖の」パウルス

347年、皇帝コンスタンスがロンドンとブリテン島を訪れた。おそらくは、兵士たちを激励し、皇帝が彼らの状況に目を配っていることを自覚させるためだろう。ローマに戻ってから3年後、コンスタンスは、ブリタンニア生まれのブリトン人である配下の将軍マグネンティウスに暗殺された。これはひどくおそろしい事件だったので、暗殺に関与したり賛成したりしたブリテン島の人間に復讐すべきだという声が上がった。そして、ローマ帝国としてパウルス・カテナを抜擢し、報復のため353年に彼をブリテン島に派遣するまでになった。パウルス・カテナはその残酷さで有名だったスペイン人書記官で、カテナ（「鎖」という意味）という名前も、いつも囚人に重い手鎖と足鎖をかけて町中をひきずりまわしていたためについた異名だった。彼がブリテン島で行なった拷問や処刑があまりに残酷だったので、ブリテン島を統治していた文官マルティヌスは、パウルスの犠牲になった人々を助けようと努めた。するとパウルスは、マルティヌスとその関係当局が暗殺を支援したと告発した。そこでマルティヌスと仲間たちは、パウルスを殺そうとしたが、これも失敗に終わり、

下：コンスタンスは337年から350年まで在位したローマ皇帝。340年、当時ブリテン島を支配していた兄のコンスタンティヌス2世の軍を破り、ブリテン島を訪れた最後の正統なローマ皇帝となった。

上：ロンドンではローマ時代の墓地も発掘されており、新しい建物の建築現場の地下から見つかっている。オールドゲイトにあるこの墓地では、出土した遺体はすでに搬出されているが、墓穴を見ると、身をよせあうように遺体を埋葬していたことがわかる。

マルティヌスはみずからの剣で自害して果てた。一方パウルスは、多くの囚人を鎖で巻いてローマにつれ帰った。囚人たちは考えうるかぎり最悪の方法で拷問にかけられてから斬首された。国外追放になった者はまだ幸運なほうだった。

ローマ時代の埋葬

ローマ人はロンドンとブリテン島に進んだ文明をもたらしたが、死にかんすることとなると、原始的な場合もあった。たとえば、身体的に問題のある子どもや、望まれずに生まれた子ども（たいていは女の子）については、ふつう遺棄という方法で嬰児殺しが行なわれた。皇帝ウァレンティニアヌスは374年にこの嬰児殺しを禁じる勅令を出したが、貧しい家族は例外だった。ローマ人の支配は、儀式としての殺人をともなう人身供犠というブリテン島の原始的な風習をやめさせることもできなかった。

ローマ人の埋葬は、ふつう大きな敬意をこめて行なわれたが、これまでに発掘された遺体は、しばられていたり、手足や首を切断されていたり、ばらばらに切りきざまれていたりする。うつぶせに埋葬され、背中に石を置かれていた遺体もある。たぶん、生き埋めにされたことを示しているのだろう。「イギリスの考古学（British Archaeology）」誌によると、ロンドンのイースタン・

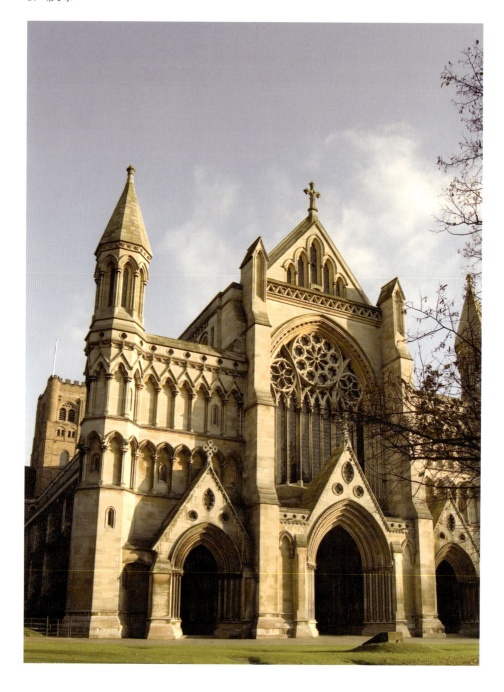

セメタリーという墓地では、14体の遺体がこうした形で埋葬されていたという。なかには、後ろ手にしばられていた女性もいた。スピタルフィールズ・ローマン・セメタリーでも、多くの子どもの遺体がこうした姿勢で見つかった。おそらく、この子どもたちは洗礼を受けていなかったためだろう。

ローマ人支配の終わり

367年、アイルランドから来たスコット人と手を組んだピクト人が各地で暴れまわり、ロンドンにも侵入して、369年にテオドシウスに追いはらわれるまで略奪をくりかえした。そして383年にローマ軍が撤退をはじめると、ゲルマン人が南の海岸と東の海岸に来襲するようになった。ローマ自体も侵略されており、409年にブリタンニアが皇帝フラウィウス・ホノリウスに援軍を求めたときには、自分たちで問題に対処せよと皇帝にいわれた。そして翌年には、ホノリウスがロンディニウムをはじめとするイングランドの都市の忠誠の義務を解き、ローマ人支配の時代が終わった。以後、ロンディニウムは長い衰退の時代に入り、5世紀の終わりには、ほぼ無人の廃墟と化した。

イングランド初のキリスト教殉教者

聖アルバヌスの物語は歴史の霧に閉ざされていてあいまいだ。一説によると、アルバヌスはウェルラミウム（いまのハートフォードシャーのセント・オールバンズ近く）やロンディニウムに住んでいたイングランド人異教徒だったらしい。彼はローマ軍で軍務についていたが、キリスト教徒が迫害されているのを見て、アムフィバルスというキリスト教の司祭をひそかにかくまった。このアムフィバルスが、いっしょにいたあいだにアルバヌスをキリスト教に改宗させた。そして、当局がアムフィバルスを追ってアルバヌスの家の玄関先にやってくると、アルバヌスはアムフィバルスと衣服を交換し、アムフィバルスを逃がした。このためアルバヌスは逮捕され、長い裁判が行なわれた。彼は改宗を取り消すのをこばみ、鞭打たれ、アムフィバルスが受けるはずだった死刑宣告を受けた。そして、209年から304年のあいだに斬首された。アムフィバルスも、まもなく捕まって殉教した。

ほどなく、アルバヌスの殉教を記念して、彼が殺された場所に聖堂が建てられた。この聖堂は、792年にセント・オールバンズ大修道院となり、その後1877年には大聖堂となった。いまも巡礼者が訪れて祈りをささげており、カトリックでは6月22日が、英国国教会（イングランド国教会）では6月17日が、聖アルバ

前ページ：セント・オールバンズ大聖堂は、ブリテン島でもっとも古くからキリスト教徒が巡礼に訪れている場所にある。2015年、ノルマン様式の大修道院が1115年に完成してから900周年になることを記念する行事が行なわれ、新しい殉教者像がくわえられた。

ヌスの祝祭日となっている。セント・オールバンズの町は、この大修道院を中心に発展した。

「大虐殺」

ローマ人が支配していた期間は、ロンドンの歴史の5分の1にあたる。ローマ人がロンドンから去ると、町は衰退したが、597年に聖アウグスティヌスが到着してからは、交易とキリスト教の中心地として復活した。それからの約200年間、ロンドンは成長しつづけたものの、この時代の記録はほとんど残っていない。当時は、住民がまだローマ的な理想の多くを失わないまま平和を享受していたところに、アングロ・サクソン人が住みついたり押し入ったりしていた。

平穏な社会が破壊されたのは、8世紀、ヴァイキングが海岸線に来襲するようになったときだった。凶暴なノース人が内陸まで移動すると、ロンドンは逃げのびてきた人々から聞いた彼らの残忍さにそなえた。だが842年、ロンドンは悲劇的な展開を迎えることになる。歴史家が「大虐殺」とよぶヴァイキングの来襲にみまわれたのだ。

851年にも、ヴァイキングは350隻のロングボートでテムズ川をさかのぼって襲来し、ロンドンで略奪と放火を行なった。それ

> 「それからの約200年間、ロンドンは成長しつづけたものの、この時代の記録はほとんど残っていない」

下：ここに描かれているように、ヴァイキングを率いていたオーラヴ・トリグヴァソンは、991年と994年にイングランドへ来襲した。2回とも、イングランド王エゼルレッド2世が貢物として大金を払った。トリグヴァソンは995年にノルウェー王となった。

ヴァイキングの蛮行

ヴァイキングという名称は、古ノルド語で「海賊」という意味だが、ヴァイキングたちの行動はその名前以上のものだった。孤立した村や町、平和な都市に侵攻しては、大量殺戮などの残虐行為を行なっていた。793年に、ノース人が北東部の海岸のリンディスファーン小修道院を襲撃したという知らせがロンドンにとどいたとき、住民がどれほど恐怖に震えたかは、だれでも想像できる。この人里離れた場所で、ヴァイキングは修道士を虐殺し、その遺体をふみつけ、その血を祭壇のまわりにまきちらした。まだ若い見習いもふくめ、海に沈められた修道士や、鎖につながれてつれさられた修道士もいた。

ヴァイキングのおそろしい処刑方法に、「血の鷲」という儀式があった。犠牲者の背中に鷲の形を彫るというものだ。背骨の奥まで剣をつき刺して肋骨をはずし、肺をもぎとって犠牲者の肩にかけ、まるで鷲の翼のように見えるようにした。ほかにも、集団斬首、赤ん坊を放り投げて槍で刺す、レイプなどの記録がある。生き残ることができた人々は、奴隷として働かされたり売春を強いられたりした。奴隷の主人が死ぬと、奴隷にされた人々も、首をはねられて主人の隣に埋葬されることが多かった。

上：ヴァイキングは異教に対して敬意もおそれも示さなかった。その一例が、「ホリー・アイランド（聖なる島）」とよばれているリンディスファーンを襲ったことだ。

から20年後、ヴァイキングの軍がロンドンの古いローマ時代の市壁の内側で越冬したときには、比較的小さな被害ですんだ。その後は、ウェセックス王アルフレッドが、侵略者を田園部でくいとめ、886年にロンドンを奪回すると、ロンドンの防御施設を修理した。アルフレッドは義理の息子エゼルレッドにロンドンの管理をまかせ、エゼルレッドの時代に、ロンドンはヴァイキングに対抗する重要都市になった。

そして996年と1013年、デンマーク王スヴェン「双叉髭王」（960-1014年）がふたたびロンドンを襲った。1016年には、彼の息子カヌートがロンドン橋を迂回する濠を掘って、船で攻撃できるようにし、ロンドンを攻め落とした。こうしてイングランドを確保したカヌートはイングランド王に即位し、その後、ロンドンは比較的安全な時代を迎えて、ヴァイキングの脅威も消えた。そして、カヌートの継子であるエドワード証聖者王が、1042年

に国王に即位してイングランド人による統治を回復し、ウェストミンスター寺院を建設した。

ロンドン橋の破壊

　スヴェン「双叉髭王」が一時的にロンドンを占領した1014年、エゼルレッド「無策王」は亡命したが、その後まもなくスヴェンが死去した。そこでエゼルレッドは、居残っているデーン人軍からロンドンを奪い返そうと決意し、同盟者であるのちのノルウェー王オーラヴ・ハラルドソンの力を借りた。デーン人の防備は北側の城と、守備隊が駐屯するサザークの砦だった。

　北欧の伝説によると、槍で武装した敵軍は、近づいてくる艦隊をはばむため、ロンドン橋に築いたバリケードの後ろに陣どっていた。エゼルレッドが率いる艦隊は、橋の下をくぐってから攻撃をかけるつもりだった。艦隊が近づいてくると、守備の兵士たちが石や槍や矢を雨あられと投下し、船のほとんどが大損害を受けた。だがオーラヴは、近隣の住宅の木材を使っていかだを作り、それに草ぶき屋根をつけて、何を投下されてももちこたえられるようにするという案を前もって考えていた。こうして、オーラヴの軍はぶじに橋まで漕ぎ着き、橋の支柱に太い綱を巻きつけた。そして橋から離れていくと、橋はぐらつき、ひびが入って、テムズ川にくずれ落ちた。デーン人兵士の一部はサザークの防御施設に逃げこんだものの、そこも攻撃を受けて敗れた。城にいたデーン軍も、こうしたようすや橋が落ちるのを見て降伏し、エゼルレッドは王位を奪い返した。

　オーラヴはノルウェーに戻り、1030年に戦死した。そして翌年、聖人に列聖された。

アルフレッドはどれほど偉大だったのか？

　サクソン人の王アルフレッドは、886年にロンドンを奪回したとき、すでにイングランド屈指の英雄だった。849年生まれの彼は、871年にテムズ川の南にあるウェセックス王国の国王に即位し、同年、ヴァイキングと9度も交戦してウェセックスを救った。878年の戦いでは、サマセットのアセルニーの沼沢地にある砦に退却を強いられたが、その砦から執拗に攻撃をしかけてヴァイキングを悩ませると同時に、ひそかに軍を立てなおし、ウィルトシャーのエディントンで数にまさるヴァイキング軍を急襲して勝利をおさめた。またアルフレッドは、イングランド初の海軍を創設し、制海権をにぎるために大型の軍艦の設計も行なった。

　886年、アルフレッドはロンドン攻略を開始し、ヴァイキング

の守備隊を破った。ロンドン市民はアルフレッドを熱烈に支持した。デーン人のヴァイキングの支配下にまだ入っていなかった地域のイングランド人も同様だった。当時、ロンドンはマーシア王国の領内にあったので、アルフレッドはロンドンの統治をマーシア人でのちに義理の息子となるエゼルレッドにまかせた。そして、ローマ人が築いた古い市壁を補強し、住民がロンドンの防衛に力を貸すという条件で、住民たちに土地を譲渡した。このときの土地が、いまもロンドンのチープサイドという通りとテムズ川のあいだにある市街地の形を決めることになった。893年、ヴァイキングの大艦隊がテムズ川をさかのぼってきてロンドンの北側に陣を張り、近隣の町や村を攻撃しはじめた。だが、アルフレッドがヴァイキングの艦隊の遡上をはばんで立往生させたため、ヴァイキング軍はロンドンへ向かうのをやめて撤退した。

アルフレッドの治世には数多くの業績がなしとげられた。彼は25もの町を造り、ふたつの修道院を建て、ヴァイキングが破壊した修道院を再建し、学校を設立して資金を提供した。また、公平な法律を発布して施行し、初の歴史書『アングロ・サクソン年代記』の編纂を学者に命じ、ラテン語の書物をアングロ・サクソン人の言葉に翻訳したばかりか、ロウソク時計も考案した。

アルフレッドは899年に死去した。彼の時代に、ウェセックスは事実上要塞と化し、ヴァイキングでも打ち破れない砦がつらなる国になった。そして息子エドワードと、エドワードの息子アゼルスタンが、現代のイングランドとほぼ同じ大きさにまで王国を拡大した。

ロンドンの治安維持ギルド

925年から939年まで統治したアゼルスタン王は、盗みや腐敗に厳罰をあたえる法典を導入したが、少年犯罪には寛大で、死刑に処すことのできる最低年齢を12歳から16歳に引き上げた。また、自分の治世に起きた犯罪について、法典のひとつでこう謝罪した。「治安が非常に悪く、申しわけなく思う。顧問のいうには、わたしはこの治安に対するがまんが長すぎた」

無法な都市には治安維持の新しい方法が必要だ、とアゼルスタンは考えた。こうして新たに作られた治安維持のためのギルドには、貴族も聖職者も、ロンドンの平民も近郷の地主もくわわった。そして、一連の規則や規定が定められ、参加者は、国王と役人が治安を守るのを支援すると誓った。100名の会員は、10名ごとの

下：このアルフレッド王の雄々しいブロンズ像は、1899年にウィンチェスターに建てられた。ウィンチェスターは彼が死去して埋葬された地であり、彼が首都に選んだ都市だ。この像はウィンチェスターのイースト・ゲイトの隣にある。

右:アゼルスタン王はグロスターで死去し、望みどおりマームズベリー大修道院に埋葬された。彼の遺体は、宗教改革の一環として修道院解散が行なわれた時期に行方不明になったため、マームズベリー大修道院にある15世紀の彼の墓には遺体が入っていない。

グループに分かれ、各グループに指導者が1名いた。また、犯罪者を追跡するために各自1シリングを提供すると約束し、月に1度会合を開いて、国王に活動を報告した。さらにギルドの会員は、治安維持だけでなく社会的義務や宗教的義務も守ると誓いを立て、各自が社会のために4ペンスを支払った。会員が死亡した場合は、各会員がパン1個を寄付し、賛美歌50曲を自分で歌うか、代理を雇って歌ってもらうかすることになっていた。

聖ブライスの日の虐殺

「無策王」エゼルレッド2世は、数年にわたってデーン人が王国に来襲するのを見ているだけだったが、ついに1002年、デーン人が「不誠実にも彼の命を奪い」、彼の顧問官も皆殺しにして、彼の王国を支配するつもりでいる、という警告を受けた。そこでエゼルレッドは、「イングランド人に混じって暮らしているデーン人全員」を殺害するよう命じた。このいわゆる「聖ブライスの日の虐殺」が起きたのは、1002年11月13日、聖ブライスの祝祭日だった。ロンドンにいるデーン人が殺害され、ブリストルやグロスター、オックスフォードなど、ほかの地域にいるデーン人も殺された。その後エゼルレッドは、自分が命じたのは「この島で生まれ、小麦畑の雑草のように育ったデーン人すべてを、もっとも正しく根絶することによって滅ぼすべし」

> 「そこでエゼルレッドは、『イングランド人に混じって暮らしているデーン人全員』を殺害するよう命じた」

ということだったと書いている。

だが、イングランド北東部のデーンロウ地方に長年住んできた大勢のデーン人を絶滅することなど不可能だった。また、そうしたからといって、ヴァイキングの戦士の残忍な攻撃を止めること

にもならなかった。しかも、この虐殺の犠牲者のなかに、スヴェン「双叉髭王」の姉妹がいた。1013年、スヴェンは報復を開始した。ロンドンを攻撃し、エゼルレッドをノルマンディに追いはらって、みずからが国王になった。

2008年、オックスフォード大学のセント・ジョンズ・カレッジでの発掘調査で、34体から38体の白骨遺体が出土した。これらは16歳から35歳の男性で、この虐殺の犠牲者だった。うち27体の頭蓋骨は骨折しており、1体は首を切断されていた。さらに、首の切断が未遂に終わった遺体も5体あった。いずれも、正面から首を切られていた。

エゼルレッドはどれほど無策だったのか？

じつのところ、エゼルレッドは「無策」というより「無思慮」とよばれていた。彼は弱い国王で、来襲したヴァイキングを金の力で追いはらおうと、991年から994年までに1万1800キログラムの銀を払ったが、それでもヴァイキングは、エゼルレッドの臣民のアングロ・サクソン人をまた攻撃した。そこでエゼルレッドは、1002年にふたたび銀1万900キログラムを払って対処しようとしたが、うまくいかなかった。聖ブライスの日の虐殺という命令も裏目に出て、逆にスヴェン「双叉髭王」がエゼルレッドから王位を奪う結果をもたらした。12世紀の歴史家マームズベリーのウィリアムによれば、エゼルレッドの生涯は「最初は残酷、中

下：数度にわたり戦っても決着がつかなかったエドマンド王とカヌートは、グロスターシャーのセヴァーン川のオルニー島で対面し、イングランドをふたりで分割する和平協定の交渉を行なった。

カヌートと海の水

1035年にカヌートが亡くなると、彼のすばらしい勝利の数々を伝える物語がブリテン島のみならずヨーロッパ各地に広まった。そのひとつに、カヌート大王が征服できなかった状況についての話がある。ハンティンドンの助祭長だった12世紀の年代記作者ヘンリーによれば、海岸にやってきたカヌートは、「海の水もわたしに従わなくてはならない」と海に告げ、「静まれ、わたしの土地で砕けるのをやめろ、わたしの衣服を濡らすな」と海に命じた。波がこの要求をこばむと、信心深いカヌートはこう宣言した。「王の力などむなしく価値がないということを世界中に知らしめよ。王の名に値する王は神のみ。神によって、天も地も海も永遠の法に従う」。年代記作者ヘンリーによると、この後、カヌートは黄金の王冠をキリスト像に置き、二度とかぶろうとしなかったという。

左：カヌートと海の水の伝説は、彼の敬虔さと神の偉大な力を伝えるのに役立った。

盤はみじめ、最後は恥ずべき」ものだったという。

エドマンド剛勇王

エドマンドがイングランド王に即位したのは、荒れに荒れた1016年だった。父親のエゼルレッド2世「無策王」が同年4月に死去したとたん、クヌート・スヴェインソン（カヌート）がロンドンを包囲したのだ。カヌートはすでにサウサンプトンの賢人会議によって国王に推挙されていたが、まだ戴冠していなかった。エドマンドはウェセックスで兵をつのると、戻ってきてロンドンの包囲を破った。そして、エドマンドがまた兵をつのるためにロンドンを離れると、カヌートもロンドンの包囲を再開したが、エドマンドはもう一度包囲を破った。エドマンドの強力な守備がロンドンを救い、ロンドン市民が彼を新たな国王だと宣言して、エドマンドは4月にセント・ポール大聖堂でエドマンド2世として即位した。

その後もデーン人との戦いは続き、奮闘したエドマンドには「剛勇王」という異名がついた。ケントの戦いでは敵を撃破したが、エセックスではカヌート軍に大敗を喫した。そしてグロスターシャーでも戦いがはじまりそうになると、エドマンドは人々の命を救うため、カヌートに一騎打ちを申し出たとされている。だがカヌートは、エドマンドのほうが強いからと一騎打ちを断

わり、そのかわりに、ふたりは和平協定を結んだ。その協定では、ロンドン、ウェセックス、エセックス、イースト・アングリアはエドマンドが、マーシアとノーサンブリアはカヌートがとることになった。また、ふたりのうちどちらかが死亡したときには、生き残ったほうがこれらの領土すべてを統治するとも明記された。

> 「カヌートは情け容赦のない報復を開始し、著名なイングランド人たちを殺害した」

それから1か月後の12月、エドマンドが不審な死をとげた。王位にあったのはわずか7か月だけだった。そして、カヌートが「イングランド全土の王」になった。邪魔なエドマンドが消え、カヌートは情け容赦のない報復を開始した。エドマンドの兄弟エアドウィグをはじめとする著名なイングランド人を殺害し、イングランド人の領土をカヌートの支援者であるデーン人にあたえたのだ。

カヌートのふたりの息子たち

カヌートが亡くなると、彼の庶子ハロルド兎足王（彼は足が速く、狩猟の腕がすぐれていたため、この異名がある）が、摂政に就任した。正統な王位継承者である異母弟ハーディカヌートが、デンマーク王の務めを果たすためにイングランドを離れていたからだ。1036年、ハロルドの配下が、王位を要求しに来たアルフレッド・ザ・アシリング（「王子アルフレッド」の意）をとらえて彼の目をつぶした。その傷がもとでアルフレッドは死に、翌年、ハロルドがハロルド1世として王位についた。またハロルドは、ハーディカヌートの母親でカヌートの妻だった王妃エマも国外に追放した。ハロルドの治世は短く、彼は1040年3月に亡くなった。ちょうど弟ハーディカヌートが、イングランドに侵攻して王位を要求しようと準備をしている最中のことだった。同年6月、ハーディカヌートは母親エマをともない、軍艦62隻を率いてイングランドに到着すると、ロンドンへ軍を進め、カヌート2世として即位した。そして、兄ハロルドの遺体をウェストミンスター寺院からもち出し、その首をはねてテムズ川のそばの沼地に放り投げた。その遺体は、のちにほかの者たちが回収して、近くにあるセント・クレメント・デーンズ教会に埋葬した。

ところが、カヌート2世はたちまち人々から嫌われるようになった。必要がない侵攻の報酬を払うため、臣民に「艦隊税」を課したからだ。即位してから2年後の1042年6月、結婚式の祝宴に出席していた彼は、酒を飲んでいる最中に発作を起こし、痙攣

上:ヘイスティングズの戦いはセンラックの丘で行なわれた。疲れきったハロルド軍5000人がギョーム軍1万5000人と対戦した。ノルマン人の弓矢と騎士軍に対し、イングランド人は盾の壁を作って防ぐしかなく、これではどうしようもなかった。

しながら倒れた。王位はカヌートの継子であるエドワード証聖者王が継いだ。

陰の実力者ゴドウィン

　ゴドウィンはアングロ・サクソン人だったが、カヌートの側近にまで出世し、1018年にウェセックス伯になった。1035年にカヌートが亡くなると、彼はエドワード証聖者王をカヌートの息子たちの次に王位につけたいと考え、王位を要求していたアルフレッド・ザ・アシリングの殺害に関与したらしい。このため、ゴドウィンはエドワードをあやつることができるようになり、権力を増していった。そして、11年間にわたって真の支配者となったうえ、娘のエディスをエドワード王に嫁がせた。

　だが、エドワード王が宮廷内のノルマン人を増やしたいと考えたことから、ゴドウィンと王は対立するようになった。そして1051年、ドーヴァーの領民がノルマン人貴族に対して反乱を起こすと、ゴドウィンは領民を罰することに反対し、エドワード王に追放された。ただし、この亡命は長くはなく、翌年、ゴドウィンと息子ハロルドはイングランドに侵攻した。貴族たちが内戦を避けるべきだと主張したため、エドワード王はゴドウィン一族に特権と財産を返還せざるをえなくなり、王のノルマン人従者も、

多くが国外に追放された。1053年にゴドウィンが死去すると、息子が伯爵の位を継ぎ、1066年には王位も継いで、ロンドンでハロルド2世として即位した。

ウィリアム征服王

　その少年は、ノルマンディ公とフランス人愛妾とのあいだに1028年に生まれたため、地元では「庶子のギヨーム（ウィリアム）」とからかわれていた。父親が十字軍の遠征先で亡くなると、ギヨームがノルマンディ公となったが、たちまちライバルたちと対立して、ノルマンディは内紛におちいった。だが彼は、フランス王の力を借りて敵を破り、その情け容赦ない冷酷さをあらわにして、戦いでとらえた者たちの手足を切り落とした。

　ギヨームのいとこでのちにエドワード証聖者王となるエドワードは、ギヨームを自分の後継者にするとギヨームに約束したらしい。だが、臨終の床でエドワードは、1063年にウェールズを征服した伯爵ハロルドを王位継承者に指名した。そして1066年、エドワード王が死去したその日に、ハロルドの戴冠式が行なわれた。これを聞いたギヨームは激怒した。というのも以前ギヨームは、ハロルドをフランスの監獄から救出したとき、ギヨームの王位継承を支持するという約束をハロルドからとりつけていたからだ。

　このころには、ギヨームの王位要求は、フランス国内だけでなく教皇からも支持されていた。サセックスの海岸への侵攻に向け、彼は堂々たる軍勢と約700隻の艦隊を集めることもできた。一方、ハロルドは北でヴァイキングと戦っていたが、侵略軍に対応するためにすぐさま南下し、1066年10月、ヘイスティングズ近郊でギヨームの軍と対峙した。この戦いで数千人が戦死し、ハロルドも矢で眼を射抜かれて殺された。

　ギヨームは次にロンドンへ軍を進めたが、なんの抵抗を受けることもなくロンドン橋の南端にたどり着いた。ところが、そこで軍を後退させ、ロンドンの周囲を大きく、しかもすばやく、ぐるりと侵攻してまわることにし、3つのカウンティを通過しながら、行く先々で火を放って破壊しつくした。このしわざにおそれおののいた王位継承者エドガー・ザ・アシリングとロンドンの指導者たちは、ハートフォードシャーのバーカムステッドでギヨームと会い、ギヨームに忠誠を誓った。

「新しい王はイングランドでは前代未聞といってよいほど残酷な鎮圧を行なった」

ギヨームはクリスマスの日にウェストミンスター寺院でウィリアム1世として戴冠すると、ただちにロンドンに勅許状をあたえ、市民がエドワード王時代の法を維持できるようにし、既婚か未婚かとわず、どの子どもも父親の遺産相続人になれることを保証した。だが、戦いはこれで終わりではなかった。ウィリアムはロンドン塔をふくめ、いくつもの塔を建てはじめた。北部はまだ抵抗を続けており、新しい王はイングランドでは前代未聞といってよいほど残酷な鎮圧を行なった。村や農地を破壊し、大飢饉をひき起こした。死者は推定で約10万人に上る。ウィリアムは1075年までには反対勢力を全滅させ、ノルマン式の効率的な方法でイングランドを支配するようになった。そのもっとも顕著な例が「ドゥームズデイ・ブック」という土地台帳の作成だ。そこにはイングランドの土地保有や家畜の保有がすべて記録された。

　その後、ウィリアムはフランスへ戻ったが、1087年7月、マントの戦いで致命傷を負った。馬が後ろ足で立ったために、鞍で内臓を痛めたせいだった。5週間後、彼は59歳で亡くなった。

ロンドン塔

　即位後すぐにウィリアムが建てはじめた塔は、のちに政治犯を収容する監獄として、拷問や処刑が行なわれる場所としておそれられるようになった。テムズ川の北岸にあり、かつてはこの川から濠に水を引いていたロンドン塔は、ロンドンの港を守る塔でもあり、兵器庫でもあった。中央のホワイト・タワーは、1078年頃にノルマンディから運ばれてきた石灰石で建造された。その後、ホワイト・タワーの周囲に、ブラディー・タワーと名づけられた塔など、13基の塔をふくむ建物がくわわった。13世紀には、水門のひとつが囚人を川伝いに運びこむ入口として使われるようになり、「トレイターズ・ゲート」という異名でよばれるようになった。

　ロンドン塔内で処刑された人々には、トマス・モア卿、ヘンリー8世の妻だったアン・ブーリンとキャサリン・ハワード、レディ・ジェーン・グレイ、トマス・クロムウェル、そしておそらくは、若きエドワード5世とその弟などがいる。ほかにも、スコットランド王ジェームズ1世、ヘンリー6世、のちのエリザベス1世、ウォルター・ローリー卿、ガイ・フォークス、サミュエル・ピープスなどがここに投獄された。

次ページ：ロンドン塔は年に約300万人の観光客が訪れる。見どころは、クラウン・ジュエル、ビーフィーター（正式名称はヨーマン・ウォーダー）などで、カラスも名物だ。伝説によると、カラスがロンドン塔を去ると、王国も滅びるという。

vant ce vint le ven-
dredy au matin ce

第2章
中世のロンドン

　ロンドンが発展するにつれ、ロンドンと国家の支配権をめぐる権力闘争も拡大しはじめた。ロンドンの暗い街路で犯罪が頻発していたにしても、最悪の迫害と拷問と殺人に手を染めたのは国王や女王だった。

　11世紀のロンドンは、イングランド最大の都市になっていた。王と教会にとっても中核地だった。1066年のヘイスティングズの戦いで、ウィリアム征服王率いるノルマン人軍がハロルド王を打ち破ったときには、まだロンドン市民は援軍があれば抵抗できると信じていた。だが、ウィリアムがすばやく動いてロンドンを孤立させたため、ロンドンはたちまち降伏してしまった。それどころか、ロンドンの住民たちは、新しい王を強く支持するようになった。新しい王がロンドン市民に大きな自由と司法を認める勅許状をあたえたからだ。

　こうして期待をいだきながら新しい時代を迎えたものの、中世のロンドンは暗く危険だった。支配者に異を唱える者、王位を要求する可能性がある者は、ことごとくロンドン塔で拷問されたり処刑されたりした。支配者は大きな力をもっている教会にも容赦がなく、たとえばヘンリー2世は、1170年にカンタベリー大司教トマス・ベケットを殺害させた。また、ロンドンの庶民は、公開の絞首刑でも死をまのあたりにした。処刑を見に集まった群衆にとって、公開処刑は警告でもあり娯楽でもあった。もっとも重い罪を犯した者には、陰惨な刑罰が待っていた。木製のそりに乗せられ、街なかを処刑場まで馬でひきずられていき、四肢を切断され四つ裂きにされた。軽い犯罪であっても、重い罰が課せられた。強盗は片手の切断、ときには片足の切断という罰を受けることもあった。

前ページ：大司教トマス・ベケットの殺害はとくに衝撃的だった。彼の司教座聖堂内で殺されたからだ。たそがれ時、北のトランセプトの聖母マリアの祭壇近くで、4人の騎士に情け容赦なく襲撃された。

上：ウィリアム征服王率いるノルマン人軍は、侵攻に成功すると、ロンドン市内を意気揚々と行進した。ウィリアム1世となった彼は、イングランドの王位に強い指導力（とフランス語）をもたらした。

次ページ：マティルダがオックスフォード城から脱出したのは真夜中のことだった。目立たないよう白い服を着て、雪のなかをアビンドンまで歩いた。この城には白いケープをまとったマティルダの幽霊が出る、といまもいわれている。

ザ・アナーキー

　イングランドの初期の内戦に、ヘンリー1世の娘と甥の戦いがある。通称「ザ・アナーキー（無政府状態）」だ。

　ヘンリー1世は息子に先立たれたため、娘のマティルダ（別名モード）を後継者に指名した。ところが、甥であるブロワ伯家のスティーヴンが、ヘンリー1世は死の床で気が変わって自分を後継者に選んだ、と言い張った。教会も有力諸侯もスティーヴンの主張を支持した。女性が君主になる、しかも傲慢で、アンジュー伯ジョフロワ・プランタジネットという敵に嫁いだ女性が女王になることが気に入らなかったからだ。ヘンリー1世が1135年に死去すると、スティーヴンが即位したが、彼の19年間の治世は王位を守るための戦いに明けくれた。この時代には、マティルダとスティーヴンの両陣営ともが、田園部を恐怖で支配し、作物を破壊したり、牛や羊や物資を盗んだりした。年代記作者によれば、「キリストも聖人も眠っていた」時代だったという。

　1139年、マティルダと異母兄のグロスター伯ロバートがイングランドに上陸し、その2年後、リンカンで最初の大きな戦いが行なわれた。このときはスティーヴンの軍が敗れ、マティルダはスティーヴンをブリストル城に監禁した。しばらくしてスティーヴンがロバートとの捕虜交換で解放されると、その直後、今度はマティルダが捕虜となり、ウィルトシャーのディヴァイザズ城に閉じこめられた。だが1141年、彼女は棺台にのせられた遺体の

ふりをして脱出し、そのままグロスターへ運ばれ、同年のうちにロンドンに向かった。ところが、彼女は戴冠することができないまま、ロンドンの住民たちに追いはらわれてしまった。彼女が傲慢にも「皇后」という称号を使ったことや、厚かましくも金銭を要求したことに、市民が反発したのだ。翌年、彼女はまたとらえられ、オックスフォード城に監禁されたが、今度もまた、白い衣服に着替え、凍えそうな雪にまぎれて脱出し、氷結したテムズ川を渡って逃げた。

　ロバートは1147年に死去し、マティルダはノルマンディに引き返して余生を送った。その後、マティルダの息子のアンジュー伯アンリがイングランドに侵攻したが、スティーヴンの軍に大敗を喫した。ところが1153年、息子を亡くしたスティーヴンは、アンリとウォリングフォード条約を結び、スティーヴンが死ぬまで王位にとどまるかわりに、アンリに王位を継承させることにした。スティーヴンはそれから1年たたないうちに亡くなり、1154年、アンリがヘンリー2世としてプランタジネット朝の初代国王になった。ヘンリー2世の治世は35年間におよんだ。マティルダは1167年に死去した。

前ページ：ウィリアム・ウォレスは木製のそりにしばりつけられ、処刑場までひきずられた。死後、四つ裂きにされた彼の四肢が、ニューカースル・アポン・タイン、スコットランドのベリックとスターリングとパースに送られた。

おそろしい死に方

　反逆罪を犯した者が刑場に引き立てられて四つ裂き刑に処せられるという刑罰は、イングランドでは1287年に定められ、すくなくとも50年前まで存在していた。この公開処刑は、まず、囚人を馬にくくりつけ、絞首台にひきずっていく（引き立てる）ことからはじまる。これだけで死刑囚が死んでしまうこともありうるため、ときには、木製のそりに囚人を乗せて運んだ。その後、囚人を絞首台につるすが、まだ息のあるうちにロープを切って台から降ろす。そして、生殖器を切り落とし、腹部を切り開いて内臓を抜き出し、生殖器と内臓が焼かれるのを囚人に見せつける。最後に、首を切り落とし、胴体を四つに切断する。ときには、馬を使って四つ裂きにすることもあった。囚人の四肢を4頭の馬にくくりつけ、馬を別々の方向に走らせて体を引き裂くというぞっとする方法だ。

　こうした処刑が行なわれた最初の有名な反逆犯は、ウェールズ大公のダフィズ・アプ・グリフィズだった。彼はイングランドのウェールズ支配に対して反乱を起こし、抵抗しつづけたが、1283年にとらえられた。そして同年、国王エドワード1世の殺害を

「最後に、首を切り落とし、胴体を四つに切断する」

画策したかどによりシュルーズベリーで四つ裂き刑に処せられた。

　ロンドンで処刑されたもっとも有名な囚人となると、やはりイングランドの支配に抵抗して戦ったスコットランドの英雄ウィリアム・ウォレスだ。彼は1305年に逮捕され、ロンドンまで連行されて市内を引きまわされた。ウォレスは反逆罪という罪に問われていることに異を唱え、自分は国王エドワード1世に忠誠を誓ったことなどないのだから反逆者ではない、と主張したが、それでも同年、死刑が執行された。そして月桂冠をかぶらされ、スミスフィールドの絞首刑台までの道すがら、鞭打たれ、ごみを投げつけられた。彼は反逆罪で引き立てられ、強盗と殺人の罪で絞首刑にされ、聖所侵犯の罪で内臓を抜き出され、法外放置宣告を受けたかどで斬首され、「種々の破壊」を行なったかどで四つ裂きにされた。そのうえ、心臓までも胸から取り出された。最後に、ウォレスの頭部がロンドン橋にさらされ、その手足がほかの4都市に送りとどけられた。

殺人と重傷害

　ロンドンの曲がりくねった不潔な街路は、いつ殺人が起きてもおかしくないところだった。凶悪なギャングに襲われることが多かった。1298年6月16日、16人組の武装した強盗団がセント・ポール大聖堂の近くで貧乏人たちを襲い、144人が死亡した。切り殺された人もいれば、逃げようとパニックが起きたなかでふみつぶされた人もいた。また、暴動もロンドンの無秩序な成長の一部だった。ロンドンでは手工業ギルドが勢力を拡大しており、1377年にすくなくとも50あったギルドが、1400年には111になっていた。彼らが取引や価格や賃金を規制しようと競ったことが、路上の全面戦争をひき起こした。早くも1267年、金細工師のギルドと仕立屋のギルドが流血の戦いをくりひろげ、戦いにくわわった500人から多数の死者が出た。そして彼らの指導者たちが処刑された。

　またロンドンは、1381年の「農民一揆」や1450年の「ケイドの乱」など、田園部ではじまった反乱の標的にもなった。とくにおそれられたのが宗教上の異端で、迫害が行なわれた。たとえば、15世紀にロラード派が受けた迫害では、ロラード派の指導者のひとりだったウィリアム・ソートリーがロンドンで火あぶりの刑になった。

ナイトウォーカー

　中世のロンドンでは、街頭がとくに危険だった。住民は暗くな

中世のロンドン　45

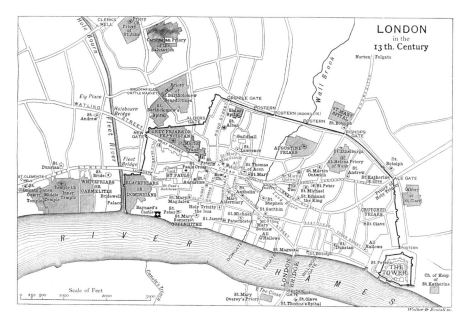

ってから外出して「ナイトウォーカー（夜間徘徊者）」に遭遇することをおそれていた。「ナイトウォーカー」とは、犯罪を目的として夜間にうろつく者をさす言葉で、若いならず者や泥棒などのことだ。もっとも危険な者たちは、顔を黒く塗っていたりした。それほど危険ではないものの、やはり近よらないほうがよいのが、酔っぱらいや浮浪者、物乞い、女性を誘惑しようとする者、売春婦だった。エドワード1世は、日没から日の出まで街路に夜警を置くよう命じた。「見知らぬ者が通りかかったら、だれであれかならず」捕まえて朝まで拘束し、シェリフ（州奉行）に引き渡すように、とのことだった。実際には、上流階級が夜間に出歩いても、不審がられて質問されるようなことはめったになかったが、下層階級だと逮捕されるおそれがあった。1282年、ロンドン市長が「夜間の徘徊者をはじめとする不審人物」を収監するための監獄をコーンヒルに設置した。その監獄は、形がビールの大樽（タン）に似ていたことから、「タン」と名づけられた。1331年には、エドワード3世がナイトウォーカーを定義する法令を出した。それによるとナイトウォーカーとは、「日中は眠り、夜間に出歩き、こそ泥をたびたび働く者、あるいは治安を乱す者」だという。

上：13世紀初めには、ロンドンの人口は約3万人にまで増加していた。市街地はほとんど拡大していなかったので、住民は人口過密の狭苦しい地域に住んでいた。川の対岸には住宅地がほとんどなく、ウェストミンスターもまだ離れた村だった。

下：水神判は、魔女かどうかを判別するために昔から行なわれていた審査がもとになっている。魔女は洗礼を受けるのをこばんだと思われていたので、水が魔女の体を受け入れず、魔女なら水に浮く、という理屈だ。沈めば無実ということだが、たぶん死んでしまうことになる。

神判

　1215年にローマ教皇インノケンティウス3世が禁止するまでよく行なわれていたことだが、当時は、容疑者が無罪か有罪かを決めるために、司祭の立ち会いのもとで、魔法や迷信にもとづく原始的な裁判をすることがあった。これはロンドンはじめイングランド全土で見られた裁判で、各種の野蛮な試練を容疑者にあたえ、その結果しだいで判決が決まるというものだった。たとえば火の試練、水の試練、決闘などだ。死体の状態が判決を決めることさえあった。

　たとえば、火神判にかけられた者は、赤く焼けた鉄の棒をにぎったまま3歩、歩かねばならなかった。もしやけどをしていなかったら無罪、やけどをしていたら有罪とされて、即座に絞首刑に処せられた。ときには、やけどをした手に包帯を巻き、3日以内にやけどが治ったら無罪とみなされることもあった。エゼルレッド「無策王」は、「信頼できない男」の場合には、通常より3倍重い鉄棒をにぎらせよと命じた。火神判の方法には、沸騰している湯に右手を入れて指輪を取り出すというやり方もあった。また、白熱するまで焼いたすきの刃を9個ならべ、容疑者にその上を走らせるという火神判も行なわれた。なかでも最悪だったのは、赤く焼けた鉄を舌でなめるという火神判だ。

　これらよりも少しだけ苦痛が軽い試練に、容疑者をしばり上げ、あらかじめ十字を切って祝福しておいた水中に放りこむという神判があった。これは、無

実なら神が助けてくださるはずだという理屈にもとづいていた。沈んだら無罪、浮いたら有罪で、被告は水から引き上げられて絞首刑になった。この神判はすぐに結果が出るので、好まれることが多かった。

　決闘による神判は、ノルマン人がもちこんだ裁判方法で、ふつうは貴族だけが行なった。告発者には、自分に対し不正を行なったと思われる者と戦う権利があたえられていた。土地争いの場合には、両者とも代理人を立てて戦うことができたため、代理をつとめるプロ同士の戦いになることが多かった。ときには、被告が告発者と戦うかどうかを選ぶ権利をもっていたこともある。

　もっと奇妙なのが、死体なら有罪の人間を示せるだろうという考え方だ。この場合、苦痛は肉体的というよりも精神的なものになる。この棺台の神判では、検視官の立会いのもと、容疑者が死体の前につれてこられる。そして、被害者の乾いた傷からまた血が流れだしたら、有罪とみなされた。

　証拠を入手する役目を担う司祭が、判決を決定することもあった。というのも司祭は、無実の者だけがこうした苦痛を受け入れようとすると信じていたからだ。そう考えていたので、実際には沸騰していない湯や熱く焼けていない鉄を使うようにすることもあった。神判が禁じられると、かわりに、被告と同等の身分の者が陪審をつとめる陪審裁判が行なわれるようになった。だが当初、被告たちはこの裁判を拒否していた。同輩を信用しておらず、報復や嫉妬から有罪の評決をくだす者が多いと信じていたためだ。陪審裁判をしぶった者は、場合によっては拷問にかけられて法廷に引き出されたこともあった。

大聖堂の殺人

　トマス・ベケットは、1120年頃にロンドンのチープサイドでノルマン人商人の息子として生まれた。そしてフランスで教会法を学び、1154年にカンタベリーの助祭長になった。さらに同年、ヘンリー２世によって国王の歳入を扱う大法官に任命された。こうして、ベケットよりも15歳年下のヘンリー２世にとって、ベケットは信頼できる助言者となり親友ともなった。1162年には、王立委員会がベケットをカンタベリー大司教に選んだ。ベケットを長にすれば、教会が御しやすくなる、とヘンリー２世は期待していた。ところがベケットは、大司教職の権限を拡大しはじめ、大司教の独立性を弱める文書に署名することを拒否した。そのため、国王の権威を侮辱したとして告発され、1164年にフランスへ亡命したが、それから６年後、ヘンリー２世が妥協してベケッ

トマス・ベケットが強力な大司教になったことに、ヘンリー王は驚いた。王はベケットのことを親友にして支持者だと考えて大司教に任命したが、ベケットは敬虔で権威主義的な教会指導者となり、国王や騎士たちに説教するようになった。

トを復職させた。

だがカンタベリーに戻ると、ベケットは自分に反対していた聖職者を破門しはじめた。そのなかにはロンドン司教もいた。そして1170年のクリスマス、ベケットはふたたび敵対する者たちを破門した。ノルマンディの宮廷でクリスマスを祝っていたヘンリー2世は、この話を聞いて、この「素性の卑しい聖職者」に恥をかかされたと毒づき、こんなことを見すごしにしているのはけしからんと家来の騎士たちを責めた。その後、「このやっかいな聖職者を追いはらってくれるのはだれなのか？」と言ったという。このように怒りをぶつけられ、おそらくヘンリー2世の言葉を誤解したのだろう、4人の騎士がイギリス海峡を渡ってカンタベリーへ向かい、1170年12月29日、ベケットと対決した。そして、ヘンリー2世の意向にしたがって破門した者たちを赦免するよう要求したが、ベケットがこれを拒否したため、騎士たちは剣でベケットに切りつけた。ベケットは頭に一撃を受けてもすぐには倒れなかった。だが、もう一度切りつけられると、ひざとひじをついてくずおれ、こう言った。「イエスの御名のため、教会を守るため、わたしは死を受け入れる覚悟がある」。そこで、別の騎士が一撃でベケットの頭頂部を切りとった。ベケットの脳と血が床に飛びちった。しまいに、騎士に随行していた聖職者が死んだベケットの首をふみつけ、床に大きな血の海を作ると、こう叫んだ。「行きましょう、騎士たちよ。こいつはもう起き上がりはしません」。その後まもなく、暗殺者たちはローマ教皇アレクサンデル3世によって破門され、14年間聖地で奉仕するよう命じられた。

> 「別の騎士が一撃でベケットの頭頂部を切りとった」

1173年、教皇アレクサンデル3世はベケットを列聖し、カンタベリー大聖堂の殉教者の墓には巡礼者がおしよせた。チョーサーが『カンタベリー物語』に書いているとおりだ。ベケットのことを「ロンドンのトマス」とよぶほうを好んでいたロンドン市民は、ロンドン生まれのベケットを聖パウロとともに市の守護聖人とした。そしてヘンリー2世は、1174年にベケットの墓に詣で、公開で悔悛の苦行を行なった。だが1538年になると、国王ヘンリー8世が修道院解散の一環として、ベケットの聖堂と遺骨を破壊させてしまった。

次ページ：ベケット殺害のため、暗殺者たちは修道院の回廊と礼拝堂に侵入しなければならなかった。ベケットがそこで晩課を行なっていたからだ。暗殺者たちはベケットに大聖堂から出るよう命じたが、ベケットがこばんだため、彼らは祭壇の真正面で殺人を犯さねばならなくなった。

ユダヤ人の大虐殺

プランタジネット朝の国王ヘンリー2世の息子、リチャード1世は、聖地への第3回十字軍で名声を得て、リチャード獅子心王

とよばれるようになったが、この十字軍遠征では、オーストリア公レオポルト５世の捕虜にもなり、金15万マルク（３万7200キログラム）もの身代金を払うまで幽閉された。十字軍についやした治世10年間のうち、イングランドにいたのは１年間に満たず、しかも、その期間も冒険の資金集めをしていただけだった。「もし十分に金持ちの買い手が見つかったら、ロンドンでも売る」と言ったとされている。

　1189年９月３日のリチャードの戴冠式は、ある意味、宗教的信念をめぐって将来血が流されることを予示していた。彼は戴冠式にユダヤ人が臨席するのを禁じる布告を出していたが、何人かのユダヤ人がリチャードへの贈り物を持参し、彼が食事をしている場所に近よってきた。すると、地元民が侮辱の言葉を投げかけ、ユダヤ人を追いかけながら、王がユダヤ人を皆殺しにせよと求めておられると言いふらした。そこでロンドン市民は、手近なところにいるユダヤ人を殺しはじめた。ユダヤ人の家に押し入って住人を殺害し、その財産を略奪した。バリケードを築いて家のなかに立てこもったユダヤ人もいたが、暴徒はそうした家には火を放って殺した。洗礼を受けてキリスト教徒になることを許された者、あるいは強要された者もいた。リチャードはユダヤ人から財政的支援を受けていたので、この大虐殺の話を聞いて、ユダヤ人の保護を命じた。また、事件の張本人の名前を明らかにするよう求めた。最悪の殺人者は処刑されたが、暴徒の多くは、その他の点では評判がよい人々だったため、起訴されなかった。

　ノリッジやリンカン、ヨークなど、ほかの都市でもロンドンと同じようなことが起きた。ヨークでは、約150人のユダヤ人が城に逃げこんで立てこもったが包囲され、もはや暴徒を防げないと思った男たちが、自分の妻子を殺し、その遺体を城壁から眼下の暴徒に向かって投げつけたうえで自殺した。城が落ちると、残っていたユダヤ人も殺された。自分の家に放火して、家のなかで焼け死んだユダヤ人もいた。ユダヤ人に金を借りていた人々の多くが、借金の記録を保管している大聖堂へ行き、その記録を燃やした。

火かき棒で処刑？

　1307年から1327年まで王位にあったエドワード２世は、意志薄弱で愚鈍でへまばかりの国王だった。好きな趣味のひとつが溝を掘ることだったという。諸侯の力を弱めようとして、敵対する者を絞首刑にしたり斬首したりすることもよくあった。だが、最大の難敵はスコットランドにいた。スコットランドのロバート１

前ページ：ユダヤ人の虐殺が激化すると、街じゅうで殺戮が行なわれるようになった。愚かな暴力行為の抑えがきかなくなり、キリスト教徒の家や家族までもが襲われた。多くの残虐行為にもかかわらず、当局はまったく責められなかった。

上：エドワード2世と看守たち。エドワードはひどい拷問を受けたせいで体が衰弱している。ディスペンサー父子が処刑され、息子4人のうちの3人が死んだいまとなっては、もはや万事休すだとわかっていた。

世、通称ロバート・ザ・ブルースが勢力を拡大していたのだ。エドワードは軍を率いて北へ向かったが、1314年6月24日、バノックバーンの戦いで惨敗を喫し、これによりスコットランドの独立が確実になった。ただしエドワード2世は、イングランド内の大敵ランカスター伯トマスに対しては、最終的には勝利をおさめた。ランカスター伯は、1314年までにはヨークのパーラメント（議会）を通じて国政の実権をにぎっていたが、エドワードは1322年3月16日のバラブリッジの戦いでランカスター伯を破り、その6日後にランカスター伯を処刑した。

ところが国王は、ヒュー・ル・ディスペンサー父子を支援するという致命的な行動を犯してしまった。彼らは行政改革を行なうことで私腹を肥やしたばかりか、1324年にはエドワード2世の妻である王妃イザベラの所領を奪って、王妃を敵にまわした。王妃イザベラは、のちにエドワード3世となる息子をつれて1年半フランスに滞在したのち、愛人のロジャー・モーティマー卿とともに軍を率いて帰国し、西へ逃亡した国王とディスペンサー父子をとらえた。ディスペンサー父子は処刑され、エドワード2世はウォリックシャーのケニルワース城に幽閉された。そして革命議会が、エドワード2世には統治能力がないと宣言し、エドワード3世を国王に選んだ。1327年4月、エドワード2世は退位させられてグロスターシャーのバークリー城に移されたばかりか、その後、この城で拷問を受け、飢餓状態にされたり、腐りかけた死体を入れてある穴に放りこまれたりした。そして、2度の救出計画が失敗に終わったあと、エドワードは9月に処刑された。

伝説によると、エドワードは夜間、暗殺団に殺害されたという。暗殺団はエドワードの直腸に角を差しこみ、その角に赤く焼けた火かき棒を押しこんで臓器を焼きはらったらしい。これは当時の歴史家ジェフリー・ル・ベイカーが伝えた話だが、廃位された王の味方から出たプロパガンダではないかと考えた人々もいる。

タイバーンで処刑された最初の貴族

ロジャー・モーティマーはエドワード2世のいとこで、その妻の王妃イザベラのいとこでもあった。また、イザベラの愛人でもあり、イザベラと共謀して彼女の夫エドワード2世を1327

年に殺害した。そして、若きエドワード3世が戴冠するまでの3年間、モーティマーは摂政として政治の実権をにぎった。

モーティマーはすばらしい戦歴を誇っていた。1308年にアイルランドで戦い、1314年にはスコットランドのバノックバーンの戦いに参加した。1321年、彼は国王の寵臣ディスペンサー父子と対立し、翌年にはロンドン塔に投獄された。だが1323年、モーティマーは脱獄してフランスへ亡命し、その2年後にイザベラと出会って、ふたりは愛人関係になった。そして1326年、イザベラとモーティマーはイングランドに侵攻してエドワード2世とディスペンサー父子を倒し、その後エドワード2世殺害をくわだてた。だが摂政になると、モーティマーは富を築き、多くの称号を得たため、同輩である貴族たちを敵にまわした。そしてランカスター伯ヘンリーが、17歳になったエドワード3世を言いくるめ、モーティマーが王位簒奪をくわだてていると信じこませた。1330年10月19日、国王はノッティンガム城でモーティマーを逮捕させ、

「モーティマーはタイバーンで絞首刑に処せられた最初の貴族になった」

下：エドワード3世の配下が突然ノッティンガム城に現れてロジャー・モーティマーを逮捕し、モーティマーは失脚した。残っていた彼の支持者も離れていった。彼の傲慢と強欲が、議会の仲間だった諸侯や貴族を離反させたからだ。

上：農民たちがロンドンに近づくと、国王リチャード2世はウィンザーからロンドン塔に避難した。反徒が街頭で暴れはじめ、一部の貧しいロンドン市民が暴動にくわわったときには、ほかに身を守れるところはなかった。

ロンドン塔に投獄させた。モーティマーは議会で裁判にかけられたが、そのときの彼は、鎖とロープでしばられ、猿ぐつわをはめられていた。エドワード2世と異母兄弟ケント伯を殺害したかどで告発されているあいだ、一言も発することができないようにするためだ。判決は明確な「有罪」だった。

　1330年11月29日、モーティマーは処刑のためにタイバーンへ送られた。エドワード2世の葬儀の際に着ていた黒いチュニックを着せられ、2頭の馬にひきずられていた。刑場に着くと、衣服をはがれ裸にされてから、ケント伯の死に関与したことを認める短いスピーチをしたが、それ以上のことは何も言わなかった。貴族の場合、ふつうは斬首刑に処せられ、絞首刑は平民の犯罪者だけが受ける刑罰だったため、モーティマーはタイバーンで絞首刑に処せられた最初の貴族になった。

農民一揆

　最初の大規模な民衆反乱だといわれている1381年の「農民一

中世のロンドン　57

上：国王リチャード2世と兵士たちは、一揆を起こした農民たちとロンドンの市壁の外で会見した。反徒の大半はまだ国王を尊敬していたので、許すと約束した王のうそを信じて、故郷へ帰るようにという王の命令に従った。

揆」は、新たに決まった人頭税が前年の3倍に増税されたことに抗議する蜂起からはじまった。この一揆は、一揆指導者の名前にちなんで「ワット・タイラーの乱」ともよばれるが、徴税に抵抗し、封建的農奴制の廃止を求め、経済的な不平不満を訴えるものだった。たとえば、黒死病の流行によって労働力不足が起きたため、国王は賃金の上限を定めようとしていた。5月にエセックスではじまった抗議活動は、南東部へ拡大し、6月には、タイラー率いるケントの農民の軍が、エセックスの反徒に合流した。そして6月13日、タイラーの一揆軍はロンドンに入ると、フランドル商人を皆殺しにし、大蔵省の建物に火を放った。国王リチャード2世の叔父であるランカスター公の邸宅も破壊された。こうした事態に、ついにリチャード2世は翌日、エセックスの農民たちと市外で会見し、彼らの要求を受け入れて改革を約束した。

　ところが、こうしているあいだも、タイラーの配下たちはロンドン塔を攻め落とし、人頭税の黒幕だとみられていたふたりの人物、大蔵卿と大法官の首をはね、ランカスター公の侍医の首も切り落としていた。そこで翌日、リチャード2世は従者たちとスミスフィールドへ行ってもう一度タイラーら反徒たちと会い、改革を再度約束した。ところがこのとき、タイラーが王に対し無礼な

口のきき方をしたので、ロンドン市長がタイラーを馬からぐいとひきずり落とし、王の従者がタイラーに致命傷をあたえた。とっさにリチャード2世は、怒り狂う農民たちに立ち向かうと、彼らの求める改革を約束し、自分の後についてロンドン市内を通るよう勧めた。だが、この行進はすぐに終わり、市長の軍が反徒たちをとり囲んだ。リチャード2世は反徒たちに恩赦をあたえ、故郷へ帰るよう説得した。

1か月におよぶ反乱の最悪の事態はこうして平定されたが、ほかの都市ではまだ暴動が続いた。たとえばケンブリッジでは、農民と農民に共鳴した地元民が、大学の一部を破壊し、大学に保管されていた文書を燃やしてしまった。その後、人頭税は中止になったものの、国王は農民の要求を受け入れたわけではないと言い、恩赦を取り消した。そして、まだ捕まっていない反乱指導者たちも、捜し出されて処刑された。

絞首刑日和

中世のロンドンは、絞首刑の刑場が数多くあったことから、「絞首台の都」という異名がつけられていた。たとえば、タイバーン、タワー・ヒル、スミスフィールドなどだ。こうしたおそろしい処刑には見物人がおしよせた。有名な囚人だと数千人が集まることさえあり、フェスティバルかカーニバルさながらの活気に満ちた大騒ぎがくりひろげられた。サミュエル・ジョンソンは絞首刑についてこう言っている。「もし見物人が来なかったら、目的を果たしたことにはならない」。絞首台に近い場所に陣どろうと早くからやってきた人々は、いちばんよく見えるよう設けられた露天の見物席に座った。ほかにも、屋根に腰を下ろして見る人々や、窓辺やバルコニーでくつろぎながら眺める人々もいた。いずれも席料をとられることが多かった。見物人の多くが女性で、貴族もいれば平民もいた。また、見物人に混じって、食べ物や飲み物、土産物を売る露店や手押し車も出ていたうえ、娯楽（処刑そのもの以外の娯楽）として、曲芸師や踊り子や吟遊楽人なども集まった。

多くの人が楽しく刺激的な外出日を求めてきていたので、庶民なりの「カラー・デイ（宮廷で特別な襟を着用することになっている特別な日）」つまりは「公開処刑の日」を楽しんで、羽目をはずしばか騒ぎする人も多かった。死刑囚が最期の言葉を口にしているのにやじり倒したり、怖気づ

> 「絞首台に近い場所に陣どろうと早くからやってきた人々は、露天の見物席に座った」

てじたばたしている死刑囚を見て大笑いしたり、死刑執行人に「早くやれ」と叫んだりした。見物人がとりわけ楽しんだのが、死刑囚が苦しまずにすぐ死ねるよう、ロープからぶら下がっている死刑囚の足を家族や友人がひっぱるのを見ることだった。また、群衆の無礼な言動が役人に向けられることもあった。死刑囚が人気者だったり無実だと思われる場合には、死刑囚に拍手喝采し、声援を送って勇気づけた。

　見物人、とくに酔っぱらい同士が乱闘をはじめることもあった。また、人々は死刑囚の遺体に殺到して、ふれたり、髪の毛を切りとったりした。こうすると病気が治ると思われていたからだ。死刑囚の衣服は、その処刑を扱った死刑執行人がもらえることになっていたので、死刑囚の家族は、とりもどしたければ死刑

下：絞首刑見物の常連は、複数の囚人が同時に処刑される場合、特別扱いを受けられ、記念にもち帰る品を増やしてもらえた。たとえば、死刑執行人が使ったロープは、短く切り分けられ、気味悪い土産物として売られていた。

執行人から買い戻さなければならなかった。このせいで、険悪な値切り交渉も行なわれた。しかも、引きとり手がいない遺体を解剖用に外科医に売ろうとしてやってくる者もおり、遺体の友人たちと争いになることも多かった。

ロラード派の火刑

　ウィリアム・ソートリーはノーフォークのカトリックの聖職者で、ロラード主義の祖ジョン・ウィクリフの教えを信奉していた。この宗教改革運動は、聖書をだれもが読めるものにすること、聖職者も結婚できるようにすること、などの変革を主張した。また、教会の蓄財を非難し、ローマ教皇、ミサにおける実体変化、聖人、告解などを否定していた。その信条を疑われたソートリーは1399年に逮捕されたが、このときは、ロラード主義を否定し、今後はこの教えを説かないと約束した。だが1401年、彼はロンドンの教会へ移り、ふたたびロラード主義の教義を説きはじめた。そのため、セント・ポール大聖堂によびだされ、大司教トマス・アランデルに異端だと告発された。ここでソートリーは大胆にも、聖体を信じていないと表明し、「それはまさにパンのままであり、その言葉が発せられる前と同じパンのままであった」と言った。彼は有罪を宣告され、死刑に処せられた。その判決には、彼は「公の場で、そのような犯罪をいみ嫌われながら、ほかのキ

下：ロラード派は市内を引きまわされるなど、公衆の面前で屈辱をあたえられてから火あぶりの刑に処せられた。ロラード派の運動は生きのびるために地下に潜ったが、イングランドの宗教改革で一定の役割を果たすことができた。

中世のロンドン　61

左：ジョン・オールドカースル卿の処刑は、炎の上で絞首刑にされてから絞首台ごと焼かれるというめずらしいものだった。彼が起こした反乱の現場で死ぬようにと、ロンドン塔からセント・ジャイルズ・フィールズにつれていかれた。

リスト教徒への明白な戒めとして、辱められるべきである」とあった。そして3月、ソートリーはスミスフィールドへつれていかれ、ロラード派ではじめて火あぶりの刑に処せられた人物になった。異端は火刑に処す、という法律がこの数日前に制定されていた。ソートリーの友人でロラード派だったジョン・パーヴェイをはじめとするほかの聖職者数人も、異端の罪で火あぶりの刑に処せられた。

また、武勇で名高い騎士だったジョン・オールドカースル卿も、1417年に同じ運命をたどり、ロラード派の英雄になった。ヘンリー5世とは即位前から友人だったが、1413年3月、ロラード派の説教師と見解を支持したとして告発された。そして、カンタベリー大司教から「主導的に異端者をかくまい、扇動し、保護し、擁護した者」だと言われたばかりか、アランデル大司教とじかに対決せねばならなくなり、ロンドン塔に投獄された。だが、オールドカースルは10月に脱獄すると、自分の城に逃げこみ、全国のロラード派を組織し

> 「彼は絞首刑と火あぶりの刑になった。処刑を前に彼は、敵を許したまえ、と神に祈った」

次ページ：エレナーが公開で行なった悔悛には、細長いロウソクをもってテンプル・バーからセント・ポール大聖堂まで歩き、大聖堂の祭壇にロウソクをささげるという行為もあった。彼女は同様の行進を市内のほかの2か所でも行なった。

てロンドンへ向かった。ところが、セント・ジャイルズ・フィールズで国王の軍にはばまれ、たちまち蹴ちらされた。オールドカースルは逃亡して潜伏したが、結局1417年に逮捕された。議会で裁判にかけられてからロンドン塔へ送られ、絞首刑と火あぶりの刑になった。処刑を前に彼は、敵を許したまえ、と神に祈ったという。

こうしてロラード派は地下に潜ることを余儀なくされたが、1500年頃ふたたび姿を現し、多くの者が殉教した。それから30年後に新しいプロテスタント運動に吸収された。

公爵の魔女の館

グロスター公爵夫人エレナーは、ロンドンで有名だった通称「目の魔女」、マージョリー・ジュードメインの毒薬や呪文をたびたび利用していた。一説によると、彼女の魔法のおかげで、エレナーはグロスター公ハンフリーの心をつかんで結婚できたという。ハンフリーは王座まであと少しというところにいた。ヘンリー6世の叔父で、ヘンリー6世が16歳で戴冠するまで彼の摂政だった。

そのため、ヘンリーが死ねば、野心家のエレナーが得をすることになる。そこで彼女は、またマージョリーに頼むことにした。「目の魔女」はエレナーのために王冠をかぶったろう人形を数体作ってくれた。この人形を毎日ひとつずつ火にくべて溶かすのだという。ところが不運にも、公爵の宮殿にいる学者のうちエレナーに仕えていた3人が関与したことから、話が外にもれてしまった。そして彼らから公爵夫人へ、公爵夫人からマージョリーへと、芋づる式に関係者が明らかになり、1441年、5人全員が、黒魔術で王を殺害しようとしたという反逆罪の魔法の容疑で逮捕された。

公爵夫人は異端と黒魔術の罪で有罪となったが、反逆罪とはみなされなかった。結婚は無効とされ、悔悛のためにロンドンじゅうを歩いてまわるよう命じられた。夫の公爵は黒魔術に気づいていなかったことが証明されたが、引退し、その3年後、別の反逆罪の容疑で逮捕され、3日後に監獄で死亡した。

エレナーの3人のとりまきのうち、死者の霊魂と交信していた占星術師のロジャー・ボリングブルックは、事件への関与を認め、1441年11月18日、タイバーンで絞首・腹裂き・四つ裂きの刑に処された。もうひとりのとりまきは獄中で死んだ。毒を飲んだのだろう。そして3人目は、この陰謀について知ってはいたが、関与はしておらず、王から恩赦をあたえられた。

中世のロンドン 63

ただひとり卑しい生まれだったマージョリーは再犯で、以前の1432年にも、妖術を使ったかどでウィンザー城に投獄されたことがあり、釈放されたときに、二度とやらないと約束していた。そのため、彼女は有罪となって、1441年10月27日、スミスフィールドで火あぶりの刑に処せられた。

ケイドの乱

　1450年、元兵士のジャック・ケイドが、ケントの小規模地主や農民を組織して反乱を起こした。反乱軍には主任司祭や小修道院長もいた。反乱の原因は、高い税金や強制労働、土地の没収だった。カリスマ性があったケイドは、アイルランド人だったがジョン・モーティマーと名のり、国王ヘンリー6世の対抗者だったヨーク公リチャードを支持していた。

　国王軍は反乱軍を鎮圧するためケントに向かったが、セヴンオークスでケイド軍に敗れた。その後、ケイド軍はロンドンに攻めこみ、ロンドン市民の一部からも支持を得た。だが、それも反乱軍が乱暴なふるまいを働くようになるまでのことだった。ロンドン塔をほぼ手中におさめると、反乱軍はカンタベリー大司教と大蔵大臣の首をはね、ふたりの首を棒の先に刺してさらし首にし

下：ジャック・ケイドら反乱軍に処刑された人々のひとりが、大蔵大臣の初代セイ・アンド・シール男爵ジェームズ・ファインズだった。反乱軍は彼をロンドン塔に投獄し、チープサイドで首をはねた。

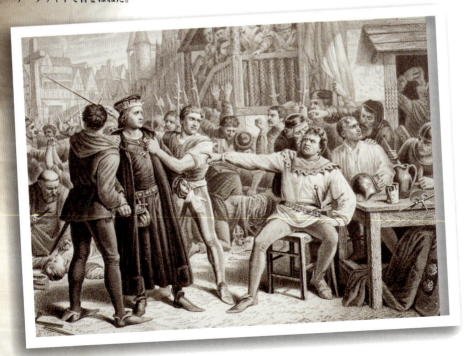

ラック

　ロンドン塔は、1078年頃にウィリアム征服王がテムズ川北岸の要塞として造りはじめた。ウィリアム征服王が建てたのは、現在ホワイト・タワーとよばれている建物で、ブラディー・タワーなどほかの建物は12世紀と13世紀に増築された。中世の国事犯は、テムズ川伝いに「トレイターズ・ゲート」へ運ばれ、ひどい拷問を受けた。情報や自白を引き出すためだったこともあるが、ただ復讐のために痛めつけられることもあった。

　最大の苦痛をあたえるために、巧妙な器具も発明された。とくにおそれられたのが「ラック」という拷問台だ。これは1447年頃にエクセター公が導入したので、通称「エクセター公の娘」という。ロンドン塔全体を管理していたコンスタブル（城守）が使っていた。

　この器具は、四角形の木枠の両端にローラーがとりつけてあり、丈夫なロープを使って囚人の手首を片方のローラーに、足首をもう片方のローラーにしばりつける。そして、ローラーについているハンドルを尋問係がゆっくりとまわして、囚人の体を伸ばしていく。こうすると、囚人の腕と脚が脱臼し、ときには手足がもぎとられる。もっとも時間がかかる拷問方法のひとつだが、激痛をあたえることができる。中世後期には、囚人の体の下に大きい釘がくわえられ、釘が背骨をつらぬいて引き裂くようになった。「ラックで壊れた」囚人は、たいていの場合手足が使えなくなる。多くの者が不随になったばかりか、その結果死ぬことさえあった。

左：ラックという拷問台はめったに使われなかったが、議会を爆破しようとしたガイ・フォークスはこのラックにかけられたといわれている。

た。しかも、ふたつの首がキスをしているかのように置いてあった。また反乱軍は、ケントのシェリフ（州奉行）も処刑した。そこで、地元当局は休戦に同意し、ケイドの要求を受け入れると約束したうえ、ケイドもふくめて反乱軍に恩赦をあたえた。ところが、反乱が終息すると、国王はケイドの逮捕を命じ、ケイドはロ

ンドンから逃亡した。そして、ケントの新しいシェリフがサセックスでケイドをとらえ、重傷を負ったケイドはロンドンへの護送中に死んだ。それでも、生きている場合と同じように、ケイドの遺体は絞首・腹裂き・四つ裂きの刑を受け、首がロンドン橋でさらされた。失敗に終わったものの、このケイドの乱が、バラ戦争の引き金のひとつとなった。シェイクスピアは戯曲『ヘンリー六世』でこのケイドの乱をドラマ化している。

王族の殺人

イングランドの国王との交渉は、簡単にはいかないことが多かったが、ロンドンは商人の財力が増し、強力な行政を支援できるようになっていたので、特別に自治が認められていた。ロンドン市民がはじめて市長を選んだのは1191年のことだった。そして、国王の認可を得て、裕福な商人が市の管理をはじめた。国王がロンドン市民に助言を求めることもよくあった。

だが舞台裏では、王族の陰謀や争いが続いた。国王ヘンリー6世がロンドン塔で死亡したことも、大きな疑惑を生んだ。1453年から1455年まで、ヘンリー6世は精神的衰弱か精神錯乱の発作をわずらっていた。これは母方の家系からの遺伝だった。そして病気から回復した年、「狂気王」は、ランカスター家とヨーク家がともに王位を要求して争ったバラ戦争にひきずりこまれた。ランカスター派を支えていた中心人物は、ヘンリー6世の王妃マーガレットだった。シェイクスピアは彼女のことを「女の皮をかぶった虎の心」[『ヘンリー六世』(『シェイクスピア全集Ⅰ』所収、小田島雄志訳、白水社)]をもつ女として描いている。ランカスター派が1461年に吹雪のなかでの戦いに敗れると、勝利をおさめたヨーク公エドワードは、みずからを国王エドワード4世であると宣言し、ヘンリー6世は妻子とともにスコットランドへ逃亡した。彼は1464年に戻ってきたが、翌年エドワード4世に捕まってしまう。その後1470年、有力者のウォリック伯がヘンリー6世を王座に復位させたものの、ウォリック伯は1471年4月14日にロンドンの北のバーネットの戦いで戦死してしまった。そして、5月4日のテュークスベリーの戦いでも、エドワード4世の軍が勝ち、ヘンリー6世のひとり息子が殺されて、バラ戦争はこのヨーク派の勝利をもって終結した。同年、ヘ

上：ヘンリー6世は生後9か月で国王になり、イングランドは彼の叔父たちといとこが20年間にわたって支配した。ジャンヌ・ダルクがフランス軍を率いてヘンリー6世の軍と戦ったとき、ヘンリー6世はまだ子どもだった。

左:ウォリック伯リチャード・ネヴィルは、バーネットの戦いでランカスター派を率いて戦死した。「キングメーカー」といわれた男は、逃走中、部下を置きざりにしないということを示すために徒歩で戦って殺された。

ンリー6世はロンドン塔に幽閉され、5月21日の夜に刺殺された。ことによると、エドワード4世の弟のグロスター公リチャード、のちのリチャード3世が手をくだしたのかもしれない。ヘンリー6世の妻もロンドン塔に幽閉されたが、身代金を払って解放してもらい、生まれ故郷のフランスのアンジューで一生を終えた。

　ヘンリー6世の死後、温和で敬虔だった王をうやまい、彼を聖人だと見なす運動がはじまった。彼は174回も奇跡を起こしたとされた。たとえば、ペストで亡くなった人々を生き返らせたといわれたことから、病気治癒を願う多くの巡礼者が、サリーのチャーツィー修道院にあった彼の墓に詣でた。墓の移設後は、ウィンザー城の聖ジョージ礼拝堂にある墓が巡礼地となった。

砲火を浴びたロンドン

　バラ戦争では勝利をおさめたものの、その知らせがケント伯の庶子トマス・ネヴィル、通称「フォーコンバーグの庶子」のもとにとどいたのは遅くなってからだった。海の勇者だったネヴィルは、イギリス海峡と北海の海賊を打ち破った功績によって、1454

幼い王子たち

リチャード3世はイングランド史上もっとも悪名高い国王のひとりだ。彼の兄、国王エドワード4世が1483年に40歳で死去すると、リチャードはエドワード4世の息子たち、12歳のエドワードと9歳のリチャードの後見人になった。エドワードはまだ戴冠式をあげていない国王となったが、わずか2か月間在位しただけだった。王子たちの父親の結婚は無効であるから、王子たちは庶子である、とリチャードが宣言し、ふたりの王子を家族のもとから引き離してロンドン塔に幽閉したのだ。その夏には、王子たちは姿を消した。叔父の命令で殺されたにちがいない。トマス・モアの書いた歴史によると、殺し屋たちが王子たちの寝室にしのびこみ、羽毛のマットレスと枕を王子たちの口に押しあてて殺害したという。リチャードに仕えていた騎士のひとり、ジェームズ・ティレル卿は、1502年に反逆罪で処刑されたが、その前に拷問を受けているとき、この殺人について自白した。シェイクスピアも戯曲『リチャード三世』で彼の名前をあげている。

リチャード3世の治世は短期間で終わった。1485年8月22日、レスターシャーで行なわれたバラ戦争最後の大きな戦いに参戦したリチャードは、リッチモンド伯ヘンリーに殺され、ヘンリーが国王ヘンリー7世となった。

1674年、ホワイト・タワーの修復を行なっていた作業員が、階段の下の「石積み」の下に隠されていた子どもふたりの骸骨を発見した。それから4年後、ふたりの遺骨はウェストミンスター寺院に埋葬された。

右：王子たちの遺体が見つからなかったので、まだ生きていると信じていた人々もいた。1491年には、弟のほうの王子だと自称する男がアイルランドに現れた。

年にシティ・オヴ・ロンドンの名誉市民権を贈られていた。バラ戦争では、彼は両陣営で戦った。最初は1470年、エドワード4世のヨーク派の海軍の指揮官として戦い、翌年には、ウォリック伯によってランカスター派の艦隊の中将に任命され、ロンドン奪取をめざした。1471年5月8日、エドワード4世軍がウェスト・カントリー（イングランド南西部）にいるあいだに、トマス・ネ

ヴィルはロンドン当局に書状を送り、こう伝えた。わたしはウォリック伯から委任を受けており、現在ロンドン塔に幽閉されている国王ヘンリー6世を復位させるため、平和裏に市内に軍を進めたいので許可をいただきたい。だが、市長をはじめとするロンドン市自治体からは、ウォリック伯の死亡とランカスター派の敗北を伝えてきた。トマスはこの知らせを信じられず、エドワードを王として認めるよう説得されたものの、認めようとせずロンドンに攻撃をしかけた。

　ランカスター派の望みがついえたテュークスベリーの戦いから1週間後の5月12日、トマス・ネヴィルはテムズ川をさかのぼり、約2万人のケント人とエセックス人からなる先着隊とサザークで合流した。その日、彼の軍はロンドン橋を攻撃し、橋の新しい門を焼きはらったが、最終的には橋の守備隊に阻止された。2日後、彼は5000人の反乱軍を集め、艦隊から大砲を降ろすと、テムズ川南岸にずらりとならべ、ロンドン塔の砲兵隊と撃ちあった。この撃ちあいで損害が拡大し、ネヴィルの軍は押し戻された。次に彼は、3方面からの攻撃を試みた。兵の大半をロンドン橋にさしむけると同時に、約3000人をオールドゲイトとビショップスゲイト奪取に向かわせた。だが、この3方面攻撃はすべて失敗に終わった。ネヴィル軍がオールドゲイトに侵入すると、守備隊は門を閉じ、侵入者全員を殺害した。そしてロンドン側の軍が反撃に出て、約700人を殺し、数百人をとらえた。5月18日、エドワード軍の第1陣がコヴェントリーから戻ってきた。ネヴィルは軍を解散すると、その56隻の軍艦を国王に引き渡した。国王のほうも、彼の忠誠心を受け入れ、彼に恩赦をあたえてナイト爵を授け、彼を海軍中将に任命した。

> 「彼の首はロンドンへ戻され、ロンドン橋でさらし首になった」

　ところが4か月後、国王が言葉以上に怒っていたことが明らかになった。トマス・ネヴィルはサウサンプトンでヨーク公に逮捕され、ヨークシャーに連行されると、ミドラム城で斬首された。しかも、彼の首はロンドンへ戻され、かつて彼が奪取しようとしたロンドン橋でさらし首になった。

火災とペスト

　「人間が人間に対して行なう残酷な行為」だけでは足らないかのように、ロンドンの一般市民は、暮らしを快適にしてくれるものが増えていくのを享受していた最中に、自分の命を脅かしかねない大災害にみまわれた。1087年、1136年、そして1212年と、

3度の大火災が起き、密集した家屋の多くが焼けおちたのだ。当時の家屋は、わらぶき屋根やかやぶき屋根の木造だった。また1348年には、黒死病がはじめて流行し、1361年と1368年にもふたたびペストが大流行した。ロンドンをふくむイングランド全土には約500万人の人々が住んでいたが、その全人口の3分の1から2分の1が失われた。

大きな悲劇がロンドンを襲ったのは、1212年7月の第2週、テムズ川の南で大火が猛威をふるったときだった。サザークの大火とよばれるこの火事は、セント・メアリ・オーヴァリー大聖堂をはじめとする多くの建物を焼きつくした。そして、強風にあおられた炎が旧ロンドン橋に向かい、石の土台の上に建てられた木造の家屋や店舗に迫った。すでに橋の上は、サザークから逃げてきた人々であふれ、対岸から来た救助の人々もいた。だが運命のいたずらか、灰がロンドン橋を越えて吹き飛ばされ、テムズ川北岸にも降ったため、おびえた人々は橋の上で足が止まってしまった。木造のロンドン橋が燃えはじめると、多くの人々が川へ飛びこんだ。おぼれた人もいれば、助けに来たボートによじ登った人もいた。ボートごと沈んでしまった場合もあった。炎は市の中心部にまで達したが、そこにはまだ組織化された消防団などなかった。1603年に書かれた記述によれば、この大火で3000人以上が死亡したと思われるという。この数字には誇張があるのではないかと考えられているが、それでも1666年のロンドン大火以上の犠牲者が出たのは確かだ。

黒死病

おそろしいペストは、1348年にフランスからの船でドーセットに上陸すると、同年のうちにたちまちロンドンに達し、2月から5月にかけて最多の死者を出した。当時「グレート・モータリティ（高い致死性）」とよばれていたこの流行は、腺ペストと肺ペストの両方に罹患するという強力なもので、感染の理由もわからなかったため、市内ではパニックが広がった。現在では、ネズミに寄生するノミにかまれるのが原因だとわかっており、2014年にロンドンで発見された遺体の証拠から、このときのペストが空気感染、とくにせきやくしゃみで広がったことが判明している。

ペストに罹患すると、まず頭痛がし、その後、発熱、悪寒、吐き気、嘔吐と続く。手足や背中が痛んでこわばるようになり、首筋やわきの下、太ももの内側に強い痛みをともなう腫れ物が現れ、そこから膿や血液がにじみ出てくるようになる。当時は、た

次ページ：ロンドンのイースト・スミスフィールド（王立造幣局旧庁舎）で発掘されたペストの犠牲者の遺骨6体。国際的な科学者チームが遺骨のDNAを利用して、ペストの全ゲノムを解明した。

中世のロンドン 71

ゴミの川

　テムズ川は、ロンドンという都市をここに建設することにした決め手であり、テムズ川のおかげで、ロンドンは健全に発展しつづけた。だが中世には、テムズ川の健全さのほうが深刻な問題になっていた。1357年、エドワード3世はテムズ川の「煙霧などのひどい悪臭」について、「糞などの汚物がいろいろな場所に積もっている」からだと述べている。この頃には、テムズ川は下水溝同然になっていて、人間の出すゴミ、食肉処理業者から出る動物のくず肉や血液、多くの商店や工房からの排水をすてるのに使われていた。この問題がひどく悪化したのは、トイレがテムズ川の支流の上に11か所、ロンドン橋の上に2か所造られ、下の川に直接落として流すようにしてあったためだ。テムズ川を航行する船も、ゴミを川にすてていた。こうした状況でありながら、多くのロンドン市民はテムズ川で洗濯もしていたので、悪臭が衣服に移って染みついていた。

いてい感染してから3日以内に死亡した。
　ロンドンの人口は約8万人だったが、パニックが広がった2月から5月にかけては、連日、最高で200人が埋葬された。ロンドン市民はペストを「神の鞭」とよんでいた。人口過密状態のロンドンは、ただでさえ公衆衛生が劣悪だったのに、道路の清掃人がみなペストの犠牲になってしまったため、衛生状態がいっそう悪化した。ペストは1350年の春まで猛威をふるいつづけ、推定でロンドンの人口の3分の1から2分の1が失われた。スピタルフィールズで発掘された集団墓地では、遺体が5層に積み重ねられていた。カンタベリー大司教3人、ウェストミンスター寺院の大修道院長と修道士27人も、ペストの犠牲になった。この後も、1361年の子どものペストをふくめ、16回もペストが流行し、ついには1665年、「ロンドン大疫病」にみまわれることになる。

> 「街路は動物と人間の排泄物でおおわれていた」

ロンドンの街路——汚物と腐敗

　中世のロンドン市民は、外を出歩くだけでも健康をそこなうおそれがあった。街路は舗装されておらず、泥と汚水でぬかるんでいた。靴底の厚い靴を特別にあつらえて、汚物の上を歩くことができるようにしたり、玄関に低い板を置いて、汚物が家のなかに入るのを防いだり、床にイグサを敷いて、足や靴をぬぐえるようにしたりしていた。街路は動物と人間の排泄物でおおわれており、排泄物の量は1日に5万キログラムにもなったらしい。住民の多くは、室内用便器の中身を建物の上の階の窓から道路にすて

上：ロンドンの街路は汚物と病気だらけのぬかるみで、しかも、大声で騒ぐ酔っぱらいと無口な犯罪者があまりにも多かった。法の執行機関が弱かったり、あるいはまったくなかったりしたので、たいていの地区住民は、自前の司法制度に頼らねばならなかった。

ていた。ただし、そうした行為は違法なので、夜間にすてることが多かった。当局は道路の清掃人を雇っていたが、その作業がまた悪臭のもとになることも多かった。また、住民や訪問者は、街頭で食肉処理した動物のくず肉や血液や腐りかけの肉からただよってくる悪臭とも闘う必要があった。これらのどれにも、ペストの病原菌を運ぶネズミが毎日群がっていた。ただし1369年だけ

ジョン・ライケナー

1374年12月のある夜のこと、ロンドンのチープサイド近くの通りで、ジョン・ライケナーという男が、女装して別の男と性行為をしているところを逮捕された。エレナーと名のっていた彼は収監され、「唾棄すべき、口にするのもはばかられる、恥ずべき犯罪」のかどで、ロンドンの長老参事会員の前に引き出された。彼のいうには、女たちに女装を教えてもらい、その後売春の手ほどきをしてもらったのだという。ロンドンとオックスフォードで5週間、学生や肩書のある学者を客にして売春婦として働き、次にバーフォードで6週間働いた。バーフォードでは、フランシスコ会の修道士から金の指輪をもらった。客には司祭や修道士や修道女もいて、みな彼のサービスを無料で楽しんだという。また彼は、男性として女性とも性行為をした。客の多くは既婚女性だった。そしてロンドンへ戻ると、彼はロンドン塔近くの路地で、3人の礼拝堂付き司祭を相手に売春を行なった。

彼が正式に起訴されたのか、彼の事件がどのような結果だったのかはわからない。中世後半のシティでは、すくなくとも13人の女性が、髪を短く切って男装したかどで正式に起訴されている。

は、屋外で動物を食肉処理することが禁じられた。さらに生きている動物も、自由に街頭を歩きまわっていた。ブタ、ガチョウ、ニワトリにヒツジまでいた。こうした悪臭だけでなく、さまざまな商売からただよってくる臭いもあった。たとえば、皮をなめす製革所からは皮を煮沸する臭いがした。しかもロンドン市民は、家庭から出るゴミを収集する日を当局が定めているのに、たびたびゴミを外にすてていた。

空気も汚れていた。こうした悪臭にくわえ、戸外でものを燃やしていたために大気汚染がひどく、1285年には、エドワード1世がロンドン初の大気汚染対策委員会を作った。だが15世紀には、石炭を燃料にするようになっていたせいで、大気汚染がいっそう悪化した。

シティの罪

中世のロンドンは、殺人からこそ泥にいたるまで、さまざまな犯罪の巣窟だった。殺人犯もこそ泥も、たとえ少年でも、すぐに絞首刑に処せられた。曲がりくねった街路は、夜になるとほとんど真っ暗で、売春婦や凶暴な殺人者、ナイフを手にした強盗、すり、浮浪者、四六時中飲んだくれている酔っぱらいなどがうろついていた。ずうずうしい泥棒が、盗んだばかりの品を近くの通りで売っていることもあった。薄暗い小さな家々が立ちならび、売

下：路上の市場やフェアは多くの人々を引きよせた。そうした買い物客は、盗品を売ろうとする者や泥棒、すり、売春婦のカモだった。混雑した街路は、病原菌や病気の感染も拡大した。

春宿や犯罪集団の秘密の隠れ家、闇市用の盗品の倉庫になっていた。民間の事業者も行政の役人も、多くが詐欺や賄賂や恐喝などの腐敗にまみれがちだった。こうした事態は1380年代のギルドホール（ロンドン市庁）にも入りこみ、市長の選出が暴力によって左右された。殺人がからむことさえあった。

　売春婦も街じゅうで繁盛していたが、「善きあるいは高貴な婦人や乙女」であるかのように装うことは禁じられていた。売春婦は裏地のない縞模様のフードを身につけなければならず、この服装が娼婦のしるしだった。売春宿が集中していたのはテムズ川対岸のサザークで、皮肉なことに、ここにはウィンチェスター司教の御座所（宮殿）もあった。1161年、ヘンリー2世がこの地区を売春宿「スチューハウス」あるいは「スチュー」（もともとは風呂屋「バスハウス」だった）を設置する場所に指定し、週に一度査察を行なうよう命じたのだ。「スチューホルダー（売春宿のオーナー）」はウィンチェスター司教の監督下に置かれ、司教が「バスハウス」の大半を賃貸ししていた。1378年には、ここには18件の売春宿があった。すべてフランドル人の女将が経営しており、セックスだけでなく、よい香りがする風呂や飲食を楽しむこともできた。

　ロンドン当局は売春宿を必要悪と考えていたが、容認できないほどの行為がないかぎり、犯罪的な悪というわけではなかった。容認できない例としては、1435年に、ピーター・ベドノットが「下等な売春宿を経営し、さまざまな夜間徘徊者を受け入れていた」かどで起訴されて、罰金刑を受けた事件がある。その3年後にも、彼の妻のペトロネラが「自宅内にスチューを」もっていたかどで告発された。その家では、「彼女がさまざまな悪人をかかえており、泥棒もいれば、だれが相手でも断わらない下等な売春婦もいた」という。

元祖ベドラム

　中世のロンドンは、精神を病んだ人に親切な社会ではなかった。王立ベスレヘム病院、通称ベドラムは、1247年に小修道院として創設された。そして1330年頃、ビショップスゲイトで病院を開院し、1403年に最初の精神障害者を受け入れた。1547年には、ヘンリー8世がここを「精神病院」として使うようにとロンドン市に移譲した。すると、ここでの治療は、そうした不運な患者を収容するだけにとどまらなくなり、患者のことを看守が囚人とよぶこともあった。しかも、いまでは精神障害に該当しない人々も収容された。たとえば、てんかん、自閉症、重いうつ病の

上：ベドラムはやっかい者や年配の家族を隔離するのに都合がいい場所だった。妻にうんざりした夫が、大金を払って妻をベドラムに入れてしまうこともあった。

患者などだ。また、「悪党根性」のかどで告発された者から殺人犯にいたるまで、精神障害の犯罪者もいたし、少数ながら、政治的理由で実際に監禁された者もいた。

　下水溝の上に建てられた病院は、建物の内側も外側も不潔で、あふれたゴミが玄関をふさいでしまうこともあった。1675年にムアフィールズに移転したときには、その残忍な治療法だけでなく、入場料をとって病院を一般公開し、患者をフリークショーのような見世物にしていることで悪名をとどろかせるようになっていた。見物客は虐待されている患者の狂態を見て笑い、患者を棒でつつくことまでしたばかりか、帰りには、院内のようすを描いた絵を土産にした。患者がぎょっとするような叫び声をあげているところやけんかをしているところ、悪態をついたり鎖をガチャガチャ鳴らしたりしているところを描いた絵。危険な患者は鎖で壁につながれたり、独房に閉じこめられたりしていた。また患者は、排泄用のおまるをあたえられていたが、その中身の排泄物を中庭にいる職員や訪問客めがけて上の階からぶちまけることもあった。

　以来、「ベドラム」という名称は、騒々しくて混乱した場所や

流血の娯楽

　中世のロンドンでは、動物を痛めつけることが、ほかのなによりも激しい熱狂をかきたててくれる娯楽だった。流血を見たいという欲望も満たしてくれた。闘鶏や闘犬もよく行なわれていたが、最高に見ごたえがあってグロテスクな流血の見世物は、「牛攻め」と「熊いじめ」だった。
　この見世物は、ふつうは日曜日の午後、囲いのなかか闘技場のアリーナで行なわれた。非常に人気があり、あらゆる階層の人々が見に来る娯楽だった。これは、首か足につけた鎖で杭につないだ熊や牛に、この娯楽用に訓練した獰猛な犬をけしかけるというもので、犬が熊や牛の耳や首や鼻にくいついて、いじめたり攻撃したりする。ときには、面白くするために熊や牛を鞭打ったり、目をつぶしたり、鼻にコショウを吹きかけたりすることもあった。見物客は、かまれている動物が約1時間の闘いを終えるまでに死ぬかどうかを、賭けの対象にした。
　なかには、この流血の闘いを数年間にわたって続け、英雄扱いの人気者になった熊もいた。シェイクスピアも喜劇『ウィンザーの陽気な女房たち』で、サッカースンという熊に言及している。牛のほうがありふれた動物だったので、牛の場合は、犬の攻撃に耐えても、たいていは食肉用に殺された。牛攻めに出た牛の肉のほうが、かまれたおかげで柔らかい、と肉屋は言いきっていた。

上：熊いじめは非常に人気があり、エリザベス女王が見物したこともある。ロンドンでもっとも有名な熊園はサザークにあった。

状況という意味に使われるようになった。病院自体は、1930年にウェスト・ウィッカムに移転し、いまはベスレム王立病院という名称で国民保険サービスの一部となって、専門的な研究と治療を行なっている。

第3章

テューダー朝

偉大な君主の時代が到来した。君主たちははばむもののない権力を手に統治し、教会をものともせず、庶民を服従させた。だが、おかげでロンドンはより平和になり、文化が花開いてシェイクスピアが登場した。

　テューダー時代に君臨した5人の君主は、王権を強化し、圧倒的な海軍力で海外にイングランドの植民地を建設し、新しい宗教秩序を作り出した。そのうちの3人の名前は、歴代君主のなかでも傑出している。ヘンリー8世、メアリ1世（通称「ブラディー・メアリ」）、そしてエリザベス1世（通称「ザ・ヴァージン・クイーン」）だ。
　テューダー朝を開いたヘンリー・テューダーは、1485年、ボズワースの戦いでリチャード3世が戦死すると、その戦場で戴冠してヘンリー7世となった。たえず和解をうながしたヘンリー7世は、ヨーク家とランカスター家を統合させ、85年間にわたる両家の内戦に終止符を打った。そしてスコットランドとも、つかのまの平和を達成した。その息子ヘンリー8世は、6人の妻をめとり、うちふたりの首をはね、ふたりを離婚して、教会と社会を憤慨させた。また、カトリック教会と絶縁し、現在まで続くイングランドの公式なプロテスタントの教会を創設した。メアリ1世は、イングランドにカトリック信仰を復活させ、その過程で約280人のプロテスタントを火あぶりの刑に処したため、「ブラディー・メアリ」とよばれるようになった。彼女の異母妹エリザベス1世は、カトリックの教会を再建したが、宗教に対しては寛容な路線をとった。また、45年間という長い治世のあいだにイングランドを世界的な強国に造り上げ、発見の旅を指揮した。ただ

前ページ：ヘンリー8世の後期の肖像画。ハンス・ホルバインが49歳の国王を描いたこの肖像画のように、太りすぎの大男というイメージがあるが、若い頃のヘンリーはハンサムな筋骨たくましい男で、スポーツ好きだった。

し、結婚せず子どももいなかったため、テューダー朝は彼女を最後に断絶することになった。

平和と繁栄とパニック

衝撃的なほどひどい時代だった中世に比べれば、テューダー時代は、ロンドンはじめイングランドの多くの地域が安定し豊かになった。1577年にロンドン主教になるジョン・エールマーは、1559年、イングランドの新たなアイデンティティと愛国心について同郷の人々にこう述べている。「おお、汝イングランド人よ、汝がいかなる富のうちに、いかに豊かな国に生きているか、承知しているのであれば、汝、日に7度、神の前にひれ伏し、汝がイングランド人に生まれたこと、フランス人の農夫ではなく、イタリア人でもドイツ人でもないことを神に感謝せよ」

都会ではさまざまな新しい娯楽を楽しめるようになった。余暇

右：ヘンリー・テューダーはレスター近郊のボズワースの野で戦いに勝ってバラ戦争を終わらせ、その場で戴冠しヘンリー7世となった。テューダー朝を開いた彼は、和解を進める仲裁役となり、イングランドの政府を近代化した。

には新しいカードゲームをすることもできたし、上流家庭ではチェスやドラフト（チェッカー）やバックギャモンといったゲームをして遊ぶこともあった。都会の娯楽は、テムズ川の対岸へ渡ればどの階級の人間でも楽しめた。まだ牛攻めや熊いじめを見て楽しむこともでき（ヘンリー8世やエリザベス1世も楽しんだ）、1599年に開業した近くのグローブ座でウィリアム・シェイクスピアやクリストファー・マーローやベン・ジョンソンの芝居を見ることもできた。もっとみだらな楽しみも手に入れられるようになった。そうした性的な不品行は王宮でもめずらしいことではなく、1581年には、王宮に仕えている16歳の侍女が、既婚のオックスフォード伯に誘惑され、ホワイトホール宮殿で子どもを産んだ。とはいえエリザベス女王はこれに立腹し、結局ふたりともロンドン塔送りになった。

こうした進歩が見られたものの、増えつづける住民のあいだでは、まだ貧乏が根強くはびこっていた。1605年には、ロンドンの市壁内に住む人々の人口は7万5000人に達し、市の郊外にも15万人が住むようになった。貧民救済のための調査はすでに1547年から行なわれており、救

上：ジョン・エールマーはイングランド人であることに誇りをいだいていたが、カトリック教徒だったメアリ女王の治世には、ヨーロッパで亡命生活を送らざるをえなかった。母国に戻れたのは、エリザベス女王がプロテスタントの教会を復活させたときだった。

左：ウェストミンスター寺院で校正刷りを読むウィリアム・カクストン。彼の印刷所では、約100種の印刷物を出版した。哲学から大衆文学まで、あらゆるものを印刷していた。チョーサーの『カンタベリー物語』もそのひとつだ。

王位僭称者ウォーベック

　王位を要求する僭称者はいつでもいるように見えるが、その多くは、結婚や出生や不正行為にからんで王位となんらかの関係をもっていた。だが、パーキン・ウォーベックは別物だった。彼はフランドルのトゥルネーで生まれ、ポルトガルで暮らしてから1491年にアイルランドへ移り、そこで絹商人のもとで働いていた。ところが、ウォーベックの絹製の衣服に感動したヨーク派の亡命者が、ヨーク公リチャードになりすますようウォーベックを説得した。1483年にロンドン塔に幽閉されて姿を消したふたりの王子の弟のほうだ。兄のエドワード5世がリチャード3世に殺される前に、弟のリチャードは逃亡していた、と多くの人が信じていた。ウォーベックはヨーロッパへ渡って軍をつのり、姿を消した本物のリチャードの叔母、マーガレット・オヴ・バーガンディを訪ねた。そして彼女が、ウォーベックを教育して身がわりの役を演じられるようにした。しかも彼女は、公然とウォーベックの王位要求を支持し、スコットランドのジェームズ4世と神聖ローマ帝国皇帝であるオーストリアのマクシミリアン1世も彼女にならった。

　1495年から1496年にかけ、ウォーベック率いる軍はイングランドに侵攻したが、失敗に終わった。その後、彼はスコットランドに行って、ジェームズ4世のいとこであるキャサリン・ゴードンと結婚し、1497年、コーンウォールに上陸すると、リチャード4世として王位を要求すると宣言した。ウォーベックは6000人の軍を集めることができたが、高度な訓練を受けたヘンリー7世の軍にエクセターで粉砕され、テューダー朝初代国王の打倒をはばまれた。ウォーベックはハンプシャーのビューリに逃亡し、そこで捕まって、じつは偽物だと白状した。彼はロンドン塔に投獄され、脱獄を試みたが失敗に終わり、1499年、国王に対して陰謀をくわだてたかどで絞首刑になった。この手の犯罪にあたえる罰にしては慈悲深い処刑方法だった。

左：タイバーンで絞首刑になる5か月前、パーキン・ウォーベックはウェストミンスターとチープサイドの2か所の公衆の面前で、罪の告白をさせられた。

貧院や民間の慈善団体からの援助も増え、飢えている人々に穀物を配ったりしていた。

　また、テューダー朝のイングランドは、国家から家庭にいたるまで、あらゆる段階で権威と秩序が不可欠だと考えていた。作家トマス・エリオット卿は1531年にこう書いている。「物事から秩序をとりされば、いったい何が残るというのか？」。そうした考え方が広まったのは、1476年にロンドンのウェストミンス

ターで、ウィリアム・カクストンがイングランド初の印刷所を開いたからだ。もっとも、読み書きのできる人が増え、知識を得やすくなると、それはそれで支配階級にとっては問題だった。1543年、ヘンリー8世は、肉体労働者や徒弟、そして女性が、翻訳されたばかりの英語の聖書を読むことを禁じた。

これにくわえ、国王が作り出した危機もあった。異端者がいたとしたら、それはテューダー家の支配者がそう言ったからだった。ロンドンの住民がより文明的になったとしても、ロンドンの支配者のほうはそれほどでもなかった。ヘンリー8世は教皇から「信仰の擁護者」という称号をあたえられたが、1536年、ヴァティカンに逆らって離婚と修道院解散にふみきった。また、テューダー時代の拷問や死刑はきわめて効率的で、ほかのどの時代よりも数多く用いられた。ヘンリー8世は推定で5万7000人から7万2000人を処刑したとされており、「ブラディー・メアリ」も5年足らずで約280人のプロテスタントの男女を火あぶりの刑に処した。

王の権威に対するおそれだけでなく、テューダー時代の生活は、つねに感染症や病気、伝染病の大流行の危険にさらされていた。結核、赤痢、インフルエンザ、腸チフス、天然痘がたちまちロンドンじゅうに蔓延した。エリザベス1世も1562年に天然痘にかかって死にかけた。また、夏にとくにおそれられていたのが、数時間で死にいたるという不可解な粟粒熱だった。当時の歴史学者エドワード・ホールはこう書いている。「午餐のときには陽気に楽しんでいた者が、夕食時にはもう亡くなっていた」。ヘンリー8世の閣僚だったトマス・クロムウェルの妻と娘ふたりも、この病気で死亡した。ヘンリー8世の2番目の妻になる前のアン・ブーリンも、1528年の大流行でこの「発汗」の発作にみまわれたが、父親や弟ともども命はとりとめた。ヘンリー8世自身は、このおそろしい伝染病にかからないよう人混みを避け、大流行した1517年には宮廷の場所をたびたび移していた。

11 斧をふるった斬首

マーガレット・ポールは、1485年にボズワースの野の戦いで負けたヨーク家の女性だった。この戦いに勝ったヘンリー7世が、即位してテューダー朝の初代国王となり、ヨーク家で次の王位継承権をもっていたマーガレットの弟エドワードは、1499年にロンドン塔で処刑され、14代にわたるプランタジネット家の支配も終わりを迎えた。

だがマーガレットのほうは、弟よりもましな人生を送れた。ヘ

次ページ：タワー・グリーンで行なわれたマーガレット・ポールの処刑では、100人以上の見物人が下手くそな斬首を見つめていた。ロンドン塔には彼女の幽霊が出るとか、彼女は毎年死去した日に処刑を再現しているとか、いまだに言う人もいる。

ンリー7世のはからいでリチャード・ポール卿に嫁ぐことになったからだ。そして5人の子どもをもうけ、夫が1504年に亡くなると、5年後、より大きな幸運が待っていた。ヘンリー8世が即位し、マーガレットは王妃キャサリン・オヴ・アラゴンに仕えるよう頼まれたのだ。実家の土地と称号もとりもどすことができ、マーガレットは裕福なソールズベリー女伯爵となった。ところが、1533年にヘンリー8世がキャサリンと離婚すると、キャサリンを支えようとしたマーガレットの人生は狂ってしまう。マーガレットはロンドン塔に2年間投獄され、反逆罪およびヘンリー8世に異を唱えた息子ふたりを幇助し教唆したかどで告発された。

> 「11回も斧をふるって、彼女の頭と肩をバラバラに切りきざむはめになった」

1541年5月27日の午前7時、彼女の処刑が行なわれた。67歳になっていたマーガレットは、病気のため体が弱っており、断頭台までひきずられていった。だが、そこで台に頭をのせるのをこばみ、力ずくで押さえつけられた。ところが、斧を手にしていた死刑執行人がまだ若く未熟だったので、もがく彼女の首を切りそこねてしまった。最初の一撃は彼女の肩にくいこんだ。結局11回も斧をふるって、彼女の頭と肩をバラバラに切りきざむはめになった。別の説によると、彼女が断頭台から逃げ出したため、死刑執行人が駆け出した彼女を切り倒したという。

カトリック教会は1886年に彼女を殉教者として列福した。

ヘンリー8世の6人の妻たち

ヘンリー8世の結婚をめぐる数々の問題は、彼が息子をほしがっていたことに端を発していたが、彼の浮気性や、妻たちの不倫が原因でもあった。ほんとうの不倫か捏造された不倫かはともかく、妻たちの運命は、民衆のあいだではやっていた詩にこう唄われている。「離婚され、首をはねられ、亡くなられ、離婚され、首をはねられ、生きのびなされた」

1509年、17歳の国王ヘンリー8世は、キャサリン・オヴ・アラゴンと結婚した。彼女は兄の未亡人で、ヘンリー8世より5歳年上だった。この結婚は、1533年に無効を宣告されて終わった。ヘンリー8世がアン・ブーリンと結婚するためにつきつけた婚姻無効の宣告だった。キャサリンはそれから3年後に死去した。キャサリンとヘンリー8世の娘が、のちに女王メアリ1世になる。

一方、アン・ブーリンは1533年、妊娠中にヘンリー8世とひそかに結婚した。とはいえ、ヘンリー8世はこの年に愛人をひと

り、翌年にもまたひとり作っている。アンの出産した子どもは、娘（のちの女王エリザベス1世）と死産の息子だったため、ヘンリー8世は自由を求めはじめた。そして1536年、ヘンリー8世のもとに、アンおかかえの楽士マーク・スミートンの自白がとどいた。アンと関係をもったというものだった。ただし、これは拷問で引き出した情報で、アンはこの自白を否定したが、即座にロンドン塔へ移送され、その後、ほかにも4人の愛人をもったかどで告発された。5人の男たち全員が5月17日に処刑され、アンのほうも、その2日後に処刑が行なわれた。

前ページ：エリザベス1世の母親アン・ブーリンは、最初に首をはねられたヘンリー8世の妻だ。いったん離婚と妻の処刑を決めてしまうと、いくら妻が訴えてもヘンリー8世はまったく聞き入れなかった。

アンの斬首の翌日、ヘンリー8世はアンの侍女だったジェーン・シーモアと結婚した。彼女はみずから貞節を公言したことで有名だった。そして1537年10月12日、ヘンリー8世が待ち望んでいた息子を出産したが、その12日後に、産褥熱のため死亡した。この息子がのちに国王エドワード6世となる。

その後、アン・オヴ・クレーヴズが、ヘンリー8世の4番目の妻になるためにドイツのクレーフェ（クレーヴズ）公国から招かれた。ヘンリー8世は彼女を魅力的ではないと思ったらしく、彼女のことを臭いと言ったこともあるという。ほんとうに処女なのか怪しんでもいた。それでも、ふたりは1540年1月6日に結婚したが、この結婚は性的交渉がないまま、7月に離婚した。

じつはこの離婚前から、ヘンリー8世はすでに侍女のキャサリン・ハワードを口説いていた。まだ10代だったキャサリンは、アン・ブーリンのいとこだった。ヘンリー8世とキャサリンは、1540年7月、ヘンリー8世が離婚したその月のうちに結婚した。ところがほどなく、キャサリンの以前の男性関係についての話がヘンリー8世の耳に入り、王は怒り狂った。みずから剣を手に、妻を殺そうとしたほどだった。調べてみると、王妃には新しい恋人がいることもわかった。トマス・カルペパーというヘンリー8世の側近だ。結局、カルペパーとキャサリン、そして彼女の元恋人フランシス・デレハムがロンドン塔送りになった。カルペパーとデレハムは1541年12月10日に、キャサリンは1542年2月10日に処刑された。処刑の前夜、キャサリンは気品と威厳を保ったまま死ねるようにと、断頭台に頭を置く練習をした。

「処刑の前夜、キャサリンは断頭台に頭を置く練習をした」

ヘンリー8世の最後の妻となったキャサリン・パーは、以前に夫ふたりと死別し、子どももいなかった。夫となるヘンリー8世の前妻たちの運命を思うと少々不安になったが、1543年に結婚

上：キャサリン・ハワードはテムズ川伝いにロンドン塔へ移送された。彼女の以前の男性関係が明らかになると、議会は、国王と結婚した身もちの悪い女は反逆罪にあたる、という法律を制定した。

した。彼女は年老いてきたヘンリー8世にとってすばらしい妻となった。彼のフランス遠征中に摂政をつとめたほどだった。1547年にヘンリー8世が死去すると、彼女はヘンリー8世の3番目の妻ジェーン・シーモアの兄トマス・シーモア卿と再婚した。そして翌年、はじめての子どもを出産したが、その6日後にこの世を去った。

ケントの修道女

　エリザベス・バートン、別名「ケントの聖処女」は、庶民の出の予言者で、ヘンリー8世の妻たちに対する扱いを非難する予言をした。彼女は、カンタベリー大司教ウィリアム・ウォーラムがケントのオールディントン近くに所有していた邸宅で働いていた下女だったが、1525年、19歳のときにトランス状態におちいり、近くの礼拝堂の幻を見た。そして、その礼拝堂へつれていかれた彼女は、1週間にわたって夢想にふけりつづけ、そのあいだ、とりとめのないことを言ったり、神のお告げを口にしたりした。以後、その小さな礼拝堂には巡礼者が殺到するようになった。彼女のほうは、ある修道士の力ぞえでカンタベリーの近くにあるベネディクト会の女子修道院に入ったが、彼女の評判が広まるにつ

れ、こちらにも巡礼者がどんどん増えた。

　やがてエリザベスは、もしキャサリン・オヴ・アラゴンとの結婚を無効にし、アン・ブーリンとの関係を続けるなら、ヘンリー8世にはおそろしい結末が待っている、と予言しはじめた。彼はもう国王ではなくなり、「悪党として死ぬ」のだという。彼女はウルジー枢機卿やトマス・モア卿と公式に会見したばかりか、カンタベリーを訪れたヘンリー8世とも臆することなく対面して、危険だと警告した。

　ヘンリー8世がアンと結婚すると、エリザベスはヘンリー8世の未来について毒々しい予言を吐きつづけた。やがてカンタベリー大司教トマス・クランマーが取り調べにのりだして、エリザベスは逮捕された。すると彼女は、拷問を受けるまでもなく、自分のトランス状態と予言はでっち上げだと白状し、彼女と彼女の同調者は死刑を宣告された。1534年4月21日、彼らはタイバーンへ連行され、エリザベスは絞首刑、5人の司祭が絞首・腹裂き・四つ裂きの刑に処せられた。トマス・モアもこの時告発されたが、エリザベスあてに書いたとされる手紙を提出した。それは、王室の事柄に干渉するのはやめるように、と警告する手紙だった。

宿命の友情

　ヘンリー8世の近くにいるがために危険にさらされていたのは、妻たちだけではない。廷臣たちも、一夜にして信頼のおける助言者から裏切者へ転じ、宮殿からロンドン塔へ、あるいはもっと悪いところへ身を移す可能性があった。ヘンリー8世の寵臣でイングランドじゅうに名を知られていた3人、ウルジー枢機卿、トマス・モア、トマス・クロムウェルも、全員が不

下：転落するまで、ウルジーはヘンリー8世と非常に近く、ヘンリー8世は国家権力の多くをウルジーにまかせていた。このためウルジーは、莫大な富を蓄積することができた。彼以上に富をもっていたのは国王だけだった。

下：処刑に向かうトマス・モア卿に、愛娘が別れを告げると、モアはこう言った。「わたしは王のよきしもべとして、だが、まず神のしもべとして死んでゆく」〔『ユートピアと権力と死——トマス・モア没後450年記念』、澤田昭夫監修、日本トマス・モア協会編、荒竹出版〕。カトリック教会はのちに彼を列聖した。

本意な最期を迎えた。

　トマス・ウルジーは肉屋の息子だったが、枢機卿となり、ヘンリー8世の「終身」大法官にまで出世した。最初はカンタベリー大司教の礼拝堂付き司祭になり、その後ヘンリー7世の王室礼拝堂付き司祭となった。ヘンリー8世が即位すると、ウルジーはとんとん拍子で出世した。1514年にヨークの大司教に任命され、1年後には枢機卿となった。そしてヘンリー8世がウルジーを大法官に任命すると、1515年から1529年まで、ウルジーは陰の実力者となって、国の統治の多くを支配し、実質的に外交を担った。1520年6月7日から24日にかけ、フランスのカレー近郊の「金襴の陣」で、ヘンリー8世がフランス国王フランソワ1世と会見したときも、この印象的な会見を手配したのはウルジーだった。こうして精力的に働く一方、ウルジーは富をたくわえ、ロンドンの南西30キロメートルのところにハンプトン・コート宮殿を建てた。だが宮廷では、彼の傲慢さと富のせいで、みなから嫌われていた。

上：トマス・クロムウェル卿は優秀な法律家で、失脚するまではヘンリー8世の腕ききの顧問だった。私生活では悲劇にみまわれ、1528年に「粟粒熱」で妻と娘ふたりが死亡した。

　ウルジーの転落は、ヘンリー8世が息子をほしがっていたことと奇妙な形で結びついている。娘を産んだキャサリン・オヴ・アラゴンとの婚姻を無効にしようとヘンリー8世が決断すると、ウルジーはこれに対する承認を教皇から引き出す役目をまかされた。だが、その影響力もおよばず、彼は教皇との交渉に失敗してしまった。ヘンリー8世は激怒し、外国、つまり教皇から指図を受けているとウルジーを非難した。そして、1526年に完成したハンプトン・コート宮殿をウルジーからとりあげ、ウルジーが自分に近よるのを禁じた。さらに4年後には、ウルジーを彼の教区であるヨークに追いやった。最終的には、ウルジーはヨーク近郊の市場町ケイウッドで、ノーサンバーランド伯によって反逆罪で逮捕され、1530年11月29日、裁判を受けるためにロンドンへ戻る（両足を馬に結びつけられていた）途中に死亡した。噂によると、ウルジーは斬首を避けるためにみずから毒を飲んだという。

　一方、トマス・モア卿は特権階級の生まれだった。ロンドンの法律家の息子で、オックスフォード大学に学び、自分も法律家になった。まじめな知識人だった彼は、1510年にロンドンのシェリフ補佐になり、1517年にはヘンリー8世の個人的な顧問

となって、ヘンリー8世の秘書役や首席外交官として仕えた。そして、1521年にナイトに叙勲され、その2年後に庶民院議長に、1525年にランカスター公領の司政長官になった。また、1516年に著作『ユートピア』を出版し、理性が支配する理想郷を描いた。

モアはカトリック教会を熱烈に支持していた。異端者を審問して火あぶりにさせたこともあったほどだった。ヘンリー8世がローマ教皇と決別してイングランドの教会の首長になると、モアは大法官を辞任し、ヘンリー8世とキャサリン・オヴ・アラゴンとの婚姻を無効とすることに反対した。モアは非常に敬虔で道徳的な人物だったため、キャサリンに代わってヘンリー8世の妻となるアン・ブーリンの戴冠式には出席をこばんだ。1534年4月には、ヘンリー8世の結婚を有効とする王位継承法を支持する宣誓を行なうために召喚され、ヘンリー8世とアンの結婚は認めたものの、宣誓は拒否した。その法律は、教皇ではなくヘンリー8世が、イングランドの教会の首長であると宣言していたからだった。4月17日、モアはロンドン塔に投獄され、幽閉されたまま翌年7月1日、反逆罪で裁判にかけられた。アンの父親や兄弟、甥もふくむ裁判官たちは、全員一致でモアを有罪とした。モアは絞首・腹裂き・四つ裂きの刑を申し渡されたが、ヘンリー8世がこれを斬首刑に変えた。処刑は7月6日にタワー・ヒルで執行された。モアは処刑台までぶじに登れるよう手を貸してくれと頼んだ。「降りるのは自分で何とかしますから」[『ユートピアと権力と死——トマス・モア没後450年記念』、澤田昭夫監修、日本トマス・モア協会編、荒竹出版]。彼は通常の手順をふまず、自分で自分に目隠しをし、このドラマの主役を演じきった。

> 「彼は自分で自分に目隠しをし、このドラマの主役を演じきった」

トマス・クロムウェルも、宗教改革と修道院の解散をうまくとりしきったのに、ウルジーやモアと同じように悲惨な最期を迎えた。彼はロンドン近郊のパトニーで醸造所や鍛冶屋をしていた家の息子だった。一時期ヨーロッパですごしたが、彼の若い頃についてはほとんどわかっていない。彼が頭角を現したのは1520年、ウルジー枢機卿のソリシター弁護士になったときだった。5年後、ウルジーはクロムウェルに小規模な修道院の解散を監督させた。ウルジーの失脚後、クロムウェルは議会入りした。そして1530年、彼はヘンリー8世から顧問のひとりに選ばれ、翌年には国王の腹心の助言者となった。1534年、クロムウェルは、教皇ではなくヘンリー8世を教会の首長とする国王至上法を成立させた。1539年には式部長官になり、その翌年にはエセックス伯

となった。また、ヘンリー 8 世の任命によって、修道院の解散を執行する宗務代官になり、1540 年までにすべての修道院を閉鎖した。

　こうした華々しい成功をおさめたものの、クロムウェルはノーフォーク公トマス・ハワードが主導した陰謀に直面することになった。ノーフォーク公はこの平民の出世が気に入らず、彼が宮廷をぎゅうじっていることにも反感をもっていた。しかもクロムウェルは、プロテスタントとの幅を広げてルター派とつながりを作ろうとし、みずからトラブルをまねいた。ノーフォーク公ら彼の政敵は、1539 年に反プロテスタント法を成立させた。さらにまずかったのは、クロムウェルが 1540 年にヘンリー 8 世とアン・オヴ・クレーヴズの結婚をとりしきったことだった。この結婚は大失敗に終わり、ヘンリー 8 世に公然と恥をかかせることになった。ヘンリー 8 世は半年後に彼女を離婚した。1540 年 6 月 10 日、クロムウェルは異端と反逆の罪で逮捕され、審理抜きで有罪を宣告された。そして、ヘンリー 8 世がキャサリン・ハワードと結婚した当日の 7 月 28 日、クロムウェルはロンドン塔で首をはねられた。この処刑では、若い死刑執行人が 3 度斧をふるった。噂によると、ヘンリー 8 世はわざ

> 「クロムウェルの首はゆでられて、ロンドン橋でさらし首になった」

油で釜ゆで

　ヘンリー 8 世の治世には、おそろしい処刑方法が法律で定められた。毒殺犯は反逆者同様に油で釜ゆでにして処刑する、と決まったのだ。これで最初に処刑された不運な毒殺犯は、リチャード・ルーズというロチェスター司教ジョン・フィッシャーの料理人だった。ルーズは雇い主の司教を殺そうと、ディナーの席で家族や招待客、召使にとり分けて出すポリッジの鍋に粉末状の毒物を入れた。司祭は空腹ではなかったが、この毒物入りの食事を食べた人々がいて、2 名──司教の家族の男性 1 名と貧しい未亡人 1 名──が死亡し、数名が生涯にわたって病に苦しむことになった。ルーズは逮捕されたとき、自分はふざけて下剤を入れたつもりでいたと言ったが、王の命令により、裁判なしで有罪を宣告された。

　1531 年 4 月 5 日、ルーズはロンドンのスミスフィールドに置かれた大釜で処刑された。鎖で拘束され、絞首刑用のさらし柱につるされて、そのまま煮立った油に沈められたり引き出されたりする刑罰を死ぬまでくりかえされたのだ。この処刑を目撃した人々によると、「彼はものすごい大声で叫んでいた」という。

　一方、司教ジョン・フィッシャーは、この事件では命びろいしたが、その後、ヘンリー 8 世とアン・ブーリンの結婚をめぐってヘンリー 8 世と対立した。そして 1535 年 6 月 22 日、フィッシャーもタワー・ヒルで首をはねられ、その首をロンドン橋にさらされた。

ストックスとピロリー

テューダー時代には、軽犯罪に対する刑罰は、拷問や死刑ではなく、辱めをあたえる恥辱刑になった。広く行なわれていたのがストックス（足枷）とピロリー（さらし台）にかける刑罰で、これらは受刑者にとってはちょっとした拷問にも思えるものだった。ストックスは、穴を開けて蝶番をつけた木の板で、その穴に受刑者の足を差しこんで固定する。ピロリーはこの変形で、蝶番つきの木の板を1本か2本の支柱で掲げ、板の穴に手と頭を差しこんで固定する。受刑者は立ったままだ。ふつうは、ストックスもピロリーも非常に人通りの多い場所、たとえば市場などに設置され、人々が受刑者を見て笑ったり、殴ったり、唾を吐きかけたり、罵声を浴びせたりできるようになっていた。また受刑者は、腐った食べ物やそれ以上の汚物を投げつけられることもあった。

こうした器具にかけられたのは、ごろつきから売春婦までさまざまだった。1488年、クリスティーン・ホートンという女性が「売春宿経営常習者であり売春常習者」だとして有罪を宣告され、ロンドンから出ていくよう命じられた。だがロンドンに戻った彼女は、ピロリーに2時間かけられてから、監獄に1年と1日のあいだ収監された。

上：ピロリーは、受刑者が立ったままでいなければならず、下半身をぴしゃっと打たれたり蹴られたりしやすいので、よけいにつらい。

左：ストックスは、犯罪者を裁判所に出廷させる前に数時間拘束するのにも使われた。この残酷な器具は1872年に使用中止になった。

と経験不足の死刑執行人を選び、しかもその男は「ぼろを着た残忍なけちん坊」だったという。クロムウェルの首はゆでられて、ロンドン橋でさらし首になった。

10代の女王の斬首

　1553年、エドワード6世が死去すると、レディ・ジェーン・グレイが女王になった。本来ならエドワード6世の異母姉メアリが次の王位継承者だったが、プロテスタントのノーサンバーランド公が死の床にあるエドワード6世を説得し、カトリック教徒であることを理由にメアリを王位継承者から除外させたのだ。エドワード6世はメアリともうひとりの異母姉エリザベスを庶子だと宣言し、こうしてノーサンバーランド公は、16歳のレディ・ジェーン・グレイのところに王冠をもってきた。彼女はヘンリー7世のひ孫にあたり、ノーサンバーランド公の息子ギルフォード・ダドリーと結婚していた。女王になったことを知らされたジェーンは、驚きのあまり卒倒してしまったが、強く言いふくめられたすえ、ようやく女王になることに応じた。

　だが、彼女の治世は9日間しか続かなかった。メアリとその支持者が、テューダー朝の継続を第一に考えているロンドンに軍を進めたときまでだった。ジェーンの父親であるサフォーク公でさえ、メアリ支持に転じ、王冠を手放すよう娘を説得した。ジェーンは喜んでいわれたとおりにし、自分はただ両親の意向に従っただけだと言った。新しく女王となったメアリは、ドーセット侯（サフォーク公）を許し、ジェーンにも慈悲を約束した。ジェーンは有罪を認め、夫ともども反逆罪で死刑を申し渡されたが、メアリはジェーンの刑の執行を猶予していた。ところが1554年2月、トマス・ワイアット卿の反乱にジェーンの父親が関与したため、メアリはジェーンの猶予を取り消した。それでもメアリは、もう一度ジェーンを助けようと、セント・ポール大聖堂の首席司祭を送りこみ、ジェーンにカトリック教徒になるよう勧めたが、ジェーンは聞き入れなかった。

　2月12日午前10時、ジェーンはロンドン塔の窓から、夫のギルフォード・ダドリーが斬首されるのを見つめていた。夫の遺体が礼拝堂に運びこまれてから1時間後、彼女も塔内の断頭台に導かれた。黒い衣装に身を包んだジェーンは、祈祷書を手に、そこに集まった数少ない人々に向かって最期のスピーチをし、ほかの者たちが自分の名前を利用してメアリにそむいたのだと言った。だから「今日、神の御前に、あなたがた善きキリスト教徒を前に、わたしはそれについては何も知らず無関係だということができま

レディ・ジェーン・グレイの処刑を描いたポール・ドラローシュの有名な油彩画。ロンドンのナショナル・ギャラリーに展示されている。死刑執行人は切断された彼女の首を掲げてこう言った。「かくして女王の敵はみな滅びたり。反逆者の首を見よ」

す」。彼女は詩編の第51章を朗唱したあと、まとっているガウンのひもをほどきはじめた。マスクをつけた死刑執行人がガウンを受けとろうと前に進み出ると（このガウンは彼の所有物となるためだ）、彼女は驚いて後ずさりし、どうかひとりにしてほしいと彼に言った。「どうぞ手早くかたづけてください」とジェーンは死刑執行人に言い、手袋を侍女たちに渡した。そして目隠しをつけられた。何も見えなくなった彼女は、手探りで断頭台を見つけようとした。「どうすればいいのですか？　どこにあるのですか？」。断頭台に導かれ、彼女は叫んだ。「主よ、あなたの御手に、わが魂をゆだねます！」。そして、一撃で首がはねられた。彼女の父親は、これより前に、木のうろに隠れているところを逮捕されていた。父親もこの2日後に処刑された。

前ページ：ワイアットの処刑後、メアリ・テューダーと対立する人々は、彼とその兵士たちを殉教者とみなした。ワイアットの孫にあたるフランシス・ワイアットは、のちにヴァージニア植民地の初代ロイヤル・ガヴァナー（総督）になった。

ワイアットの反乱

　メアリ・テューダーとスペインのフェリペ王子の結婚話がもちあがり、それによってイングランドをカトリックへ回帰させる動きがみられるようになると、メアリを退位させて異母妹のエリザベス王女を王位につけようとする陰謀がめぐらされた。反乱の計画は4か所で浮上した。ヘレフォードシャー、レスターシャー（この指導者が獄中のレディ・ジェーン・グレイの父親だった）、サウスウェスト、ケントだ。このケントの反乱を率いていたのがトマス・ワイアット卿（子）だった。彼らはエリザベスをエドワード4世の子孫にあたるエドワード・コートニーと結婚させる計画を立てたが、エドワードは逆に、メアリ女王にこの情報を知らせた。ほかの3つの反乱の指導者たちは、兵を集めることもできなかった。それでもワイアットは思いとどまろうとせず、4日後の1554年1月25日、ケントのメイドストンで決起の演説を行なった。そして、この反乱は女王に対する反乱ではなく、むしろ「よそ者に対する反対」だと言った。結婚後に、スペイン人がイングランドへおびきよせられてくるだろうと思っていたのだ。

「ワイアットはロンドン塔に投獄され、拷問を受けた」

　そこでメアリ女王は、ワイアットを追って反乱を鎮圧するように、とノーフォーク公の軍に命じた。ところがノーフォーク公は、戦いを放棄し、事実上ワイアット軍に組してしまった。

　約3000人のワイアット軍は、ロンドンへ向かって進みはじめた。メアリも兵を集めて決起をうながし、大群衆に向かってこう告げた。枢密院からこの結婚を行なうよう助言されたが、わたし

上：エリザベス王女はトレイターズ・ゲートからロンドン塔に入った。この水門は、エドワード1世がセント・トマス・タワーの入口として造ったものだが、のちには、平底船で反逆者（トレイター）をここに運んできたことから、こうよばれるようになった。

が最初に結婚する相手はわたしの国民であり、国家である。このスピーチに奮起したロンドン市民は、市壁の門を閉ざし、ロンドン橋に守備隊を置いた。2月3日にワイアット軍が到着したときには、すでに守りを固めていた。そこでワイアットは、キングストン橋を渡ることにし、2月7日にハイド・パークとラドゲイトまで到達して市民をおののかせた。メアリは逃げるよう勧められたが、祈りましょう、きっと神のご加護があるはずです、と廷臣たちに言った。

「ワイアット軍のうち約100人が処刑され、手足を切断されて、市内各地でさらし者になった」

彼女は正しかった。ロンドン市民がワイアット軍の大義を支持しなかったため、反乱軍はしだいに無秩序・無規律におちいった。そこで女王の軍が動いて、ワイアットを逮捕した。結局、この計画にエリザベスをまきこむことができないまま、ワイアットはロンドン塔に投獄され、拷問を受けた。斬首の刑場に引き出された彼は、みずから目隠しをしてこう言った。ロンドン塔にいまとらわれているほかの人々は、エリザベスもふくめ、だれひとり「わたしの蜂起

に関与」していない。エリザベスの命が助かったのは、この言葉のおかげかもしれない。彼女の収監は2か月間だけだった。

ワイアット軍のうち約100人が処刑され、手足を切断されて、市内各地でさらし者になったが、メアリ女王は反逆者の大半を仮釈放にした。

メアリはどれほどブラディーだったのか？

上：スペイン国王フェリペ2世と妻の女王メアリ1世の公式行列。メアリのほうが12歳年上で、夫のフェリペ、メアリのいとこでもある父親の神聖ローマ帝国皇帝カール5世がお膳立てしたこの結婚に、早くから疑問をもっていた。

ヘンリー8世とキャサリン・オヴ・アラゴンの娘メアリは、ヘンリー8世がローマ教皇に代わってイングランドの教会の首長となってからも、母親と同じく敬虔なカトリック教徒だった。ヘンリー8世がアン・ブーリンと結婚し、娘エリザベスをもうけると、議会はメアリを庶子とみなして王位継承者から除外するという法律を成立させた。彼女が地位を回復できたのは、彼女がヘンリー8世を教会の首長だと認めたあとの1544年のことだった。彼女の弟でプロテスタントのエドワード6世は、16歳で死去する前にレディ・ジェーン・グレイを次の王位継承者に指名したが、メアリの支持者たちがこの「九日間女王」を王位からひきずり下ろし、斬首するよう仕組んだ。ただし、新女王メアリは斬首させたことを後悔した。

メアリが1553年に即位して最初にしたことは、カトリックの復活だった。いとこの子にあたるフェリペ2世というスペインの皇太子との結婚話も、カトリックの強化につながるはずだった。このため、議会が反対し、ワイアットの反乱のような不穏な動きが勃発しても、メアリは1554年に結婚式を行ない、自分はイングランドの国王である、とフェリペ2世に宣言させた。メアリは38歳、フェリペ2世は26歳だった。

こうしてメアリは、教会を教皇の権威の下に返し、宮廷やロンドン全市でミサを行なうよう命じたばかりか、カトリック教徒でない者はだれであれ火あぶりの刑に処すという、異端にか

んする法律も復活させた。「異端の」プロテスタントに対し、メアリ女王がすべての権限を利用したことから、彼女は「ブラディー・メアリ」というあだ名をつけられた。火あぶりの刑になった人々のなかには、カンタベリー大司教トマス・クランマー、司教のヒュー・ラティマーとニコラス・リドリーもいた。メアリの治世には、推計で280人ものプロテスタントが殺された。

一方フェリペ2世は、わずか14か月後にはスペインへ戻ってしまった。ふたりが結婚し、フェリペ2世が国王となったことで、イングランドはフランスとの戦争にまきこまれ、1558年1月、イングランドが海峡の向こう側にもっていた最後の領土カレーを失った。メアリには子どもがなく（2度の想像妊娠はあった）、同年、42歳で死去した。

右：ヒュー・ラティマーとニコラス・リドリーは、オックスフォードの大群衆の目の前で火あぶりの刑になった。このふたりとトマス・クランマーは、オックスフォードのユニヴァーシティ・チャーチ・オヴ・セント・メアリ・ザ・ヴァージン（University Church of St Mary the Virgin）という教会で裁判にかけられ、ただちに有罪を宣告された。

トマス・クランマー

　トマス・クランマーはノッティンガムシャーで生まれ、ケンブリッジ大学で学び、1520年には司祭になっていた。そして、ペストを避けるためエセックスにいたとき、ヘンリー8世と面会した。ヘンリー8世は、キャサリン・オヴ・アラゴンとの離婚を擁護してくれる若者を探していたところで、この問題をローマで交渉する1530年の派遣団にクランマーをくわえた。2年後には、クランマーを大使としてドイツの神聖ローマ帝国皇帝のもとへ派遣し、ルター主義について調べさせた。この神聖ローマ帝国に駐在しているとき、クランマーはルター派の宗教改革者の姪と結婚したが、これについては、1533年にプロテスタントとしては最初のカンタベリー大司教になるまでは隠しておかなければならな

> 「メアリ1世のプロテスタントに対する戦いで犠牲になった人々としては、トマス・クランマーが有名だ」

かった。ヘンリー8世とキャサリン・オヴ・アラゴンの婚姻無効を宣言したのはクランマーだった。また彼は、ヘンリー8世とアン・ブーリンの結婚式をとり行なったが、のちに、アンが姦通したとされたことを理由に、この結婚も無効とした。さらに、ヘンリー8世がアン・オヴ・クレーヴズを離縁するのを手助けし、キャサリン・ハワードを処刑する手続きでも大きな役割を果たした。

ヘンリー8世が死去し、エドワード6世が即位すると、クランマーは1549年に教会の新しい『祈祷書』を作成した。聖書を英語に翻訳する作業もすでに進めていた。だが、エドワード6世が死去すると、彼はレディ・ジェーン・グレイの即位を支持するという大きな失敗を犯した。1553年に女王となってカトリックを復活させたメアリは、クランマーを反逆罪で裁判にかけた。彼はこれまでの言説を正式に撤回する書類6通に署名し、プロテスタントを支持したことはまちがいだったと認め、教皇がイングランドの教会の首長だと認めた。それでも1556年3月21日、クランマーはオックスフォードで火あぶりの刑に処せられた。そこではすでに、同じ件で司教のヒュー・ラティマーとニコラス・リドリーが処刑されており、クランマーはその処刑のようすを塔から見させられていた。

その他のオックスフォードの殉教者

メアリ1世のプロテスタントに対する戦いで犠牲になった人々としては、トマス・クランマーが有名だが、オックスフォードで殉教した残るふたり、ヒュー・ラティマーとニコラス・リドリーも、みなに勇気をあたえた。ふたりはクランマーの処刑の5か月前に、同時に火あぶりの刑に処せられた。オックスフォードには、1843年に完成した大きな「殉教者記念碑」がある。かつては市壁北門の外側に広がる荒地だった3人の処刑地に近い場所に立っている。また、ブロード・ストリートの真ん中の実際の処刑地には、丸石の小さな十字架がはめこまれている。

ヒュー・ラティマーはレスターシャーの農民の息子で、ケンブリッジ大学で学び、1510年頃にカトリックの司祭になった。1525年にプロテスタントに転向し、キャサリン・オヴ・アラゴンとの結婚を無効にしたいというヘンリー8世の望みを公然と支持した。ヘンリー8世は1530年にラティマーの説教を聞き、ラ

ティマーを王室礼拝堂付き司祭に任命したが、その2年後、ラティマーは煉獄の存在や聖人に対する崇敬を否定するような発言をしたために破門され、投獄された。だが、ヘンリー8世の側近トマス・クロムウェルの助けで、ラティマーは1535年にウスターの司教になり、宗教改革の主唱者となった。その後にも、彼は思想のせいでロンドン塔に収監されたが、若いエドワード6世の即位後、強硬化したプロテスタントが許されるようになり、復活を果たした。宗教改革についての彼の説教は多くの信者を集め、宮廷からも認められた。

上：エリザベス女王が夫の助けなしに統治できるのかという疑念の声もあったが、彼女はそうした声が誤りだったことを証明して見せた。「わたしがか弱くもろい女の体をもっていることは承知しています」と彼女は言った。「けれども、わたしは国王の心臓と胃をもっているのです」

だが、これが彼の命とりになった。メアリ・テューダーが女王になり、プロテスタントの最有力者を処刑しはじめたからだ。ラティマーはプロテスタントの女王、レディ・ジェーン・グレイを支持していたため、反逆罪で逮捕され、オックスフォードで裁判にかけられ、有罪と宣告された。そして1555年10月16日、もうひとりの有名な改革者ニコラス・リドリーとふたりいっしょに鎖でしばりあわされ、火あぶりの刑に処せられた。このとき、リドリーの足元に火をつけたそだの束が置かれると、ラティマーは15歳ほど年下のリドリーをこのような有名な言葉で励ました。「リドリー師よ、心を安らかに、男らしくふるまいましょう。神の恩寵によって、今日この日、われらはイングランドにロウソクをともすのです。決して消えることのないロウソクを」

もうひとりのニコラス・リドリーは、ノーサンバーランドで生まれ、ヒュー・ラティマーと同じくケンブリッジ大学で教育を受け、1534年頃に司祭になった。そして、フランスで学んだあと、

ロンドン塔の拷問

エリザベス女王の治世にロンドン塔で拷問を行なった人々では、ふたりの名前が有名だ。ひとりはトマス・ノートンといい、庶民院の議員だった。彼の任務はカトリック教徒の囚人を尋問することで、「ラックマスターのノートン」あるいは「ラックマスター長官」とよばれておそれられるようになった。

もうひとりは、もっともサディスティックな拷問官といわれていたリチャード・トップクリフで、彼も庶民院議員だった。こちらは囚人を手かせで宙づりにするのを好んだ。別の監獄では、囚人のアン・ベラミーをラックにかけ、両親をふくむ26人の名前を吐かせてから、彼女を強姦した。トップクリフは自宅でも拷問をしていたことで有名だった。

ケンブリッジ大学に戻り、宗教改革運動の指導者としてプロテスタントに影響をあたえた。その後、カンタベリーとウェストミンスターの司教座聖堂参事会員をつとめてから、ロチェスターの司教になり、1550年にはロンドンの司教となって、新しい『祈祷書』の作成にたずさわった。宗教改革の思想に従い、祭壇を聖餐式のための台に置き換えて批判を浴び、聖餐式のパンがキリストの体に変わるというカトリックの実体変化の教義を否定した。

ラティマー同様、リドリーもレディ・ジェーン・グレイの即位を支持し、カトリックの女王メアリ1世が即位した直後に反逆罪で逮捕された。そして、ただちに有罪判決がくだされ、1555年10月16日にヒュー・ラティマーといっしょに火あぶりの刑になった。ラティマーはほとんど苦痛を感じず死んだように見えたが、リドリーは苦しんだ。リドリーの足元に置かれたそだ束が生乾きだったため火勢が弱く、彼の下半身だけが焼けたからだ。彼の義理の兄弟ともうひとりの男が、火の勢いを強くして早く死なせてやろうと思い、そだ束をつつくと、リドリーの首に結びつけてあった火薬の袋が爆発し、リドリーは落命した（火薬の袋はリドリーの兄弟がとりつけたもので、ラティマーにもつけてあった）。

ザ・ヴァージン・クイーン

1558年にメアリ女王が死去すると、王位はヘンリー8世と彼に処刑されたアン・ブーリンの娘にわたった。エリザベス1世は未婚のまま即位したので、テューダー朝を継続するには世継ぎをもうけることが必要だった。このため議会は、1559年に女王が議会ではじめて演説したとき、そのしめくくりに、こう口にしたのを聞いて狼狽した。わたしの墓には「最後まで汚れなき処女であったエリザベス、ここに眠る」ときざまれるだろう。彼女には求婚

者が多数おり、そのなかには、イングランドをカトリックのままにしておきたいと望んでいるスペインのフェリペ2世もいた。

　エリザベス1世は用心深い女王だった。イングランドをプロテスタントの国に戻すにしても、無情な報復はせず、むしろ、メアリ1世がカトリック教会を確立するために作った法律を無効にすることによって、目的を果たそうとしているように見えた。エリザベスはメアリの葬儀でミサを行なうことを許したが、彼女の戴冠式では、何人かの司教が将来を懸念して、戴冠式の司式を断わった。そして1559年、国王至上法が議会を通過し、イングランドがプロテスタントの国に戻ると同時に、エリザベスがプロテスタントの国教の首長になった。

> 「彼女は絞首台を設置させ、ロンドンから来た者をみな絞首台にかけるよう命じた」

彼女は教皇から破門されたが、イングランドの熱心なカトリック教徒は、自分たちの信仰をすてるつもりなどなかった。1584年には、カトリックの司祭は反逆罪で裁判にかけられることになり、その3年後には、だれであれプロテスタントの教会の儀式に出席したら、260ポンドの罰金を科せられることになった。

　また、エリザベス女王と廷臣たちは、病気の大流行にも対処しなければならなかった。彼女の治世は、ペストに5度もみまわれた。1592年と1593年には、彼女の命令によってすべての劇場が閉鎖され、ローズ座でもシェイクスピアの『ヘンリー6世』の上演が中止になった。とくに致命的だったのが、1563年と1603年のペストで、どちらも、ロンドンの人口が4分の1以上減った。多いときで1800人もの人々が毎週死亡するという事態に、おそれをいだいたエリザベスは、1563年には宮廷をウィンザー城に移した。そして、ウィンザーに絞首台を設置させ、ロンドンから来た者をみな絞首台にかけるよう命じた。ペスト以外にも、エリザベス自身が29歳のときにかかった天然痘、発疹チフス、梅毒、マラリアが流行した。

スペインの無敵艦隊

　エリザベスの治世で最大の難問だったのは、カトリック教徒の陰謀と彼らの迫害だったが、彼女のもっとも輝かしい勝利も、カトリックの侵略軍、スペインの無敵艦隊との戦いでもたらされた。1588年、スペイン国王フェリペ2世はイングランドをカトリックの国に戻そうと、無敵艦隊を派遣した。1585年から1586年にかけ、カリブ海でフランシス・ドレーク卿がスペイン船を襲

無敵艦隊はスコットランドとアイルランドの海岸近くで沈められた。その残骸を調査した考古学者によると、装備の手入れがされておらず、そのせいで乗組員が混乱したという。

ったことに激怒していたからだ。それ以前も、ドレークは世界一周を果たし、襲撃したスペイン船から奪った財宝をたずさえて1580年に帰国していた。この翌年、エリザベスはドレークにナイト爵をあたえている。しかも、無敵艦隊が準備をしているという知らせがイングランドにとどくと、ドレークは1587年にスペインの港湾都市カディスに停泊中のスペイン船を襲い、約30隻を破壊していた。この時彼は、「スペイン王のひげを焦がしてやる」と言っていたという。

1588年5月、約150隻からなる無敵艦隊がリスボンを出港した。メディナ＝シドニア公が指揮をとるこの無敵艦隊は、激戦にそなえて武装した船を約40隻擁し、約1万9000人の兵士と約8000人の船員を乗せていた。イングランドの艦隊も、66隻のうちの約40隻が軍艦だったが、敵よりも重砲が多く兵士が少ないこと、足の速い船であることが頼りだった。イングランド艦隊の司令官は、エフィンガムのハワード男爵チャールズ・ハワードで、海軍中将となったフランシス・ドレークが副司令官をつとめた。

ところが、無敵艦隊は激しい強風にさえぎられ、スペイン北部の港へ戻らざるをえなくなり、7月12日、ふたたび出撃した。そして19日、最初の目撃情報として、コーンウォール沖をイギリス海峡へ向かっているところを見られた。このとき、イングランド艦隊はプリマスの港で補給中だった。プリマスからワイト島までの3度の交戦では、イングランドのすぐれた砲撃がスペイン船の接近を許さず、装備にまさったスペイン兵が敵船に乗り移る

右：スペインの無敵艦隊がイングランドに迫りつつあるなか、エリザベス女王はエセックスのティルベリー港で兵士たちと合流した。その後、ふたたび兵を従え、馬に乗って人々の前に姿を現し、スペイン軍の撃破を祝った。

フランシス・ドレーク、ボーリングに行く

　一説によると、フランシス・ドレークがスペイン無敵艦隊の目撃情報を知らされたのは、部下の将校たちとローン・ボウルズというゲームに興じている最中だったという。このとき彼は、ゲームに勝つ時間もスペイン人を破る時間もたっぷりある、と言ったらしい。プリマス港に停泊中のドレークの船団が潮の関係ですぐに出港できないことを、ドレークは知っていたにちがいないと考える人もいる。このゲームをしていた場所は、プリマス市の海に面した石灰岩の崖の上にある広い緑地プリマス・ホー（「高い場所」という意味）だった。ドレークはゲームに負けたとされているが、戦争には勝った。

　この緑地では、ボウルズというゲームが500年前から行なわれている。

左：ドレークのゲームについては、記録に残る目撃談がないが、彼の英雄的な物語は長く残っており、否定されたことはない。

ことはできなかった。双方とも、大きな損害はまぬがれた。7月27日、無敵艦隊はフランスのカレー沖に錨を下ろした。このときの計画では、ドーヴァー海峡の敵を掃討して、スペイン領ネーデルラントの総督パルマ公が率いる3万人の陸軍を待つことになっていた。だが、パルマ公の船団は到着までに6日間かかり、その間の8月7日深夜、ドレークが無人の火船8隻を停泊中の無敵艦隊に送りこんだ。無敵艦隊は錨を切って、四方八方へ分散するはめになった。

　翌日の明け方、イングランド軍はフランスのグラヴリヌ沖で攻撃をしかけ、すぐれた砲撃を駆使して無敵艦隊を撃破した。スペイン船は4隻が沈没するか座礁するかし、ほかの船も激しい損傷を負った。パルマ公のネーデルラント軍の援軍も、風向きが変わったうえにイングランド艦隊が存在

「推計では、この戦いの死者は、スペイン軍が約1万5000人、イングランド軍が1000人以下だった」

していたため、イギリス海峡を横断できる見こみが消えた。無敵艦隊はスコットランドの北端をまわってスペインに帰らざるをえなくなった。イングランド艦隊のほうも、弾薬や糧食が少なくなったため引き返した。こうして手負いの無敵艦隊は、悪天候と闘いながら心もとない航海を続けた。ぶじにスペインへ帰還できたのはわずか6隻だけだった。推計では、この戦いの死者は、スペイン軍が約1万5000人、イングランド軍が1000人以下で、その多くが病死だったらしい。

こうして最大の勝利を手にしたエリザベス女王は、その後、兵士たちを従えて国民の前に姿を現し、国民から称賛と感嘆の声援を浴びた。

レスター伯

エリザベスがロマンスをまっとうできたのかどうかについては、いくらか研究が行なわれたものの、これまでのところまったく明らかになっていない。彼女の最愛の人といえば、おそらくレスター伯ロバート・ダドリーだろう。1553年、ロバートは父親とともにレディ・ジェーン・グレイの即位を支持し、死刑を宣告された。だが翌年に赦免され、兄弟とともにフランスへ亡命した。ロバートに幸運が訪れたのは、新女王となったエリザベスが彼を主馬頭に任命したときだった。彼はす

ぐにエリザベスの愛人となり腹心となった。1560年、ロバートが18歳のときに結婚した妻が急死し、ロバートがエリザベスと結婚するために妻を殺したのではないか、という噂が広まった。エリザベスのほうも、人前で彼に思わせぶりな態度をとったり、彼といちゃついたりしていた。エリザベスはロバートに領地を授けたほか、多額の報酬をあたえた。しかも、彼女が死去した場合にはロバートを護国卿にすると指名した。ロバートのほうは、スペインのフェリペ2世がこの結婚のお膳立てに力を貸してくれるのであれば、イングランドをカトリック教国に戻すとスペイン大使に伝えていた。

　だが、こうしたことはすべて水泡に帰した。エリザベス女王がダドリーに、彼女のライバルであるスコットランド女王メアリとの結婚を勧めたのだ。それでも、エリザベスはロバートを寵愛しつづけ、彼のことを「マイ・アイズ（わたしの目）」とよんで、1564年にはレスター伯に昇格させた。この年、ダドリーはオックスフォード大学の名誉総長にもなった。「わたしは丘の頂上に立っている」と彼は1566年に書いている。彼の影響力は、政敵数名を処刑台送りにもできるほどだった。1578年、ダドリーは未亡人のレディ・エセックスと結婚し、ロバート・デヴァルーの継父となった。このデヴァルーがダドリーの次にエリザベスの寵臣となる。

　ダドリーの運が傾きはじめたのは、1585年、女王がネーデルラントへ派遣する軍の指揮をダドリーにまかせたときだった。スペインと戦っているネーデルラント反乱軍を支援するためだ。ところがダドリーは、遊んでばかりでスペイン軍との戦闘についてはほとんど何もしなかった。女王はダドリーを1587年によびもどし、1588年8月、今度はティルベリーで軍の指揮をとるよう命じた。まだスペイン艦隊が侵攻してくる可能性があったので、それを阻止するためだった。スペイン無敵艦隊と戦っているあいだ、ダドリーはエリザベスのそばに居つづけたが、敗れた無敵艦隊が退却をはじめると、突然この世を去った。ダドリーの訃報を聞いたエリザベスは、私室に閉じこもってしまった。数日後、枢密院の顧問たちが寝室の扉を押し破って女王に会ったが、それでも女王は、しばらくのあいだ務めを果たすことができなかった。彼女はロバートからもらった最後の手紙を大切にしていた。それにはこう書かれていた。「おそれながら陛下のおみ足に接吻を」。エリザベスはこの手紙をテーブルの上の箱に保管していた。手紙のすみに、「彼からの最後の手紙」と書きくわえてあった。

前ページ：ロバート・デヴァルーはエリザベス女王の寵臣だったが、女王との関係は不安定だった。1599年にアイルランドの反乱を鎮圧しに向かっておきながら、非公式の休戦協定を勝手に結んでエリザベスを激怒させたときも、彼の立場は悪化した。

エイヴォンの詩人と女王

44年間におよぶエリザベスの治世では、初期に宗教対立があったものの、イングランドはより強力で安全な国になった。ロンドン市民も、娯楽や文化が花開くのを楽しむ時間がもてた。とくに劇場が人気で、ウィリアム・シェイクスピア、クリストファー・マーロー、リチャード・バーベッジなどが書いて演じる気のきいた演劇を提供していた。エリザベス女王は劇場に足を運んだことはなかったが、熱心な支援者で、「女王一座」という自分の劇団のパトロンだった。また、俳優を何度も宮廷に招いて、特別に上演させた。シェイクスピアと彼の劇団「宮内大臣一座」も、リッチモンドとグリニッジの宮殿に招かれ、女王の前で演じた。エリザベスはシェイクスピアの熱心なパトロンとなり、彼の書くものにも影響力を行使した。太っちょの滑稽な劇中人物フォルスタッフが恋をする劇を書いてほしい、と女王に頼まれてシェイクスピアが書いたのが、喜劇『ウィンザーの陽気な女房たち』だ。また女王は、この登場人物の名前を当初のオールドカースルからフォルスタッフに変えさせた。実在するモデルのオールドカースル家を怒らせないようにするためだった。

エリザベスが亡くなると、シェイクスピアは史劇『ヘンリー八世』のなかでエリザベスをたたえ、こう書いた。「姫は処女のまま、汚れなき百合のまま、大地にお帰りになるでしょう、世界じゅうの哀悼の声に送られて」[『ヘンリー八世』、『シェイクスピア全集Ⅴ』所収、小田島雄志訳、白水社]。

右:晩年の10年間、エリザベス女王はシェイクスピアの一座を年3回も宮廷に招いて上演させた。

致命的な寵愛

エセックス伯ロバート・デヴァルーもまた、エリザベスの寵臣になった。しかし彼にとっては、これは致命的な寵愛でもあった。彼の父親もエリザベスの寵臣だったが、のちにエリザベスは、彼の父親と同じくらいロバートを寵愛した。ロバートは美男子で、1586年にネーデルラントでスペイン軍と戦った英雄だった。エリザベスとロバートは、いっしょに踊ったり、明け方までカードをして遊んだりしていた。彼女は宮廷での官職を彼にあたえ、ふ

たりの親密な関係は宮廷でも有名になったが、その関係は、献身的な愛と激しい反抗が交互にくりかえされるというものだった。

　やがてロバート・デヴァルーは、女王の寵愛をあたりまえのことだと思いはじめた。イングランド艦隊がスペインの無敵艦隊を破ってから1年後の1589年、彼は女王の命令にそむいてイングランド艦隊に合流した。しかもまずいことに、ここから彼は失敗を重ねた。1590年、ポルトガルのアゾレス諸島沖で財宝を積んだスペイン船を襲撃しようとしたが、失敗に終わり、その後、アイルランド総督に任命されたものの、アイルランドで1599年に起きた反乱を鎮圧できず、非公式の休戦協定を勝手に結んでしまった。みずからの魅力を武器に生きのびてきたデヴァルーだったが、エリザベスに恥をかかせてしまっては生き残れない。女王は彼の官職をすべて剥奪し、彼を自宅軟禁にした。これに対し、彼は1601年2月8日、またも計算違いの反応をしてしまう。ストランドからシティまで、100人以上の武装した男たちを集めた軍を率い、ロンドン市民に蜂起をよびかけたのだ。だが、これに応じる市民はいなかった。この最後の失敗で、彼は裁判にかけられ、反逆罪により2月25日に34歳で斬首された。彼が非公開の処刑を望んだことから、望みどおり処刑はロンドン塔の中庭で行なわれた。エリザベスは彼の死を伝えられたとき、宮廷でヴァージナル・ハープシコードを弾いていた。彼女は一瞬手を止めたが、何も言わず、また弾きはじめたという。

マーローは殺されたのか？

　クリストファー・マーローはエリザベス朝演劇を代表する劇作家のひとりで、『マルタ島のユダヤ人』や『エドワード二世』などの古典を執筆し、シェイクスピアをはじめとする当時の劇作家に影響をあたえた。シェイクスピアの戯曲の一部は、じつはマーローの作ではないかという疑いがいまも残っている。またマーローは、無韻詩（ブランク・ヴァース）を確立した詩人でもある。

　マーローは1564年、シェイクスピアと同じ年に生まれ、ケンブリッジ大学で学んだ。マーローとシェイクスピアは、1591年までにはロンドンのローズ座で顔を合わせている。ローズ座では、マーローの戯曲を上演していた。当時のように宗教的迫害が行なわれていた時代には、文字で書きとめたら危険をまねくおそれがあった。寵臣を溺愛する国王を描いたマーローの『エドワード二世』は、エリザベスを連想させるようにしたのではないか、と考えた人々もいる。1593年、戯曲『スペインの悲劇』を書いたトマス・キッドが、異端の罪で逮捕され、拷問死したが、このとき、キッ

ドの自宅の捜索で、マーローがキッドの作品のネタ元である可能性を示すメモが発見された。そのため同年マーローは、政府に雇われていた秘密諜報員のはずなのに、2度にわたり逮捕されて枢密院の尋問を受け、カトリックを支持したかどで告発された（ただし、彼はあきらかに無神論者だった）が、その後釈放された。

そして1593年5月30日、マーローは、扇動工作員ロバート・ポーリーら政府のスパイ3人とロンドン近郊のデットフォードにある政府の隠れ家で会った。ところが、その夜は口論となって、スパイ3人のうちのイングラム・フライザーがマーローの右目の上を刺し、マーローは即死した。当局は、居酒屋の勘定のことで口論になったという説明を受け入れた。陪審団も、マーローがフライザーの短剣をつかんで、フライザーの頭に傷を負わせていることから、フライザーが正当防衛としてマーローを殺したと判断した。フライザーは赦免され、世間では疑念がもちあがった。じつは政府が、好き勝手なことをいう劇作家マーローを暗殺したのではないかというのだ。この疑いはなかなか消えなかった。

前ページ：この肖像画は、1952年にケンブリッジ大学のコーパス・クリスティ・カレッジ（Corpus Christi College）で発見されたもので、クリストファー・マーローの肖像だと考えられている。殺害されたとき、彼は29歳で、ロンドンで流行していたペストからのがれるためケントに滞在中だった。

スコットランド女王メアリ

メアリはスコットランド国王ジェームズ5世の唯一の子どもだった。ジェームズ5世が死去したとき、彼女はまだ生後6日で、フランス生まれのメアリの母親が摂政となった。そして、5歳になったメアリは、ヘンリー8世の息子エドワードと婚約したが、カトリック教徒である保護者たちがこの婚約を破棄し、まだ4歳

左：メアリの再婚相手ダーンリー卿ヘンリー・ステュアートは傲慢な男だった。メアリと共同統治しようと考えたばかりか、もしメアリが先に死んだら、自分が専制君主になろうと思っていた。ヘンリーが殺害されると、メアリが暗殺に関与したのではないかと疑う者も現れた。

のフランスの王太子フランソワと婚約させた。メアリとフランソワは1558年に結婚し、その翌年、フランソワは国王に即位した。だが、フランソワが1560年に死去したため、18歳のメアリはフランスの宮廷からスコットランドに戻った。

　メアリはカトリック教徒だったが、プロテスタントの国スコットランドの臣民に自分の宗教を押しつけようとはしなかった。1565年、彼女はイングランド人のダーンリー卿ヘンリー・ステュアートと結婚した。ふたりはいとこ同士だった。しかし、この結婚はうまくいかず、翌年、ヘンリーとプロテスタントの貴族たちの集団が、いきなりメアリの私室に押し入った。メアリが友人6人と夕食をとっている最中のことだった。一団はイタリア人の秘書ダヴィッド・リッツィオを力ずくで隣室につれていくと、リッツィオがメアリと情を通じていると非難し、メアリのスカートにしがみつくリッツィオを56回も刺した。このときメアリは妊娠中で、1566年に息子ジェームズが生まれた。そして翌年、ダーンリー卿もエディンバラのカーク・オ・フィールドで爆発にま

下：メアリ・ステュアートは、目の前で夫たちがダヴィッド・リッツィオを殺害したというトラウマに苦しんだ。ボスウェル伯も標的だったが、窓から逃げ出した。

きこまれた。ただし、発見された彼の遺体に爆発で受けた傷はなく、絞殺だった。この3か月後、メアリはダーンリー卿殺害事件の主犯ではないかと見られていたボスウェル伯と結婚した。ところが、ほどなくして1567年の反乱が起き、ボスウェルは追放され、メアリも退位させられた。そして、息子のジェームズが国王となり、メアリは幽閉された。翌年、彼女は脱出して軍を集めたが、グラスゴー近郊での戦いに敗れ、エリザベスの庇護を求めてイングランドへ逃亡した。そして1568年5月17日、いきなりイングランドに姿を現した。

これはまちがった行動だった。エリザベスはカトリック教徒のいとこを信用せず、メアリと会うこともないまま、メアリを軟禁状態に置いた。そのため、メアリを救い出してイングランドの王位につけようとするカトリック教徒が何度か陰謀をくわだてた。そうした陰謀には、エリザベスのいとこノーフォーク公トマス・ハワードが関与したものもあった。ノーフォーク公はメアリと結婚したいと思っていた。しかし計画がばれ、彼はロンドン塔送りになって1572年に処刑された。その後、メアリはまたミスを犯した。アンソニー・バビントンという別の陰謀の首謀者と手紙のやりとりをしたのだ。バビントンは女王の暗殺を計画していた。女王のスパイがバビントンの手紙をメアリの手元に届く前に押収しても、メアリは何も知らないと言い張ったが、エリザベスはメアリを反逆罪で裁判にかけた。1586年10月、メアリは死刑を言い渡され、1587年2月8日、ノーサンプトンシャーのフォザリンゲイ城で斬首された。目撃者によると、剣がふり下ろされてから約15分間、まるで祈りを唱えているかのように、彼女のくちびるが動きつづけていたという。

> 「目撃者によると、剣がふり下ろされてから約15分間、まるで祈りを唱えているかのように、彼女のくちびるが動きつづけていたという」

その後、皮肉にもメアリの息子が1603年にエリザベスの跡を継ぎ、イングランドのステュアート朝の初代国王ジェームズ1世となった。

プリースト・ホール

エリザベス女王がカトリック教徒の迫害をはじめると、カトリックの司祭は命の危険にさらされるようになった。イングランドに足をふみいれることも許されず、国内に残っていれば、女王が送り出した「司祭狩り」に見つけ出されて逮捕され、反逆罪で裁判にかけられた。カトリックの一族、とくに田園部に大きな屋敷

上：プリースト・ホールはイングランド各地で作られた。2か所か3か所そなえた家もあった。いまでは、ナショナル・トラストが所有する家でプリースト・ホールを見学できる。たとえば、スタッフォードシャーのモーズリー・オールド・ホール（Moseley Old Hall）には、国王チャールズ2世が隠れていたプリースト・ホールがある。

をかまえている一族のなかには、危険を承知で司祭をかくまおうとした人々もいた。逃げてきた司祭が家族の一員のふりをしたり、家庭教師をよそおったりすることもあったが、いちばん安全な策は、「プリースト・ホール（司祭隠し）」とよばれるようになる隠れ場所だった。隠れ家となる家は、たいてい秘密のシンボルでしるしがついていて、司祭狩りや当局者が訪ねてきたら司祭を隠せるよう、小さな空間が設けられていた。そうした閉所恐怖症を起こしそうな場所は、たいていは屋根裏か床板の下、あるいはにせの暖炉の裏にあった。強制捜査が入り、数日にわたって司祭隠しを徹底的に捜索する場合には、隠れている司祭は空腹と渇きに苦しんだ。ときには死亡してしまうこともあった。イエズス会士だったリチャード・ブラント神父は、隠れ家が捜索を受けていた10日間、石造りの壁の奥に隠れつづけねばならず、もうひとりの仲間といっしょに、パン1塊とワイン1瓶でしのいだ。のちにブラント神父は、イエズス会のイングランド伝道団を率いるようになった。

　このプリースト・ホールの設置にもっとも積極的で、もっとも見事な腕前を見せたのが、ニコラス・オーエンだった。彼はオックスフォードで生まれ、父親と同じく大工になった。1594年についに逮捕されて拷問を受けたが、隠れ家の場所や名前を明かそうとはせず、罰金を払って釈放されると、またプリースト・ホール

作りに戻った。1597年には、イエズス会の司祭ふたりをロンドン塔から逃がすため、驚くほど見事な脱出計画を立てたこともある。だが、ジェームズ1世即位後の1605年、ウスターシャーにいたオーエンは、隠れていた場所から空腹のあまり出てきたところを再逮捕された。約20年にわたって多くの命を救ってきたオーエンだが、ついにロンドン塔へ送られ、1606年3月2日に死亡した。拷問台につるされ、そのため昔わずらった脱腸が突発したせいだった。カトリック教会は1970年にオーエンを列聖した。

第4章
17世紀

あいつぐ災難は、ロンドン市民の心を試す試金石となった。王家の支配の終わりと復活、多くの命を奪ったペスト。そしてロンドンの街が、パン屋から出火した燃えさかる火の海に飲みこまれた。

エリザベス1世の長きにわたる治世は、継続と安定をもたらしたが、ステュアート朝はめまぐるしい変化の時代となった。ロンドン市民の目の前で国王が斬首され、王国から共和国に変わったかと思うと、また国王が戻ってきた。そして「名誉革命」が、またもステュアート家を排除した。

連合と混乱

ジェームズ1世の幼少期から青年期は、陰謀と戦争と殺人がうずまく狂乱の時代だった。だが、王位継承権をもつ者として、幸運にも彼は生き残った。1567年に母親メアリが退位して、ジェームズがスコットランド王になったが、1576年までは摂政が統治した。そして1585年、エリザベス女王の後継者になれるのではという期待をいだいて、彼女と同盟を結んだため、2年後にカトリック教徒である母親が処刑されても、抗議することができなかった。1603年にエリザベスが死去すると、ジェームズがイングランドの王位を継ぎ、この2国をはじめて合体した国王となった。ジェームズはプロテスタントであり、スコットランドの長老教会の首長だったが、臣民の多くから疑いの目で見られていた。議会もまた、ジェームズが王権神授説を言明したことに不安を覚えた。

ジェームズの治世は、1604年にスペインと和平を結んだときには、一見すると平穏そうだった。だが国内では、より寛容な対応を望んでいたカトリック教徒とピューリタン（清教徒）を落胆

前ページ：17世紀にロンドンを襲った最大の悲劇は、4日間にわたって荒れ狂った大火だった。住民は自分の身とできるだけ多くの家財を守らねばならず、多くの人々がテムズ川に避難した。

させた。しかも、カトリック教徒の一団が国王もろとも議会を爆破しようとひそかにくわだてた「火薬陰謀事件」が発覚して阻止され、カトリック教徒は頭を悩ませた。ピューリタンのほうは、多くの人々がイングランドから出ていった。その一部は、アメリカ大陸での自由を求め、1620年にメイフラワー号で海を渡った。

ジェームズと議会の関係も壊れた。財政の管理をめぐって長い議論が戦わされ、議会が宮廷経費の増加を拒否すると、ジェームズは1611年に議会を解散した。その後も議会を2度招集しただけで、どちらも解散してしまう。ひとつは1614年に招集され、2か月間の開会中何もできなかったため、「混乱議会」というあだ名でよばれるようになった。もうひとつは1621年の議会で、スペインと同盟を結びたいというジェームズの意向を受けて、資金を集めるために開かれたが、これも失敗に終わった。

ジェームズは政治的な論文や詩をいくつか書いたが、それよりも重要なのは、彼が1611年の新しい英語訳聖書の出版を指示したことだろう。この聖書はいまも「欽定訳聖書」とよばれている。彼は1625年に死去し、息子チャールズが跡を継いだ。

火薬陰謀事件

1605年、ミッドランズのカトリック教徒からなる少人数のグループが、議会の開院式の最中に国王ジェームズを国から排除し、議会を破壊しようという陰謀をくわだてた。彼らは新しい国

下：議事堂爆破計画は練り上げられた陰謀だったが、陰謀の関係者が多すぎたのがまずかった。また、政府の重臣に陰謀がもれたとわかったのに中止しようとしなかったことも、失敗の一因だった。

上：火薬陰謀事件の主犯格は、4人が銃撃戦で死亡した。ガイ・フォークスほか残りの陰謀加担者は、1606年1月31日にウェストミンスターのオールド・パレス・ヤードに引き出され、そこで絞首・腹裂き・四つ裂きの刑に処せられた。

王から予想外の迫害を受けて、心中穏やかではなかった。そこで、議会の開会中に議事堂を爆破し、国王を殺害するとともに、チャールズ王子とエリザベス王女を誘拐して、カトリック教徒による革命をはじめようと考えたのだ。首謀者のロバート・ケイツビーが数人の親しい仲間を集め、詳しい計画がまとめられた。この計画はカトリックの司祭数人の知るところとなり、司祭らは実行を思いとどまらせようとしたが、政府に計画を知らせはしなかった。一味は手はじめに、貴族院に隣接した家を借りた。貴族院の地下に続くトンネルを掘って、爆薬をしかけるためだった。だが、この作業はむずかしすぎることがわかった。そこで次に、貴族院の地下室を借りることにし、ガイ・フォークスがジョン・ジョンソンという偽名で36樽の火薬を運びこんで、石炭と薪木の山の下に隠す作業をはじめた。議会は1605年11月5日に開会する予定だった。

> 「彼らは国王を殺害するとともに、チャールズ王子とエリザベス王女を誘拐しようと考えた」

　計画が破綻しはじめたのは、10月26日、カトリック教徒の貴

やつを燃やせ

　ガイ・フォークスは歴戦の武人で、たくましく知性的な男だった。火薬を扱った経験もあり、爆薬の調達と保管、見張り、そして爆破の実行にはうってつけに思われた。逮捕されロンドン塔へ連行されても、フォークスはラックなどの数々の拷問に耐え、黙秘を続けた。その度胸に感心した国王ジェームズ1世は、彼には「ローマ人なみの固い決意」があると評した。2日間にわたる耐えがたい苦痛をのりこえると、フォークスは供述書に署名し、あれほど大量の火薬をもっていた理由は、「おまえらスコットランドの乞食どもを生まれ故郷の山まで吹き飛ばして返してやる」ためだとはっきり言ってのけた。そして1606年1月31日、ウェストミンスターの議事堂の向かいにあるオールド・パレス・ヤードで、反逆者として絞首・腹裂き・四つ裂きの刑に処せられた。フォークスは仲間の3人がこのおそろしい死刑を受けるのを見ていたが、自分の番になると、それを避けるために絞首台から飛び降りて、首の骨を折って死んだ。予定が狂った死刑執行人は、四つ裂きの遺体を警告として国中に送りとどけられるよう、フォークスの遺体を斧で切り分けねばならなかった。

　フォークスはカトリックの過激主義のシンボルとなり、毎年11月5日には、陰謀が失敗に終わったことを祝って、彼の人形をかがり火で燃やすようになった。いまでは、このガイ・フォークス・ナイトの宗教的意味あいはほとんど消え、ガイ人形のかわりに政治家などの人形が燃やされることもあるが、毎年恒例のかがり火と花火は続いており、昔ながらの歌も残っている。このようにはじまる歌だ。「忘れないで、忘れないで、11月5日を」。この日はガイ・フォークスのお面も人気があり、いまも子どもたちが見知らぬ人に「やつ（ガイ）のために1ペニー」を「乞う」ことがある。

下：ジェームズ1世はガイ・フォークスの黙秘に感心したが、2日間の厳しい拷問のすえ、結局フォークスは自白させられた。

族モンティーグル卿のもとに1通の匿名の手紙が届いたときだった。その手紙には、開院式に出席しないようにという警告が書かれていた。議員たちは「この議会でおそろしい一撃を受けるだろうが、だれにやられたのか彼らが知ることはない」からだという。モンティーグルはこの手紙を国王の重臣であるソールズベリー伯ロバート・セシルに渡した。そこで、モンティーグルの召使のひとりが、このことを一味に知らせたが、それでも彼らは、計画を続行することに決めた。そして11月4日、枢密院が例の地下室を2度にわたって捜索した。最初はサフォーク伯が行ない、2度目は日がくれてから、ウェストミンスターの庶民院議員であるトマス・ナイヴェットが友人1名といっしょに行った。ふたりはフォークスが見張っていた火薬を発見し、フォークスを逮捕した。

「フォークスはラックなどの数々の拷問に耐え、黙秘を続けた」

翌朝、計画が発覚したことを知った一味は、ほとんどがミッドランズへ逃げ、そこで政府転覆のためのカトリック教徒軍を集めようとしたが、失敗に終わった。そして11月8日の朝、スタッフォードシャーのホルビーチ・ハウスにいるところを当局にふみこまれ、銃撃戦でクリストファー・ライトとジョン（ジャック）・ライト、ロバート・ケイツビー、トマス・パーシーが殺害された。ほかに2名、トマス・ウィンターとアンブローズ・ルークウッドが逮捕され、ロンドンへ連行された。逮捕者はほぼ全員が処刑され、フランシス・トレシャムだけがロンドン塔で獄死した。トレシャムはモンティーグル卿の義弟で、陰謀を明かす手紙の差出人だったらしい。

いまでも毎年、議会開会式の前には、ヨーマン・オヴ・ザ・ガードという近衛兵がこの地下室を捜索するのが伝統になっている。陰謀をたくらむ者や爆発物が隠されていないかを確かめるためだ。

ダムド・クルー

17世紀に入っても、ロンドンの街頭はあいかわらず危険だった。一匹狼の犯罪者やギャング団がいたからだ。ごろつきが強盗を働くこともあれば、良家の紳士が悪質な暴力におよぶこともあった。後者としては、もっとも早く出現したギャング団に、ダムド・クルーという一味がある。この一味は、酔っぱらっていることが多い乱暴者で、いつもけんか相手を探していた。とくに、夕暮れから警備に立つ夜警が標的になった。

1600年に一味のリーダー格だったのが、エドマンド・「ポック

次ページ：ローリーはウェストミンスターのオールド・パレス・ヤードで斬首された。ロンドン市長就任披露パレードと同じ日だった。用意ができたという合図をローリーが送っても、死刑執行人がためらったため、ローリーはこう彼に言ったという。「撃ちたまえ、撃て！」

下：ウォルター・ローリー卿はアメリカにエリザベス女王の旗を立て、そこが女王の領地であると主張した。だが、彼の英雄的な冒険と名声も、エリザベス女王を継いだ国王ジェームズ１世の怒りから彼を救うことはできず、国王は彼の処刑を命じた。

ス」・ベイナム卿という、1595年に法律の勉強を放り出して、ならず者の冒険家になった男だ。1600年３月18日、ベイナムら乱暴者たちは、ロンドンのチープサイドにあるマーメイド・タヴァーンという酒場で酔っぱらい、ひと暴れしようと街にくりだした。彼らは短剣や細身の剣を手に、大声で騒ぎながら練り歩き、やがてひとりの夜警に出くわした。そして夜警と一戦交えたものの、ほかの人々の加勢もあって、夜警にねじ伏せられてしまい、監獄に放りこまれた。連行されるあいだ、ベイナムは「ロンドンの市長だろうが、判事だろうが、屁でもない」とわめいていた。一味の「不埒な大騒動」に怒ったエリザベス女王の命令で、彼らは特別に、ウェストミンスター宮殿の星の間で開かれる星室裁判所にかけられた。彼らは罪を認め、「飲酒と熱気」のせいであのような行動におよんだのだと言いわけしたが、それぞれ200ポンドの罰金と投獄を命じられた。

その後、ベイナムはダムド・クルーの首領になり、1603年、新王ジェームズ１世に対し「むこうみずな演説」をしたかどで投獄された。さらには火薬陰謀事件との関係も疑われ、ガイ・フォークスの裁判では、法務総裁がベイナムのことを「悪魔にうってつけのメッセンジャー」だとよんだ。この一件をかろうじてのがれると、以後、ベイナムは死ぬまでヨーロッパじゅうを放浪してまわった。

冒険家の死

　探検家ウォルター・ローリー卿は、ジェームズ１世にはうとまれたが、エリザベス女王の時代には華々しく活躍していた。ローリーの業績はめざましいものだった。1578年、彼はアメリカ大陸へ航海し、1584年と1589年には、不首尾に終わったものの、アメリカ大陸（現在のノース・カロライナ州）にイングランド初の植民地を建設しようとし、君主であるヴァージン・クイーン（エリザベス女王）をたたえてその植民地をヴァージニアと命名した。ジャガイモとタバコをイングランドにもたらしたのもローリーだとされており、エリザベス女王の寵臣となって、1585年にはナイト爵に叙せられた。だが、ローリーが女王の侍女とひそかに結婚したのが女王にばれ、妻ともども1592年にロンドン塔に投獄された。金を払って釈放しても

17 世紀 129

うと、ローリーはもう一度女王の寵愛を得ようと、1595年に鳴り物入りで遠征に出発した。いまのヴェネズエラにあるという伝説の黄金郷エルドラドを発見するためだったが、結局見つけ出せなかった。

1603年、国王になったジェームズ1世は、国王に対して陰謀をくわだてたとローリーを告発し、死刑囚としてローリーをふたたびロンドン塔に投獄した。この判決は終身刑に減刑され、ローリーは12年間ロンドン塔に収監されたが、この獄中にある時間を使って著書『世界史（History of the World）』を書いた。そして1616年、恩赦のないまま釈放されると、ローリーはもう一度エルドラドを探しに出航した。ところが、彼の探検隊がギアナにあるスペインの入植地を焼きはらい、ちょうど熱病にかかっていたローリーが知らぬまに、息子ウォルターが殺されてしまった。ローリーはまたも手ぶらで帰国したうえ、悪いことに、スペインとの平和を維持せよという国王の命令にそむいてしまっていた。

ジェームズ1世がスペインの要求にこたえてローリーの死刑判決を復活させ、1618年10月29日、ローリーはロンドン塔で斬首された。彼は最期の短いスピーチで、自分の人生は「虚飾に満ちた生涯」だったと言った。そして、自分が海に生きる男だったこと、軍人であり宮廷人であったことを見物人に思い出させてから、こう言ってしめくくった。「わたしは長い旅に出るから、仲間に別れを告げねばならぬ」。目隠しをしないまま死におもむく前に、ローリーは処刑用の斧をみずから調べ、死刑執行人にこう言った。「これは劇薬だな。だが、病をすべて癒してくれる」

下：盛装したジョン・ラムを描いた木版画。ある裁判では、ラムは「どんな男でも、子どもをもうけることができなくなるよう酔わせたり、毒を盛ったり、魔法をかけたり」できると自慢していた、と証人がラムを非難した。

ロンドンの魔女？

17世紀のロンドンでは、魔女や魔法使い、黒魔術師や魔術師の存在が広く信じられていた。ジョン・ラムという男は、不運にも、これら4つのよび名すべてでよばれた。

ラムは最初は子ども相手の家庭教師だったが、その後、占星術と医術に手を出し、「ドクター」と自称するようになった。また、占いもし、なくしたものを見つける能力があると言っていた。1608年、彼はウィンザー卿を衰弱させたかどで有罪を宣告され、水晶玉を使って悪霊を4匹よびだしたと告白した。ところが裁判後、数人の陪審が謎めいた死に方をしたため、ラムの

有罪の評決は保留となった。結局、ラムは1662年に、悪霊と親しくなったかどで投獄されたが、翌年、ロンドンのキングズ・ベンチ監獄に移され、その監獄で数々の有力者と面会した。未来のバッキンガム公であるジョージ・ヴィリアーズなどの大物が、ラムの処方する薬を求めて訪れたのだ。ラムの2間ある独房に薬草を届けに来た11歳の少女をラムが強姦し、強姦罪で起訴されたときも、ラムは死刑判決を受けたものの、国王の恩赦をあたえられた。彼は「バッキンガムの魔法使い」とよばれるようになり、女性を誘惑するための護符を顧客にあたえたりしていた。自宅を霧で包んでいるといわれたりもした。

1628年6月13日、おそらく80代初めになっていたラムは、シティのすぐ外にあった野外劇場フォーチュン座に芝居を見に行った。ところがそこで、乱暴な若者の一団がラムに気づき、芝居が終わると、暗闇のなか、帰宅するラムにつきまといながら、わめいたり、彼のことを魔女だとか悪魔だとかよんだりした。やがて敵意をむき出しにした群衆が増えていったため、ラムは通りすがりの軍人たちに守ってもらおうと金を渡し、一軒の居酒屋に逃げこもうとしたが、怒声をあげる暴徒をおそれた居酒屋の主人に断わられてしまった。

> 「ラムは頭蓋骨を割られ、片目が眼窩からたれさがった」

雇った護衛も姿を消し、ラムは暴徒に囲まれて、乱暴にこづかれたり押されたりした。彼が魔術を使う力をもっているといわれていることなど、だれも気にしていないようだった。そしてついに、セント・ポール大聖堂付近で暴徒はラムに石を投げたり、棒で殴ったりしはじめた。ラムは頭蓋骨を割られ、片目が眼窩からたれさがった。伝えられるところでは、ラムは水晶玉とナイフ数本を持っていたという。暴徒らは口々に、正義がついに行なわれたのだと言い、だれひとり逮捕されなかった。

同じ年、「ドクター・ラムの悲劇」という歌ができ、「ジョン・ラムの悪名高い生涯の概略」という小冊子が出まわった。1634年には、「ドクター・ラムと魔女たち」という題名の芝居も上演された。

国王の斬首

チャールズ1世は1600年、ジェームズ1世とアン・オヴ・デンマークの息子として生まれた。ところが、フランス国王アンリ4世の娘でカトリック教徒のヘンリエッタ・マリアと結婚したため、イングランドの宮廷にカトリックがもちこまれることになった。そのうえ、1625年に即位してからも、チャールズは父親と

上：レスターの南にあるネーズビーの戦いでは、オリヴァー・クロムウェル率いるニュー・モデル軍1万4000人が、約1万人の国王軍に対し決定的勝利をおさめた。クロムウェルが約4000人を捕虜にし、内戦は事実上終わった。

同じ大きな過ちを犯し、議会との対立が絶えなかった。チャールズと議会の争点となったのは、増税によって歳入を増やしたいというチャールズの意向だった。チャールズは議会を3度招集しては解散し、結局、1629年に独断で統治することに決め、以後11年間、専制政治を行なった。またチャールズは、カトリック教徒とピューリタンのあいだの緊張が高まると、規制を設けて多くのカトリック教徒とピューリタンをイングランドから追い出した。しかも、チャールズがスコットランドに新しい祈祷書を強制しようとしたため、これに反発したスコットランドで反乱が起きた。反乱を鎮圧するための戦費が必要になり、チャールズは1640年にようやく議会を招集したが、この議会は1か月たたないうちに解散された。そのためいまではこの議会を「短期議会」とよぶ。しかも、1642年の「長期議会」はやりすぎて事態が悪化した。チャールズが庶民院議員5人を逮捕しようとしたうえ、5人はすでに逃亡後だったのだ。

　そしてこの年、内戦が勃発した。国王派の軍（騎士派）と議会派の軍（円頂派）の戦いだった。1645年6月14日、議会派のニュー・モデル軍を率いるピューリタンのオリヴァー・クロムウェ

チャールズ1世の処刑は、1649年1月30日、ホワイトホール宮殿のバンケティング・ハウスの外で行なわれた。国王をむりやりロープでしばる必要が生じた場合にそなえ、床にはロープを固定するためのU字形の釘がとりつけてあった。

ルが、ネーズビーの戦いでチャールズの軍を敗走させ、これで優勢となった議会軍が、以後勝利を重ねた。翌年、チャールズはスコットランド軍に投降した。1646年には議会に身柄を引き渡され、ワイト島に幽閉されたが、1647年に脱出すると、反体制派のスコットランド人を集めて国王軍とし、反撃に出た。だが、またもクロムウェルに敗れてしまった。その後、反逆罪で裁判にかけられたチャールズは、答弁をこばみ、この裁判は合法ではないと主張したが、結局、68票対67票で、チャールズは有罪を宣告された。

　1649年1月30日、ロンドンでチャールズの公開処刑が行なわれた。ホワイトホール宮殿のバンケティング・ハウスの外に設置された処刑台での斬首刑だった。その処刑台まで、チャールズは離れたところにある2階の窓を通り抜けて向かった。黒い幕が張られ、周囲の群衆には処刑のようすが見えないようになっていたが、屋根の上から見つめている人々もいた。その日はひときわ寒く、チャールズはシャツを2枚重ねて着ていた。おそろしくて震えていると思われないようにするためだった。彼は最期のスピーチをし、われこそは「民の殉教者」だと断言すると、ロンドン主教に向かってこう言った。「わたしは腐敗しやすい王冠から離れ、混乱も腐敗もありえない王冠のもとへ行く」。そして死刑執行人に、この髪は邪魔かとたずね、死刑執行人の手を借りて、かぶっているキャップの下に髪を押しこんだ。それから、断頭台を水平にしてくれ、と求めた。水平になっております、と言われたチャールズは、次に、もう少し高くしてはどうか、と提案したが、それはできません、という答えが返ってきた。チャールズが断頭台に頭をのせ、両腕を広げると、一撃でその首が切り落とされた。

護国卿

　国王軍を破り、国王の処刑を主導したあと、オリヴァー・クロムウェルはイングランドの最有力者となり、独裁者としてその権力を利用した。それまでの歴代国王と同じように、彼も議会とたえず対立し、議会を解散した。
　クロムウェルはハンティンドンシャーの裕福な家庭に生まれ、しばらくケンブリッ

下：オリヴァー・クロムウェルは力強く自信にあふれた人物で、遠慮のない熱烈な演説を行なった。信仰心が篤く、自分も神に選ばれた者のひとりだと信じていたが、若い頃は「罪人たちの長」だったと言ったこともある。

ジ大学で学んだあと、議会の議員になった。極端なピューリタン的見解と威圧的な声で有名だった。国王が増税を求めたときには、率先して異を唱え、国王は議会にもっと多くの権限をゆずるべきだと要求した。そして内戦が勃発すると、クロムウェルは規律のとれた忠実なニュー・モデル軍を組織し、スコットランドの国王派もろとも国王軍を破った。

平和が戻ると、クロムウェルは軍事力にものをいわせて「長期議会」の議員110名をむりやり追放した。これにより1648年、長期議会は縮小して「残部（ランプ）」議会となった。次いで1653年にも、武力をつきつけて残部会議を解散させ、そのかわりに、彼みずからが選任する「ピューリタンの聖人たち」の議会を置いた。この議会は「ベアボーンズ議会」とよばれた。驚いたことに、議員のひとりプレイズゴッド・ベアボーンがバプテストだったからだ。ところが、このベアボーンズ議会もうまく統治できないとわかると、クロムウェルは1655年にベアボーンズ議会も解散した。そして、みずからが共和政の護国卿という地位について独裁を開始し、1658年に死去するまでつとめた。彼の後継者には、息子のリチャードが指名されたが、リチャードは統治者としては力不足だったうえ、厳格なピューリタン的価値観の強要と軍の縮小が世間の反発をまねき、2年後、王政が復活した。

アイルランドの虐殺

1649年、クロムウェルのニュー・モデル軍がアイルランドに侵攻し、アイルラ

> 「クロムウェルの軍は、情け容赦なく約2500人を虐殺した」

下：クロムウェルの軍によるドロヘダの虐殺は、とりわけて残酷だった。ある将校によると、ひざまずいて命乞いする美女を助けようとしたところ、別の兵士が彼女を剣で刺し殺し、岩場に放り投げたという。

右：チャールズ2世はクロムウェルの遺体に報復した。ウェストミンスター寺院に埋葬されているクロムウェルの遺体を掘り返し、遺体を絞首刑にしたうえで斬首したのだ。その後、彼の首を棒につき刺してウェストミンスター・ホールの屋根に置き、そのまま25年間さらし首にした。

ンド東岸の城塞都市ドロヘダを制圧した。アイルランドでは、カトリック教徒がイングランド支配に抵抗しており、クロムウェルには危険な存在と見えたからだった。クロムウェルの軍は、情け容赦なく約2500人を虐殺した。その大半は兵士だったが、カトリックの司祭も多くが殴り殺された。その後、ニュー・モデル軍はウェックスフォードを攻撃し、ここでも同じように野蛮な虐殺を行なった。これは「神の審判」であり、過去にプロテスタントを大虐殺したことに対する報復である、というのが侵略軍の言い分だった。このため、アイルランド人のカトリック教徒が所有する土地を没収して、イングランドから来たプロテスタントに分けあ

お楽しみはもうおしまい

　クロムウェルがピューリタン的価値観にもとづいて支配した時代は、ロンドン市民にとって試練のときだった。というのも、市民が楽しみにしているものが次々と消えてしまったからだ。劇場も居酒屋も閉鎖され、競馬や熊いじめ、はてはサッカーのようなスポーツも禁じられた。ストックス（足枷）のような刑罰は、信仰心を深める日である日曜日に行なわれた。また日曜は、大半の仕事や旅行、あてもなくぶらぶら散歩を楽しむこと（教会へ行くときは別）も禁じられた。どんなときでも、冒涜とみなされるような言動をすれば、罰金を科せられ、場合によっては監獄行きになった。黒い服を着るよう求められ、カラフルなドレスは罪とみなされた。また、女性が街頭で化粧を落とすことも禁じられた。クリスマスですら、厳密に宗教的な祝日とされ、クリスマスパーティもクリスマスキャロルも、クリスマスの飾りつけも、七面鳥やミンスパイやビールといった楽しみにしているクリスマス用のごちそうもご法度となった。

たえることも正当化された。こうして、アイルランド全土の約4割にあたる土地がイングランドのプロテスタントの手にわたった。

　翌1650年、クロムウェルはロンドンに戻り、次の問題としてスコットランドに目を向けた。スコットランド人はチャールズ2世が国王であると宣言していた。チャールズは南へ軍を進め、ウスターでクロムウェルの軍と激突した。だが惨敗を喫し、チャールズは逃げ、支持者たちは残酷に制圧された。ただし、アイルランド人が受けた仕打ちに比べれば、まだましなほうだった。イングランドの占領軍はスコットランドの低地地方に駐留しつづけた。これが終わったのは、皮肉なことに1660年、チャールズがイングランドの王位に復帰したときだった。即位早々チャールズは、クロムウェルの遺体を掘り出して、裁判にかけるよう命じた。そして、クロムウェルの遺体は有罪を宣告され、タイバーンで絞首刑に処せられてから、その首がさらし首になった。

王政復古

　父親が斬首されたとき、チャールズ2世はフランスに亡命していた。その後、彼はオランダへ移り住んでからスコットランドに戻り、スコットランドの王位を受諾した。だが、1651年にチャールズ率いる1万人の軍がクロムウェルの軍に敗れ、イングランドはチャールズの首に1000ポンドの懸賞金をかけた。チャールズは6週間にわたり追手からのがれつづけたすえにふたたびフランスへ渡り、ヨーロッパ大陸で8年間の亡命生活を送った。ところが、護国卿政治が失敗に終わると、チャールズは帰国して王位に復帰するよう要請された。ピューリタン的価値観にもとづく数々の厳格な禁止事項もついに消えるときが来た。チャールズの30歳の誕生日にあたる1660年5月29日、彼はロンドンに凱旋し、その行進を50万人もの人々が歓呼と感謝の念で迎えた。友好的な空気が満ちあふれていた。チャールズの父親の死刑執行令状に署名した者たちのうち、まだ約20名が存命中だったが、チャールズはそうした者たちに報復するのをなるべくひかえることにし、9名だけを処刑した。そしてクラレンドン伯が、新しい議会に対し、「全国民を始原の気質と高潔さに、古き善き礼儀に、古き善き気性に、古き善き性質に」戻すようにとうながした。

　チャールズ2世の治世は、国王と議会の関係の転換点となった。いまや、議会が優位に立ち、史上はじめて政党が結成された。騎士派がトーリー党となって国王の至上性を支持し、かたや円頂派はホイッグ党を作って議会の力を後押しするようになった。またホイッグ党は、国王の弟でカトリック教徒のジェームズが次の

1667年6月、ロンドン市民を震えあがらせる事件が起きた。オランダ艦隊がメドウェイ川をさかのぼり、貧弱な川の防備を突破してロンドンから48キロメートルのところまで迫ったのだ。侵攻軍は係留中のイングランドの大型艦船5隻を炎上させたり沈没させたりした。

右：ロンドンを馬で通り抜けたチャールズ2世は、市民から歓喜の声で迎えられた。市民の幸せそうな姿を見て、彼はこう軽口をたたいた。会う人がみな、お戻りになるのをずっとお待ちしてましたと言ってくれるのだから、こんなに長くここを離れていたのはわたしの落ち度だ。

国王になるのを阻止するため、反カトリック感情をかきたてた。

その一方、チャールズ2世の統治は、財政問題や弱い防衛力と外交政策に悩まされてもいた。オランダと対立し、オランダ艦隊がメドウェイ川をさかのぼってロンドンに接近したこともあった。このときは、戦艦5隻が炎上し、3層80門1等戦列艦のロイヤル・チャールズ号が拿捕されてオランダへ曳航されていった。また、チャールズ2世は不運にも、在位中に2度の災難にみまわれた。1665年のロンドン大疫病と1666年のロンドン大火だ。

とはいえ、こうした悲劇にみまわれても、チャールズ2世が安

楽で愉快な人生を熱望していたことに変わりはなかった。1662年、チャールズ2世はキャサリン・オヴ・ブラガンザと結婚した。このポルトガル人の花嫁は、約30万ポンドもの持参金をもってきた。彼女のほかにも、チャールズ2世には判明しているだけで13人の愛人がいた。そのひとりが有名なネル・グウィンだが、このほかにも知られていない愛人が何人もいたようだ。

プリティ、ウィッティ、ネル

女優のネル・グウィンは、本名をエレノア・グウィンといい、ヘレフォードで生まれた。チャールズ2世がもっとも寵愛した愛人だった。彼女はコヴェント・ガーデンの近くにある母親が経営する「娼家」で育ち、1669年にチャールズの愛人になる以前も、すでに俳優とドーセット伯の愛人だったことがあった。彼女は小生意気な調子でチャールズ2世のことを「チャールズ3世」とよんでいた。それは彼女の最初の恋人も2番目の恋人も、やはりチャールズという名前だったからだ。あるときには、馬車に乗っているところを貴婦人とまちがえられ、彼女はこう言ったという。「ねえ、みんな、乱暴しないで。あたしはプロテスタントの娼婦よ」。歌も踊りも抜群だったネルは、キングズ・カンパニーという劇団の花形女優で、とくに喜劇を得意にしていた。彼女のウィットと陽気さと軽率さはつとに名高く、日記で有名なサミュエル・ピープスも、彼女のことを「プリティ、ウィッティ、ネル（かわいくて機知に富んだネル）」とよんでいた。また彼女は、毒のあるユーモアのセンスの持ち主だった。1668年に、チャールズ2世が別の愛人で同じく喜劇女優のモル・デーヴィスと寝るつもりでいると知ったときは、ネルは下剤を混ぜた砂糖菓子をモルに届けた。その夜の情事はまずいことになり、チャールズはモルと縁を切った。

ネルとチャールズ2世のあいだには、1670年と1671年に息子が生まれた。ロンドンに豪華な自宅をあたえられ、王宮にも出入りしていたネルは、死ぬまでチャールズ2世の愛人だった。1685年、死の床についていたチャールズは、ネルが莫大な負債をかかえていると知っていたので、次期国王である弟にこう頼んだ。「かわい

上：クロムウェルのピューリタン的価値観にもとづいた統治が続いていたら、ネル・グウィンは舞台に上がることも花開くこともなかっただろう。だが、彼女のハート形の顔、均整のとれた姿、終生変わらなかった陽気さによって、彼女は王政復古期の快活な空気にぴったりのシンボルとなった。

そうなネルを飢えさせないでくれ」。ジェームズ２世は兄の頼みに応じ、ネルの借金を全額返済してやったうえ、1687年にネルが死去するまで、毎年1500ポンドの年金をあたえた。

国王のワイルドな愛人

　チャールズ２世の愛人たちは、互いに火花をちらしていたが、大胆にも、チャールズ相手にバトルをくりひろげた愛人もいた。バーバラ・パーマーという女性だ。彼女は旧姓をバーバラ・ヴィリアーズといい、とび色の髪をした背の高い美女で、既婚者だった。1661年、チャールズの花嫁キャサリン・オヴ・ブラガンザがポルトガルから到着する数か月前に、バーバラは娘アンを出産した。チャールズは、この娘の父親は自分ではないのではないかと疑っていたが、ホワイトホールにあるバーバラの自宅を週に４夜、訪れつづけていた。バーバラは1661年にカースルメイン伯爵夫人となり、その翌年、息子を産んだが、チャールズは認知を拒否した。しかもこの年、チャールズはバーバラを王妃キャサリンに引きあわせ、王妃付きの新しい女官だと告げた。これを聞いた王妃は、鼻血を出して失神してしまった。じつはチャールズは、さまざまにおどしをかけてくるバーバラといつも激しい言い争いをしていた。バーバラのことを「途方もなく不道徳で強欲」と評した主教もいる。彼女は1667年にまた妊娠したときには、チャールズが認知してくれないのなら、チャールズの目の前で子どもの頭をかち割ってやる、とおどした。それでもチャールズは認知をこばんだが、数日すると、彼女のところに戻ってきて謝った。

> 「チャールズの目の前で子どもの頭をかち割ってやる、と彼女はおどした」

　1670年、彼女はサウサンプトン伯爵夫人とクリーヴランド公爵夫人の称号を手に入れた。だがついに、彼女の激しい気性と、チャールズ以外に何人も愛人がいることをもてあまし、チャールズは1674年には別の愛人たちを相手にするようになった。とくに寵愛したのが、ポーツマス公爵夫人のルイーズだった。バーバラは1677年にフランスへ移り住み、フランスでの４年間でも何人も愛人をもったが、結局帰国し、チャールズと友人としてつきあうようになった。ただし、昔を懐かしむだけの、親密とはいえない友人関係だった。その後まもなく、1685年にチャールズは死去した。バーバラの７人の子どものうち数人は、おそらくチャールズが父親だったのだろう。

左：監獄のジョージ・フォックス。彼は北米に渡り、メリーランド植民地とロードアイランド植民地でクエーカーのコミュニティを組織した。オレゴン州のジョージ・フォックス大学は、彼にちなんで命名された大学で、いまでは4000人以上の学生が在籍している。

クエーカーの迫害

　クエーカーの活動も、ピューリタンからは疑いの目を向けられていた。クエーカーとは、この宗教団体の指導者のひとりであるジョージ・フォックスが「神の言葉に身を震わせるよう彼らに命じた」ことにちなんで、ある判事が「クエーカー（震える者）」とよんだことに由来する名称だ。これは1650年に行なわれたフォックスの裁判での出来事で、フォックスは1649年から1673年までのあいだに、8回も投獄された。クエーカーは、正式に飾り立てた教会や司祭に取り次いでもらわなくても、神とじかにつながっていると信じていた。そこで、教会の礼拝に出席することも、宣誓することも、十分の一税を納めることも、水を用いて洗礼を行なうことも、ほかの宗教組織となんらかの関係をもつこともこばんだ。1657年には、700人から1000人ものクエーカーが収監されていた。

　王政復古後も、クエーカーなど国教会から分離した人々を抑圧するため、罰則がそれまで以上に厳しくなった。チャールズ2世の即位から2年後の1662年には、礼拝統一法が制定され、イングランド国教会での礼拝を厳守するよう求めた。フォックスは以後もたびたび逮捕され、クエーカーの集会も違法となった。5人以上集まって集会を行なうことを禁じる法律ができたためだ。公式には、クエーカーに対する迫害が終わったのは、次の国王ジェームズ2世の治世、1689年に寛容法が制定されたときだった。

上：ジェームズ・ネイラーは拷問を受け、公開の恥辱刑を科せられたが、かろうじて処刑はまぬがれた。彼は財産をすて、すぐれた説教師になった。その情熱とカリスマにひかれ、街頭で彼の説教を聞いた人々の多くがクエーカーに改宗した。

次ページ：奴隷船はそれ自体が拷問だった。奴隷は足枷と手錠をはめられ、鎖につながれて、船倉の小さな空間に押しこめられた。食べ物も水も最小限しかあたえられず、航海中に死者が出るのはふつうのことだった。

ジェームズ・ネイラーの拷問

　ジェームズ・ネイラーはクエーカーの説教師で、1655年にはロンドンで有名な存在になっていた。翌年、彼は投獄され、その後ジョージ・フォックスと仲間割れした。クエーカーの活動の指導者だったフォックスとは、もともと対立していたが、獄中のネイラーにフォックスが会いに来たとき、ネイラーがフォックスの手に接吻するのをこばんだのがきっかけだった。このときは釈放されたが、1656年10月20日、ネイラーはまた逮捕された。キリストそっくりの姿で、馬に乗ってブリストルに入ったためだった。しかも、彼の前を歩く支持者たちが、歌を歌いながら衣類を放り投げるパフォーマンスまでしていた。一行は逮捕され、瀆神罪で告発された。庶民院の裁判では、ネイラーは死刑をまぬがれたが、一部の議員からは、旧約聖書の律法にもとづいてネイラーを石打ち刑で処刑すべきだという意見も出た。

　オリヴァー・クロムウェルが寛容をよびかけたものの、ネイラーに対する罰は過酷なものになった。彼はピロリー（さらし台）にかけられてから、ロンドンとブリストルを鞭打たれながらまわった。またブリストルでは、馬に後ろ向きに乗って問題の行動を再現させられた。さらに、神を冒瀆した者を表す「B」の文字の焼き印を額に押され、焼けた鉄で舌をつらぬかれ、重労働の刑を科せられた。「残部会議」がクエーカーに対する大赦を宣言する

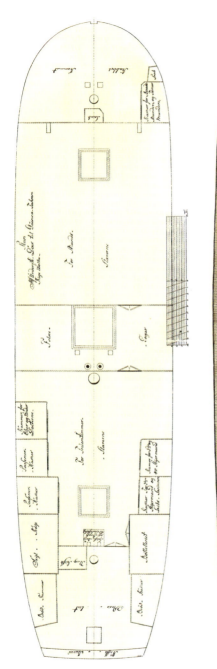

次ページ：ロンドン大疫病では、多くの医者もロンドンから逃げ出したため、その分、地元の当局がペストの流行を抑える役目をよけいに負わねばならなかった。監視員が感染した家に鍵をかけ、閉鎖して見張ったり、路上の遺体を見つけ出して、ペスト患者用の墓穴に運んだりした。

と、1659年にネイラーも釈放され、ふたたびロンドンで説教をはじめた。フォックスとも会って、これまでの埋めあわせをした。1660年10月、ネイラーはヨークシャーの自宅へ帰る途中で盗賊団に襲われ、翌日、地元のクエーカーの家で亡くなった。

奴隷とロンドン

1660年、チャールズ2世は王立アフリカ冒険会社（Company of Royal Adventurers of England trading into Africa）に勅許状をあたえ、同社は金などの物資と奴隷を獲得して輸送する事業をはじめた。1665年には、数千人の奴隷を西インド諸島へ送り、約10万ポンドを稼ぐまでになった。王族やサミュエル・ピープスも同社の出資者だった。この事業はチャールズ1世が認めた奴隷貿易を拡大したもので、チャールズ1世も、こうした野蛮な事業にたずさわる会社に勅許状をあたえていた。この交易はエリザベス1世の治世からすでにあった。ただし、女王は何も知らぬまま、奴隷になるという本人の同意をかならずとっているかと奴隷商人に確認していただけで、奴隷商人のほうは、そうしているとうけあっていた。

17世紀には、アメリカに植民地が次々と建設されていたため、西アフリカ出身の奴隷の需要も増えた。王立アフリカ冒険会社は1672年に破綻したが、同じ年のうちに王立アフリカ会社（Royal African Company）という別会社が設立され、王の弟であるヨーク公が代表についた。この会社は1672年から1689年にかけて約9万人の奴隷をアメリカに送り、綿花、タバコ、砂糖のプランテーションで働かせた。17世紀末には、ロンドン市民のあいだに

こりすぎの衣装

ピューリタンの政権が終わると、ドレスに対する制約も消えた。そして、それまでの反動として、心躍る華麗な衣装や流行が現れ、裕福な男性が女性的な格好をしたりするようになった。男性がペチコートそっくりに見えるほど幅の広いブリーチズ（半ズボン）をはき、香水をつけた衣服や派手なストッキング（長靴下）から、色とりどりのリボンをひらひらさせていた。頭には、羽根飾りのついた帽子と、長さが肩の下まである凝った巻き毛のかつらをかぶった。おしゃれな紳士の場合には、マフをもち歩いたり、化粧をしたり、顔につけぼくろをつけたりすることもあった。世間はこれをおもしろがり、日記で有名なサミュエル・ピープスも、友人がブリーチズの片方の筒にまちがえて両足をつっこんでしまったが、そのまま外出して歩きまわっていた、と書いている。ただし、国王はおもしろがってはおらず、女性的な服の男性が多すぎると議会に不満を言っていた。

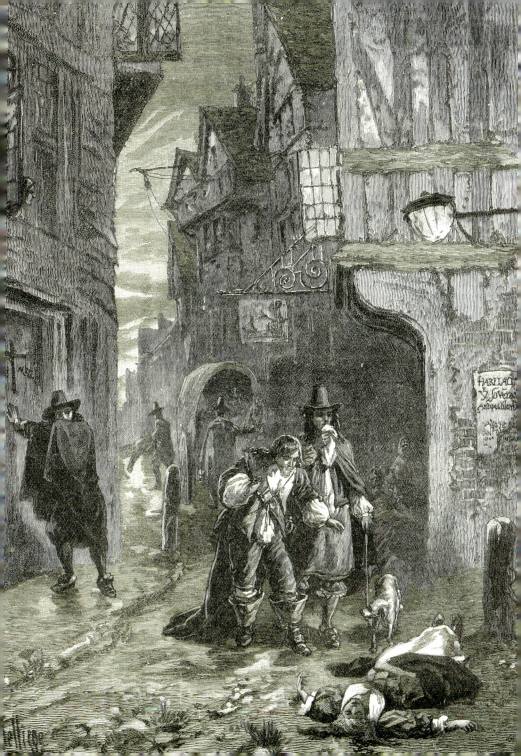

も奴隷を所有することが「流行」した。逃げ出して安全な場所に隠れた奴隷もいたが、奴隷の主人が「遺失物」の発見に報奨金を出していた。

　奴隷貿易はロンドンの金融機関が出資しており、廃止されたのは1807年になってからのことだった。そこにいたるまでには、ロンドン市民が率先して議会に請願し、奴隷の労働によって生産された製品のボイコット運動を行なっていた。イギリスの奴隷船では、アメリカまでのおそろしい船旅の最中に、45万人以上の奴隷が死亡したと考えられている。

> 「病気を運んでいるのではないかと考えて、推定で4万匹のイヌと20万匹のネコを殺処分した」

ロンドン大疫病

　ロンドンはたびたびペストの流行にみまわれたが、なかでも1665年の「ロンドン大疫病」は、人口約46万人の大都市に成長していたロンドン全域に蔓延し、公式には6万8596人が死亡したとされている。ただし、死者数は10万人に上った可能性もある。4月に初の死者が出たのを皮切りに、9月には毎週約7000人が死亡するようになっていた。ペスト患者の遺体は、荷車で集められ、サザークとクリップルゲートに掘った大きな穴に集団埋葬された。この遺体を運ぶ人々も、一般の住民との接触が禁じられた。

　劇場、居酒屋など、人々が集まる場所も閉鎖された。患者が出た家は隔離され、「X」という赤い文字でしるしがつけられた。「神よ、哀れみを垂れたまえ」という祈りの言葉がドアに書かれていることも多かった。多くの市民が、ペストは神の審判だと感じていたからだ。また住民たちは、腐りかけた生ゴミを焼いただけでなく、もっと極端な方法も試した。病気を運んでいるのではないかと考えて、推定で4万匹のイヌと20万匹のネコを殺処分したのだ。ペストから回復した人々もわずかながらいたものの、患者を救おうにも、事実上は手のほどこしようがなかった。患者の皮膚にペストの証拠である斑点が出ると、医者がその斑点から血を抜こうとしたが、こうした治療は患者を衰弱させるだけに終わった。

　ペストから身を守るには、ロンドンを離れることがいちばんだった。チャールズ2世も、7月に宮廷ごとハンプトン・コートへ移り、その後さらにオックスフォードへ移動して、10月にオックスフォードで議会を開いた。ロンドン市民も、金銭的に余裕のある人々は田舎で夏をすごした。ただ、なかにはペスト菌をたずさえて田舎に行ってしまった人もいる。しかし貧しい人々は、ネズミだらけの街からのがれることはできず、特別な治療を受ける

ペストの日記

　サミュエル・ピープスは、当時の事柄をつづった日記に、ペストについても詳細な記録を書き残している。1665年の日記には、次のような記述がある。
　8月28日——しかしいまや、人の姿はほとんど見られず、歩いている人も、この世に別れを告げた人のよう。
　8月31日——毎日、その増加という、ますます気の滅入る知らせ。シティでは今週7496人が死亡した。そのうち6102人がペストの死者だ。しかし、おそろしいことに、今週のほんとうの死者数はおよそ1万に上る——その一部は、数が大きいため目を向けてもらえない貧困層で、一部は、クエーカーなど、彼らに向けて警鐘を鳴らすことなどありえない人々だ。
　9月14日——ペストの遺体と対面。正午、シティのフェンチャーチ・ストリートで、埋葬するために運ばれている遺体がこちらに近づいてきた——次に会ったのは、グレース教会そばで、潰瘍を病んだ人が貸し馬車で運ばれてこちらに近づいてきた——タワー・ヒルの下のほうの端にあるエンジェル・タヴァーンが閉まっているのを発見。そればかりか、タワー・ステアズのビール酒場も。そればかりか、そこに最後に行ったときにペストで死にかけていた人が…。
　12月31日——けれども非常に喜ばしいことに、町はすみやかに満ち、店もふたたび開きはじめている。ペストの減少が続くことを神に祈ろう。実業の場所から離れたところにいつまでも宮廷を置いておいたら、公的な問題にかんして万事うまくいかなくなるのだから。この距離では、彼らはそのことをまったく考えない。

金銭ももっていなかった。
　ペストはその年の冬には下火となり、1666年9月のロンドン大火で死滅した。ロンドン以外にも、ニューカースルからサウサンプトンにいたるまで、数々の都市がペストに襲われ、イングランド全体では、人口100万人のうちの4分の3が亡くなったと推定されている。

ロンドン大火

　ロンドンの大火は1666年9月2日にはじまり、4日間燃えつづけた。家屋1万3200棟、教区教会87棟が焼け落ち、中世に建てられたセント・ポール大聖堂、王立取引所、ギルドホールも全焼した。たちまち炎が広がったのは、日照りつづきの夏だったうえ、ピッチを塗った木材で造った家々がひしめきあうように建っていたからだ。
　火元はプディング・レーンにあるトマス・ファリナーのパン屋だった。彼はかまどの火を消したつもりでいたが、3時間後の午前1時、燃えさしから急に発火した。彼と妻、娘、使用人は2階

> 「火災の損害額は、当時の推計で1000万ポンドにも上り、多くの住民が無一文になった」

ロンドン大火によって、市壁に囲まれた中世のシティの6分の5が破壊された。なんらかの損傷をまぬがれた建物はひとつもなかった。しかし、ロンドン橋は残った。鎮火後も数日にわたって煙が立ち上りつづけ、地面は歩けないほど熱いままだった。

の窓から逃げたが、メイドが死亡し、この火事の最初の犠牲者になった。

　強風にあおられ、火はテムズ川のほうへ燃え広がった。テムズ川沿いにある倉庫には、油脂などの燃えやすいものが積まれていた。当時のシティにはまだ消防隊がなく、住民が革製のバケツや斧のような日用品を使って、炎にむなしい戦いを挑んだ。家財道具をできるだけ多くテムズ川へ運び、ボートや平底船で避難させようとした。市壁の外にある野原に逃げ、テントで暮らした人々

大火の日記

　サミュエル・ピープスの日記には、ピープスが目撃し闘った大火の記録もある。1666年9月2日日曜日の日記には次のように書かれている。

　だれもが家財をもち出そうと懸命で、川に投げこんだり、使っていない平底船に積みこんだり。気の毒に、自宅に火が燃え移るまではできるだけ長く家にいようとしたあげく、ボートに駆けこんできた人、川岸の階段を次々つたって登る人もいた。（中略）家財を積みこんで逃げてくる者ばかりで、ベッドに寝たまま運ばれてくる病人もあちこちで見た。非常に大きな家財を荷車に積んだり、背負ったり。（中略）煙が見えるまで火に近づいた。テムズ川のあちらこちらで、風上に顔を向け、みな降りそそぐ火の玉でやけどだらけだった。まさにこのとおりなのだ。こうした火の玉や火の粉で家々が燃えた。3か4、いや、5か6の家々が、次々と（中略）ほとんど暗闇で、火が大きくなるのが見えた。闇が深くなるにつれ、ますますそう見えるようになった。丘を下から上へシティのほうを見ると、そのかぎりでは、街角に尖塔に、そして教会と家々のあいだに、最高におそろしく悪意に満ちた血のような炎が、ふつうの火の好ましい炎とは違う炎が（中略）見ているうちに涙がこぼれてきた。教会も家々も何もかも、火が燃え移り、たちまち炎が上がった。炎はごうごうとおそろしい音をたて、くずれた家々からバリバリと家の砕けるような音がした。

右：サミュエル・ピープスが速記法で日記を書きはじめたのは、1660年、27歳のときで、1669年まで書きつづけた。

もいた。政府は延焼を防ぐために、燃えている家を引き倒して壊すよう命じたが、そうしても、炎の広がりを阻止することはあまりできなかった。国王までもが炎と戦っていた。そこで、当時王立海軍の高官だったサミュエル・ピープスも海軍提督も、延焼を防ぐために家屋を爆破すべきだと考え、火薬を使った爆破が行なわれた。そして翌日9月5日の朝、ようやく鎮火した。

　火災の損害額は、当時の推計で1000万ポンドにも上り、多くの住民が無一文になった。それでも、この火災による死者だと確認できたのは16人だけで、火災のよい置き土産もあった。大疫病が根絶され、消防団が結成されたのだ。また、多くの道路の道幅が広げられ、ロンドンの多くの地域がレンガと石で再建された。クリストファー・レン卿の設計したセント・ポール大聖堂のような、すばらしい建築物も出現した。大火は87棟の教会を破壊したが、新しい教会が、これもレンの監督で52棟建設された。

　1677年、出火した場所の近くに、高さ61メートルのロンドン大火記念塔が建てられた。

左下：ピロリー（さらし台）にかけられたタイタス・オーツの絵。彼の周囲に描かれているのが、カトリック陰謀事件で彼に無実の罪を着せられた犠牲者（それぞれ心臓にナイフをつき立てられている）。冤罪でふたりが処刑されたが、オーツは生きのびて恩赦を受けた。

カトリック陰謀事件

　1678年、イエズス会士がチャールズ2世の暗殺をくわだてている、という捏造した話の噂が流れ、ロンドンはじめイングランドじゅうがこのにせの陰謀説を信じこんだ。チャールズ2世を殺して、カトリック教徒である弟ヨーク公（のちのジェームズ2世）を王位につける、という計画だとされていた。この噂をでっち上げたのは、タイタス・オーツというイングランド国教会の司祭だったが、じつはこの男は、1677年にカトリック教徒になったことがあった。1678年9月、オーツは治安判事エドマンド・ベリー・ゴドフリー卿の前で、この陰謀はほんとうに存在すると宣誓証言し、そのエドマンドが10月に殺害されるにおよんで、ロンドン市民はパニックにおちいった。オーツは枢密院によびだされ、そこでチャールズ2世みずからがオーツを審問した。チャールズ2世はオーツの話を聞いてもまだ半信半疑だったが、それでもロンドン市民は、オーツを英雄だともちあげた。

　この捏造した陰謀説があおりたてた激しい反カトリック感情のせいで、約35人が処刑されることになった。獄中で死んだ人々もいた。イエズス会士のウィリアム・アイルランドとジョン・ゴーヴも、このカトリック陰謀事件の無実の犠牲者だった。オーツ自身がコンスタブル（治安官）をひきつれてアイルランドの逮捕に向かい、彼に不利となる証言をした。アイルランドにはアリバイを証言してくれる目撃者が複数おり、チャールズ2世はそのアリバイを信じたが、判事たちは信じなかった。1678年、ロンドンのオールド・ベイリー（刑事裁判所）でアイルランドとゴーヴに有罪判決がくだされた。それによると、ふたりは「地獄のように身の毛もよだつ陰謀」をくわだて、「国王に対しても、国に対しても、宗教に対しても、それどころか自分たち自身に対しても、その財産や命や妻子に対しても、なんら敬意」を示そうとしなかったのだという。アイルランドとゴーヴは、ふたりいっしょにタイバーンへ連行され、大逆罪により絞首・腹裂き・四つ裂きの刑に処せられることになったが、まだ疑念をもっていたチャールズ2世が、絞首刑に減刑するよう命じた。せめてよけいな苦痛を彼らにあたえないようにと思ったのだ。

　結局、この陰謀がでっち上げだということを示す証拠が見つかった。ヨーク公はオーツを告訴し、10万ポンドの賠償金を手にした。そして1685年に国王に即位した。オーツは偽証罪で有罪判決を受けて投獄され、1688年に名誉革命でオラニエ公ウィレムがジェームズ2世を退位させるまで収監された。奇妙な話だが、その後1693年に、オーツはバプテストになった。

血の巡回裁判

　1685年、ジェームズ2世は兄のチャールズ2世の跡を継いで国王となったが、議会とのハネムーン期間をほとんどもてなかった。即位後半年もたたないうちに、甥のモンマス公ジェームズ・スコットが、1669年にカトリックに改宗していたジェームズ2世の王位継承に異を唱えたのだ。モンマス公はチャールズ2世の庶子でプロテスタントだった。モンマス公がドーセットのライム・リージスに上陸し、農民を中心に4000人の兵を集めると、人々から熱狂的な支持を得た。だが、熱狂的な人気だけでは不十分だった。1685年7月6日、モンマス公の軍はサマセットのセッジムアの平原で国王軍と対峙したが、干し草用のピッチフォークをふりまわす者もいるような農民兵の反乱軍は大敗を喫した。モンマス公は羊飼いに変装して逃げたものの、逮捕され、7月15日にタワー・ヒルで斬首刑に処された。この処刑を執行したのはジャック・ケッチという死刑執行人だったが、斧をもつ手が震えてしまい、モンマス公の頭を切断するまでにすくなくとも5回も斧をふり下ろした。

　この反乱の後始末が、ジョージ・ジェフリーズ判事の「血の巡回裁判」だ。ジェフリーズという王座裁判所首席裁判官は、残酷なうえに腐敗していることで悪名高い人物だった。ほかに4人の判事をくわえて行なわれたこの裁判では、結局、モンマス公を支援した約320人が絞首刑になった。また、数百人が獄中で死亡したほか、鞭打ち刑になった者や罰金を科せられた者もいた。さらに、800人以上が流刑となって、イングランドからバルバドスなどの植民地へ送られ、奴隷同然の扱いを受けた。

　一方ジェームズ2世は、カトリックと国教会の平等を認めるよう議会に求めた。これは、イングランドをカトリックの国に戻そうとする彼の一手だった。この提案を拒否されると、ジェームズ2世は1685年に議会を停職とし、1687年に宗教的寛容を求める信仰自由宣言を布告した。だが、もう遅すぎた。翌年、ヨーロッパのプロテスタント勢力の盟主であるオラニエ公ウィレムが、イングランドに侵攻して王冠を奪取し、ジェームズ2世は亡命した。ジェフリーズ判事も船乗りに変装して逃げようとしたが、逮捕されてロンドン塔に送られ、ロンドン塔で4か月後に亡くなった。

上：ウェールズ出身の裁判官ジョージ・ジェフリーズには、その厳しい処罰から「ハンギング・ジャッジ」（絞首刑好きの裁判官）というあだ名がついた。とくに「血の巡回裁判」では、被告を恫喝したすえに厳罰を科した。また彼は、被告から金銭をゆすりとっていた。

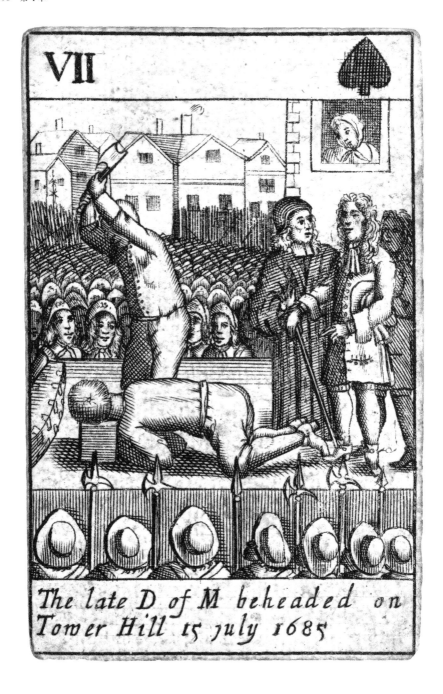

ジャック・ケッチ

　ジャック・ケッチ、別名ジョン・ケッチは、1666年から1678年までロンドンで死刑執行人をつとめた。彼は嫌われ者で、死刑を執行するときにはたいてい酔っぱらって現れた。何百人も処刑したとされているが、そのほぼすべてが絞首刑だった。このため、斬首刑の経験が足りず、雑な仕事ぶりで有名になった。年取ってたまにしか使われなくなると、とくにひどかった。彼の不手際な仕事の犠牲になってしまったのが、ふたりの反逆者、ラッセル卿ウィリアムとモンマス公ジェームズだ。

　ケッチがラッセル卿の斬首刑を執行したのは、チャールズ2世の治世末期の1683年、ラッセル卿が国王殺害の陰謀を支援したかどにより有罪となったときのことだった。ケッチは手際のよい仕事を期待されて10ギニー以上のチップをもらったのに、5回もぎこちなく斧をふり下ろして、ようやくラッセル卿の首を切断した。批判を浴びたケッチは、謝罪文を出したが、それでもまだ、受刑者が「まちがった姿勢」をとっていたとか、用意ができたといういつもの手の合図をしなかったとかいって、不手際を受刑者のせいにした。

　1685年のモンマス公の処刑でも、モンマス公は断頭台に頭をのせる前にケッチに6ギニーを渡し、ラッセル卿の処刑のように「めった切りにしないでくれよ」と言った。「4回か5回も打ったそうだな」。この言葉に、ケッチははた目にもわかるほど緊張し、最初の一撃は軽い傷をつけただけに終わった。モンマス公はふりかえって、とがめるような目でケッチを見上げた。だが、それから2度斧をふり下ろしたものの、ケッチはモンマス公の命を奪いそこね、斧を放り出すと、こう言い出した。「できねえ。心臓のせいだ」。シェリフと見物に来た群衆に頼みこまれ、ケッチはまた斧を手にとると、もう2回斧をふり下ろしてようやくモンマス公の命を断ったが、胴体から頭を切断するのにはナイフを使わねばならなかった。目撃者が後日書いたところによれば、あまりの不手際に怒り出した群衆が、ケッチをバラバラに引き裂きかねなかったので、ケッチには護衛がついたという。

　ケッチはモンマス公の斬首刑から1年後に死亡した。彼は無能よばわりされたり肉屋とあだ名されたり、いろいろいわれたが、じつは、当局が拷問のような苦しい処刑をするようにと命じ

前ページ：緊張のあまりモンマス公の斬首にてまどったジャック・ケッチを描いた絵。ケッチは助手のパスカ・ローズに後をまかせたが、ローズが押しこみ強盗の罪で有罪となったので、ローズを絞首刑にするために復職しなければならなかった。

「斬首刑の経験が足りず、雑な仕事ぶりで有名になった」

「胴体から頭を切断するのにはナイフを使わねばならなかった」

たのではないか、と疑う声もあった。彼のジャック・ケッチという名前は、行儀の悪い子どもを叱るときに親がもち出すおどし文句になり、のちには、死刑執行人をさす一般名になった。

殺人者となった産婆

いうまでもないが、歴史家は王族など指導者層が関係する犯罪に注目する。しかし、ロンドンの庶民のあいだの犯罪のほうがひどく、陰惨な殺人事件も発生していた。そのよい例が、フランス人の産婆マリー・オーブリーだ。彼女は旧名マリー・デ・ゾルモーというユグノー（フランスのカルヴァン派プロテスタント）で、カトリックのイングランド人デニス・オーブリーと結婚したが、やがて夫が彼女を虐待しはじめた。4年後の1688年、夫の暴力が激しくなると、彼女は夫の殺害を考えるようになった。「絶対殺してやる」と友人に言ったことさえあった。

その機会は、1月27日のまだ暗い明け方に訪れた。午前5時に酔っぱらって帰宅した夫が、彼女をレイプしてから眠りこんでしまったときだった。マリーは夫を絞殺し、前夫とのあいだの息子ジョンの手を借りて、夫の遺体をバラバラに切断すると、あちこちに遺体を隠した。1月31日、めった切りにされた夫の胴体がホルボーンの堆肥の山の上で発見され、両腕と両足が下水溝で見つかった。あきらかに唯一の容疑者だったマリーは、逮捕され、オールド・ベイリー（刑事裁判所）で裁判にかけられた。彼女は有罪を認めた。そして、火あぶりの刑を申し渡され、3月2日、レスター・フィールズ（いまのレスター・スクエア）で刑が執行された。

舞台の外の悲劇

17世紀のロンドンでは、痴情のもつれが殺人事件につながることもよくあったが、その犯人はたいてい無罪になった。ロンドンの劇場街の路上で起きた有名な事件に、女優のアン・ブレースガードル誘拐未遂事件がある。彼女は人気女優で、1690年代には『オセロ』のデズデモーナ役など、シェイクスピアの舞台で有名になっていた。

この女優に、キャプテン・リチャード・ヒルという男が熱を上げ、彼女につきまとうようになった。そしてついに、ヒルはチャールズ・ムーン男爵に泣きついて手を借り、1692年12

下：アン・ブレースガードルは多彩な才能に恵まれていた。シェイクスピア劇に出演することもあれば、軽演劇で歌を披露することもあった。彼女より若い女優アン・オールドフィールドのほうが人気が高くなると、彼女は引退した。彼女はウェストミンスター寺院の回廊に埋葬されている。

月9日、乱暴者ぞろいのストリートギャングにアンの誘拐を頼んだ。彼女を1週間ばかり街からつれだし、そのあいだに、ヒルが結婚してくれるよう彼女を口説くという計画だった。ヒルとムーンは誘拐用に大型四輪馬車を借り、馬車のなかにピストル数丁とアンの着替え用ドレスを用意した。

だが、アンの母親と近隣住民が邪魔に入ったせいで、誘拐は失敗に終わった。ところがこの一件から、ヒルはウィリアム・マウントフォードという俳優がアンの恋人ではないかと疑いはじめ、その夜、ヒルとムーンはストランドのハワード・ストリートでマウントフォードを待ち伏せして襲った。ムーンが見つめるなか、あるいは、彼がマウントフォードを羽交い締めにしていたのかもしれないが、ともかくヒルがマウントフォードの胸を刺し、マウントフォードは翌日死亡した。ヒルはフランスへ逃亡し、残ったムーンが法の裁きを受けた。そして5日間の裁判のすえ、男爵の同輩陪審たち（高い地位にある友人たちだった）は、69票対14票でムーンを無罪とした。

一方、誘拐されかけたアンは、女優を続け、一段と有名になった。ヒルのほうは、その後、陸軍の外地勤務につくため恩赦をあたえられたが、居酒屋での酔っぱらい同士のけんか騒ぎで死亡したとされている。1697年、ムーンは決闘で相手を殺したが、また無罪放免になった。だが1712年に、ハイド・パークでハミルトン公と決闘し、ハミルトン公もムーンも命を落とした。ムーンが撃ち殺されたあとで、ムーンの介添人がハミルトンを殺したとされている。

上：チャールズ・ムーン卿はマウントフォード殺害については無罪となったが、数年後、別の殺人事件で逮捕され、王から恩赦を受けた。だが、ハミルトン公と決闘して相撃ちになった。

名誉革命

皮肉なことに、ジェームズ2世は実の娘のメアリとその夫ウィリアムによって退位させられた。ウィリアムはジェームズ2世の甥でもあり、オラニエ公ウィレムにしてオランダ総督の地位にあるプロテスタントだった。イングランドをカトリック教国に戻そうとするジェームズ2世の動きは、国民の大半にとって悩みの種で、1688年6月10日に王子が誕生すると、次の世代もこの方針

が続くのではないかという懸念が生まれた。そこで、有力な政治家たちがウィリアムに書簡を送り、イングランドに侵攻して王位についてもらいたいと求めた。ウィリアムはこの依頼を受けて、11月5日にデヴォンに上陸し、次々と支持を集めながら、軍を率いてロンドンへ向かった。ジェームズ2世の実の娘であるアン王女までもが、ウィリアムの味方についた。その一方、この進軍に抵抗する動きもいくらか起き、レディングで50人が殺害された。

だがロンドンでは、反カトリックの暴動が発生した。ジェームズ2世は12月11日、ケントへ逃げたが、そこで漁師たちに捕まった。そして、ジェームズ2世をどうしてもやっかいばらいしたかったウィリアムの手配で、12月23日、フランスへ亡命させられた。

> 「ヒルとムーンは誘拐用に大型四輪馬車を借り、馬車のなかにピストル数丁とアンの着替え用ドレスを用意した」

右：ジェームズ2世は屈辱感を味わいながら自分の王国を後にし、フランスへ逃亡しようとしていたところをケントで捕まった。ウィリアムはジェームズを投獄するつもりはまったくなかった。そうすればジェームズが殉教者扱いされるようになると考え、ジェームズを亡命させるよう命じた。

ウィリアムとメアリとエリザベス

　ウィリアム3世は、王に愛人がいても当然とみなされる時代の最後を飾る王のひとりだったが、かなり慎重に行動していた。彼とメアリとの結婚が整ったとき、メアリはウィリアムが醜男で、一日中わめきたてていると聞かされた。だが、ふたりの関係は円満で、幸福な夫婦となった。ただし、ウィリアムは包み隠しのできない男ではなく、メアリの女官のエリザベス・ヴィリアーズに関心をもっていることも、ばれないよう用心していた。エリザベスはチャールズ2世の愛人だったバーバラ・ヴィリアーズのいとこで、賢く機知に富んでいたが、バーバラほど美人ではなく、片目に問題があったので「やぶにらみのベティ」とさえよばれていた。

　メアリ2世が1694年に死去すると、ウィリアム3世は嘆き悲しみ、翌年、エリザベスがロイヤル・スコッツ連隊の将軍と結婚すると聞いて喜んだ。彼女はその後も、ウィリアムの誠実な親友、宮廷に欠かせない人間だった。1702年にウィリアムが亡くなると、彼女はジョージ1世とジョージ2世を田舎の屋敷に招いてもてなすようになり、1733年に死去した。

　一方、議会はかねてから、当然ながらメアリが女王となって、女王の配偶者としてのウィリアムと協力して統治することを望んでいた。ところが彼女は、夫婦ともがウィリアム3世とメアリ2世として共同統治するのでなければ嫌だと言いだした。そして1689年、国王となったウィリアムが、プロテスタントの多くの宗派を保護する寛容法を制定させた。ただし、カトリックは排除された。またウィリアムは、議会が作成した「権利宣言」に同意した。この文書は議会に自由をあたえ、王権神授説に終止符を打つものだった。

第5章

18世紀

ロンドンに新しい時代が訪れた。消費と享楽の時代だ。だが、まだ貧困がはびこり、南海泡沫事件では金融が破綻した。宗教をめぐる暴動が続き、多くの家族がアメリカでの戦争で息子を失った。

　変化と混乱は18世紀が終わるまで続いたが、ロンドンはドイツ生まれの国王たちの新しい統治の仕方に対応していた。それより問題だったのは、市長がロンドン塔に投獄されたことだった。多くの市民の生活が向上したが、18世紀末になると、パンを求める騒動が頻発するなど、社会が不穏な空気に包まれるようになった。

ロンドンの分断
　1715年、新たに国王となったハノーヴァー朝のジョージ1世が、ロンドンで凱旋パレードを行なった。だがじつのところ、新国王の正統性をめぐって、ロンドン市民は真っ二つに分かれていた。ジョージ1世の先代で、ステュアート朝最後の君主となったアン女王は、ウィリアム3世とメアリ2世に子どもがいなかったので王位を継いだ。そこで議会は、廃位したカトリック教徒のジェームズ2世が国王に復帰しないようにするため、細い糸をたどるようにして、ジェームズ1世の孫娘でプロテスタントのゾフィーア（ソフィア）の息子であるハノーファー（ハノーヴァー）家のゲオルク（ジョージ）を選んだ。イギリス（グレート・ブリテン連合王国）に到着したとき、ジョージは英語の単語を少し話せるだけだった。そして、ロンドン市民に愛される国王にはなれなかった。
　この頃には、ロンドンの人口は約63万人に達していたが、経済について見れば、深い亀裂が生じていた。特権階級はロンドン

前ページ：世紀の変わり目のロンドンは、まだ王政復古と名誉革命の余韻にひたっていた。商売も遊びも、手を広げるにはぴったりの時代に思われた。だが前途には、深刻な金融問題と社会問題が待ち受けていた。

右：ハノーヴァー朝初代国王のジョージ1世はドイツ語しか話せず、閣僚とはフランス語で話をしなければならなかった。国民一般には不人気で、彼の愛人ふたりも好かれていなかった。国王が王妃を虐待しているという噂も山ほどあった。

に多くの近代的な様相をもたらし、コーヒーハウスで政治談義に花を咲かせる人々が現れ、さまざまな新聞や小説も登場した。サミュエル・ジョンソンが辞書を編纂したのもこの時代だ。その一方、大半の市民は貧困状態にあり、まだ中世の意識のまま、中世とほぼ変わらぬ状況で暮らしていた。

凶悪な犯罪があふれ、そうした犯罪を記録した『オールド・ベイリー会議録（The Proceedings of the Old Bailey）』という出版物がよく売れた。これを読んだロンドン市民の多くが不安にかられ、社会が乱れるのではないかと心配した。

マグハウス暴動

ロンドンの乱暴者たちは徒党を組むことがよくあり、そういう暴力的な集団は「モバーズ」とよばれていた。ゲオルクが国王ジョージ1世として即位したとき、国王を支持したのは紳士階級で、マグハウスとよばれるビヤホールに集まっては政治的な会合を開いていた法律家や政治家だった。1715年には、新しい国王を支持するそうしたマグハウスの常連と、街頭デモの参加者のあいだで、何度か乱闘騒ぎが起きた。デモをしていたのは、ジャコバイトをはじめとするジェームズ2世の王位復帰を求める人々だった。

1716年7月23日、フリート・ストリートのソールズベリー・コートにあるマグハウスにいたホイッグ党の国王支持派が、新しい国王の健康を祝して乾杯しようと言いだし、口々にこう叫んだ。「ジ

> 「ロンドンの乱暴者たちは徒党を組むことがよくあり、そういう暴力的な集団は『モバーズ』とよばれていた」

郵便はがき

160-8791

料金受取人払郵便

新宿局承認

5338

差出有効期限
平成31年9月
30日まで

切手をはら
ずにお出し
下さい

343

（受取人）
東京都新宿区
新宿一-二五-一三

原書房
読者係 行

1608791343　　7

図書注文書（当社刊行物のご注文にご利用下さい）

書　　名	本体価格	申込数
		部
		部
		部

お名前　　　　　　　　　　　注文日　　年　　月　　日

ご連絡先電話番号　□自　宅　（　　　）
（必ずご記入ください）　□勤務先　（　　　）

ご指定書店（地区　　　）　（お買つけの書店名をご記入下さい）　帳合

書店名　　　　書店（　　　　店）

5470
図説 呪われたロンドンの歴史

愛読者カード ジョン・D・ライト 著

＊より良い出版の参考のために、以下のアンケートにご協力をお願いします。＊但し、今後あなたの個人情報(住所・氏名・電話・メールなど)を使って、原書房のご案内などを送って欲しくないという方は、右の□に×印を付けてください。　□

フリガナ
お名前　　　　　　　　　　　　　　　　　　　　　　　　男・女　(　　歳)

ご住所　〒　　－
　　　　　市　　　　　　町
　　　　　郡　　　　　　村
　　　　　　　　　　　　TEL　　(　　　　)
　　　　　　　　　　　　e-mail　　　　　　　@

ご職業　1会社員　2自営業　3公務員　4教育関係
　　　　　5学生　6主婦　7その他(　　　　　　　　　　　)

お買い求めのポイント
　1テーマに興味があった　2内容がおもしろそうだった
　3タイトル　4表紙デザイン　5著者　6帯の文句
　7広告を見て(新聞名・雑誌名　　　　　　　　　　　　)
　8書評を読んで(新聞名・雑誌名　　　　　　　　　　　)
　9その他(　　　　　　　　　　　　　　　　　)

お好きな本のジャンル
　1ミステリー・エンターテインメント
　2その他の小説・エッセイ　3ノンフィクション
　4人文・歴史　その他(5天声人語　6軍事　7　　　　　)

ご購読新聞雑誌

本書への感想、また読んでみたい作家、テーマなどございましたらお聞かせください。

ジョージ1世の愛人たち

　1715年、イギリスに新しいハノーヴァー朝の国王が到着したとき、国王ジョージ1世に随行してきた人々のなかには、ジョージの愛人ふたりもいた。ジョージは愛人たちとはすでに長年の間柄で、1694年には、うんざりした王妃がスウェーデン人の伯爵と関係をもったこともあった。ジョージは王妃をアールデン城に幽閉し、以後30年間、彼女は死ぬまで閉じこめられた。子どもふたりに会うこともできなかった。相手の伯爵についても、世間では、ジョージがふたりの男に命じて殺させ、遺体を川にすてさせたとされている。

　ジョージの愛人たちは、ふたりともあまり魅力的ではないと思われていた。ひとりはひどく痩せていたため、ロンドン市民から「メイポール」（五月祭で踊りに使う柱のこと）というあだ名をつけられた。もうひとりのほうは、とても背が低く太っていたので、ロンドンの有名な地名を借りて「エレファント・アンド・カースル」とよばれていた。ジョージの「メイポール」は、本名をエーレンガルト・メルジーネ・フォン・デア・シューレンブルクといい、ふたりのあいだには3人の娘がいた。ジョージが1727年に死去すると、彼女はペットのカラスと暮らした。カラスをジョージの霊魂だと信じていたからだ。「エレファント」のほうは、本名をゾフィーア・フォン・キールマンゼッケといい、ジョージの異母姉妹だった。

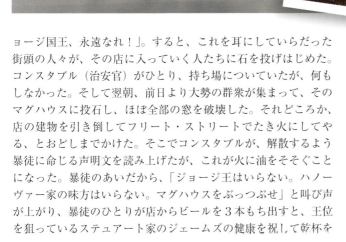

右：「メイポール」ことエーレンガルトは、ジョージのお気に入りの愛妾だった。ケンダル公爵夫人、グラストンベリー男爵夫人など、いくつもの称号をあたえられた。

ョージ国王、永遠なれ！」。すると、これを耳にしていらだった街頭の人々が、その店に入っていく人たちに石を投げはじめた。コンスタブル（治安官）がひとり、持ち場についていたが、何もしなかった。そして翌朝、前日より大勢の群衆が集まって、そのマグハウスに投石し、ほぼ全部の窓を破壊した。それどころか、店の建物を引き倒してフリート・ストリートでたき火にしてやる、とおどしまでかけた。そこでコンスタブルが、解散するよう暴徒に命じる声明文を読み上げたが、これが火に油をそそぐことになった。暴徒のあいだから、「ジョージ王はいらない。ハノーヴァー家の味方はいらない。マグハウスをぶっつぶせ」と叫び声が上がり、暴徒のひとりが店からビールを3本もち出すと、王位を狙っているステュアート家のジェームズの健康を祝して乾杯を

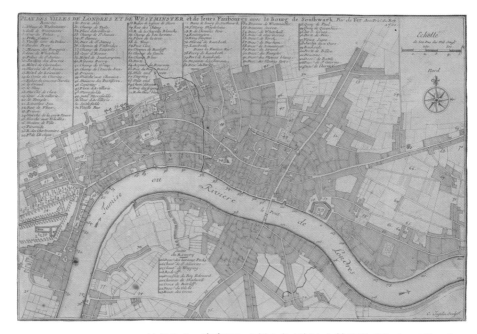

上：18世紀末には、ロンドンの人口は約100万人まで増加していた。産業革命の最初の兆しもあきらかに見られ、ロンドンは大英帝国の中心になりつつあった。

次ページ：ジョージ王支持派が集まる酒場マグハウスで暴動が続き、ロンドン市民は衝撃を受けた。暴徒は王位を狙うステュアート家のジェームズの支持者だった。暴徒5人が処刑されてからは、マグハウスでの暴動は見られなくなった。

はじめた。店内にいた男たちが何人か外に出てきて、フリート・ストリートの暴徒を追いはらおうとしたが、逆に圧倒されて店の2階に逃げこみ、それと同時に暴徒が店になだれこんだ。暴徒は階下をめちゃくちゃに荒しはじめ、店のなかのものを中庭に放り出し、たたき壊そうとした。店を守ろうとしていた人々も、中庭に追いこまれ、棒で殴られた。

午前11時頃、客のひとりが暴徒に向かってラッパ銃を撃ち、ダニエル・ヴォーン、別名ヴィネガーを殺した。この殺人事件の裁判は、9月6日に大陪審が開かれ、容疑者と見られていたロバート・リードという男は無罪になった。だが、モバーズのうち5人が、騒擾と謀反の罪で有罪とされ、タイバーンで処刑された。

ヘルファイア・クラブ

そもそもヘルファイア・クラブは、1719年、ロンドンでフィリップ・ウォートンという公爵とその友人たちが設立した。その目的は、ふつうならば退屈になってしまう日曜日をにぎやかにすごすため、みなで集まって酒を飲んだり、下品な歌を歌ったり、カトリックの教えや儀式を茶化して楽しもうということだった。だが2年後、このクラブは勅令によって閉鎖された。閉鎖理由でとくに問題になったのは、「互いの心と道徳を腐敗させる」よう

上：ヘルファイア・クラブの設立者とはいえ、フランシス・ダッシュウッド卿は芸術と建築の愛好者で、ディレッタント協会の設立会員でもあり、有名な政治家だった。ベンジャミン・フランクリンもダッシュウッドの「ケーヴ」に行ったことがあると考えられていた。

会員に勧めているということだった。

これより有名なほうのヘルファイア・クラブは、1746年に設立された。設立者は悪名高いフランシス・ダッシュウッド卿という元大蔵大臣で、聖フランシスのナイト（勲爵士）の称号をもっていた。当初、このクラブはロンドンのハノーヴァー・スクエアにあるダッシュウッドの自宅で開催されていたが、その後、ジョージ＆ヴァルチャーというパブへ移り、次にバッキンガムシャーのメドメナムにある荒れはてたセント・メアリ修道院で開くようになった。ダッシュウッドはこの廃墟を修理し大改造して、ゴシック様式の塔も増築した。玄関の上には、「汝したいことをせよ」というモットーが掲げられていた。室内にはヴィーナスの像がいくつか置かれ、地下に「ヘルファイア・ケーヴ」（地獄の火の洞窟）という部屋が造られて、そこで「修道士」と称する会員たちが愛人を作り、「内密の祈祷」なるものを行なっていた。クラブの活動の大半は、元祖のクラブでも楽しんでいた類のもので、それにドルイド教のような異教的祭儀を加味し、元祖よりも酒池肉林にふけった。互いを「ブラザー」（平修道士）とよびあっていた会員には、ロンドン市長となったジョン・ウィルクスもいたが、ゲストとして多くの人も訪れており、著名な作家のオックスフォード伯ホラス・ウォルポールもそのひとりだった。

ジャコバイトの反乱

1707年、合同法が成立し、イングランドとスコットランドの議会が合併した結果、スコットランドは政治的な独立を失った。というのも、スコットランドの議員はロンドンにある議会の一員となり、その議会はウェールズもふくんでいたからだ。そこで、ジャコバイトあるいはジャックとよばれた多くの人々が、これに抵抗し、ステュアート朝の復活を試みるようになった。だが、ジョージ1世とハノーヴァー家の王位継承が続けば、ステュアート朝の復活はない。このハノーヴァー朝存続をお膳立てしていたのが

プロテスタントのホイッグ党で、ホイッグ党に対抗していたのが、カトリックのステュアート家とステュアート家を支持するトーリー党だった。ところが1715年、スコットランドでジャコバイトが蜂起し、その夏には、マー伯爵ジョン・アースキンが、いくつもの氏族によびかけて挙兵した。そしてパースへ進軍し、11月13日、シェリフミュアの戦いでアーガイル公率いる政府軍と対峙した。マー伯爵の反乱軍のほうが多勢だったが、決着がつかず、やがて反乱軍は、徐々に兵士が脱落していった。

その後も、ジャコバイトはたびたび反乱を起こした。1719年にスコットランドのハイランズ地方で発生した反乱も鎮圧されたが、ついに1745年、のちに「ボニー・プリンス・チャーリー（すてきなチャーリー殿下）」とよばれるようになる若僭王チャールズ・エドワード・ステュアートがスコットランド北部に上陸し、その大胆不敵さと魅力を駆使してハイランズの人々を結集させ、最後の反乱がはじまった。チャールズ率いる反乱軍はダービーへ進軍し、1月17日にフォールカークの戦いに勝利したが、兵士たちはそれ以上南へ進もうとはしなかった。そして北へ引き返したところを、4月16日、インヴァネス近郊のカローデンの戦いで、カンバーランド公に壊滅させられた。イングランド軍は敵軍を虐殺し、120人を処刑し、約1000人の捕虜を海外への流刑に処した。チャールズは数か月にわたって追われつづけたすえ、かろうじてヨーロッパ大陸へ逃げ落ちた。これで事実上、ジャコバイトの反乱は終わりを告げた。

南海泡沫事件

1711年、南アメリカと交易を行なうため、「南海会社」が設立された。この企業は半官半民で、イングランド銀行と東インド会社に資金を提供することによって、政府の債務の一部削減をはかるのが目的だった。おもな業務として、奴隷をアメリカ大陸のスペイン領に輸送していたが、そこそこの利益しか上げていなかった。ところが1720年、同社は政府債務の大半を引き受けると発表し、この発表で、同社の株に投資が殺到した。同社の株は利率100パーセントの配当金を支払っていたからだ。128ポンドだった同社の株価が、1720年6月には1000ポンドに急騰したばかりか、この投機ブームに便乗しようという「バブル」企業も次々と出現した。だが9月、南海会社のバブルがはじけ、同社の名誉総裁だった国王ジョージ1世をはじめとするイギリスの著名人の多くが、莫大な損失をこうむった。そもそも後ろ暗い取引をしてバブルを生みだしてしまった人々をふくめ、破産した人や評判をだ

右：カローデンの戦い。ジャコバイトの反乱に終止符を打った戦いであり、ブリテン島で最後の本格的な戦闘だった。この後も、イングランド軍はハイランズのスコットランド人を追跡して殺害したが、チャールズはスカイ島へ逃げてからフランスへ亡命した。

いなしにした人が大勢いた。政府が救済措置を講じたが、このために政府は約400万ポンドもの債務をかかえることになった（この債務は、300年後のいまも、ごく一部ながらまだ残っている）。しかも調査の結果、大臣3人が、議会に南海会社を売りこむために賄賂を受けとっていたこと、同社の重役が株価を不正操作して私腹を肥やしていたことが明らかになり、数人が投獄されたり、資産を没収されたりした。

　議院内閣制はジョージ1世の治世にはじまり、ロバート・ウォルポール卿が初代の首相になったとされるが、当時、この称号はまだ正式には使われていなかった。ウォルポールはかねてから政府が南海会社に関与することに反対しており、バブルが崩壊すると、もうひとつの職務である第一大蔵卿として、損害の軽減をは

かった。

　この事件を機に、会社設立について多くの規制が生まれた。また、南海会社は1750年にその権利の大半をスペイン政府に売却したが、以後も1853年まで約100年間、事業を継続した。

ジャック・シェパードの脱獄劇

　ジャック・シェパードはスピタルフィールズの貧しい家庭に生まれ、早くから大工見習いとして働いたが、すぐに強盗のほうが自分に向いていると考えるようになった。身長が1.6メートルしかなく細身だったので、逮捕は容易だったものの、そのまま監禁しておくのは容易でなく、ロンドン市民のあいだでは、彼が冒険小説のヒーローであるかのようなイメージができあがった。なに

南海泡沫事件によって、株式仲買人や投機家は悲惨な目にあった。その混乱ぶりは、この絵に描かれているようなものだったにちがいない。作者はヴィクトリア朝の画家エドワード・マシュー・ウォード。ロンドンのテート・ギャラリーに展示されている。

右：ウィリアム・ハリソン・エインズワースの1839年のベストセラー小説『ジャック・シェパード（Jack Sheppard）』にそえられているジョージ・クルックシャンク作の挿絵。ジャックが強盗仲間のジョーゼフ・「ブルースキン」・ブレークによって処刑台から救出され、群衆がジャックを運んでいくところが描かれている。

しろ1年間に4回も、びっくりするほど見事な脱獄劇を演じてみせたのだ。

　まずは1724年4月、シェパードは窃盗罪で逮捕された。そしてセント・ジャイルズ・ラウンドハウス（留置場）に入れられたが、屋根に穴を開けて脱獄し、ついでに屋根の上から下の守衛に向かって屋根瓦を投げつけた。だが翌月、すりでまた捕まった。今度は恋人で娼婦のエリザベス・ライアンもろとも、クラークンウェルのニュー・ブライドウェル監獄に放りこまれた。ところがジャックは、やすりで足鎖を削ってはずし、壁に穴を開け、窓の鉄棒をとりはずすと、シーツで作ったロープを使って、窓から外

の地上に降りた。エリザベスも一緒だった。それから、ふたりは高さ6.7メートルの塀をよじ登って、自由の身になった。

　しかし早くも7月23日、ジャックはまた逮捕され、不法目的侵入罪で死刑判決を受け、ニューゲイト監獄に収監された。すると、エリザベスが仲間の娼婦といっしょに面会に訪れ、ふたりが看守の気をそらしているあいだに、ジャックはエリザベスがこっそりもちこんだやすりで鎖をはずし、彼女の服を着て女装して脱走した。このときは、逃走中に死刑執行人のジャック・ケッチに手紙を書き、いっしょに絞首刑になる予定だった罪人ふたりの仲間になれなくて残念だ、と伝えた。このシェパードの手紙には、ケッチの健康を祝して乾杯している最中で、「この日に貴殿がご好意をくださろうとしておられたこと」に感謝しているとも書かれていた。しかも、最後はこうしめくくってあった。「敬愛するジャック殿、貴殿の友人にして下僕である者の道には、鉄棒も鎖もとるにたらない邪魔物でしかないとおわかりでしょう」

　しかし9月、ジャックはまたまた捕まり、またニューゲイト監獄に放りこまれた。今度は特別に頑丈な独房へ入れられたばかりか、手錠をされ、床に鎖でつながれた。だがジャックは、手錠からするりと手を抜いてはずし、彼を床につないでいる鎖の錠前を爪でこじあけると、煙突をよじ登り、鍵のかかった扉をいくつもこじあけ、格子窓を押して抜け出て屋根の上に上がった。それから、もとの独房に戻って毛布をとってくると、毛布を使って近くの家の屋根の上にすべり降り、その家の玄関から歩いて外に出た。このときもまだ足に鎖がついたままだったが、その鎖をすぐさま靴屋にはずしてもらってさっそく質屋に強盗に入り、剣と紳士用のスーツ、携帯用のかぎタバコ入れを盗んだ。貴族のような格好をして、友人たちを驚かせようとしたのだ。

　その後、ジャックは2週間にわたって大っぴらに酒を飲んでいたが、結局、かの悪名高いジョナサン・ワイルド、別名「シーフテイカー・ジェネラル」（盗賊逮捕係の班長）に捕まってしまい、ニューゲイト監獄に投獄された。当時は一般の人々も彼に面会することができ、毎日何百人もがニューゲイト監獄にやってきては、4シリングを払ってジャックに会った。ジャックは自分の「処刑の肖像画」を有名画家ヘンリー・ソーンヒル卿に描いてもらうことまでしました。今回のジャックは、のがれられなかった。1724年11月16日、約20万人の群衆がジャックの絞首刑を見に来た。目の前を

> 「約20万人の群衆がジャックの絞首刑を見に来た。泣きながら花を投げる女性たちもいた」

通りすぎるジャックに向けて、泣きながら花を投げる女性たちもいた。ハンサムな22歳のジャックは、またも逃走しかけたが、ペンナイフを隠しもっているのが当局にばれて失敗した。そのナイフでロープを切り、自分を称賛し味方してくれる群衆のなかに飛びこんで守ってもらおうとしたのだ。ジャックがつるされると、群衆は、彼の遺体が解剖にまわされるのを防ごうとして処刑台に殺到した。ところが、この行動はジャックの友人たちの計画をだいなしにするものでもあった。友人たちは医者がジャックを蘇生させられるかどうか、ようすを見ようと思っていたのだ。

4年後、ジョン・ゲイがジャックをモデルに、『乞食オペラ』の登場人物キャプテン・マクヒースを誕生させた。

シーフテイカー・ジェネラル

ジョナサン・ワイルドはロンドンの大物犯罪者のひとりで、法を破った者を逮捕するという司法にたずさわる仕事をしながら、自分も犯罪者集団を率いていた。「シーフテイカー・ジェネラル」（盗賊逮捕係の班長）とよばれて悪名をとどろかせるようになった。

ワイルドはスタッフォードシャーのウルヴァーハンプトンで生まれたが、闇社会のスリルを求め、妻子をすててロンドンに出た。このときは債務者監獄に投獄されてしまったものの、その監獄で犯罪者たちと知りあったことから、彼の犯罪ネットワークができた。ワイルドの組織には、窃盗犯、すり、追いはぎ、ゆすりたかり、盗品を売買する故買屋などがいた。またワイルドは、手下が盗んだ品物を「発見した」謝礼を犯罪被害者から受けとっていたばかりか、言うことを聞かない手下がいたら、だれであれ手下を裏切って当局に引き渡した。ワイルドのせいで約120人が処刑されたと考えられている。しかも、ワイルドはコンスタブル（治安官）に協力して、ロンドンの街頭で横行していたこそ泥を発見したり逮捕したり、こそ泥の裁判に証拠を提出したりしていた。有罪判決が出るたびに、40ポンドの報酬が政府からワイルドに支払われた。

ワイルドに対する世間の風向きが変わったのは、4度も脱獄して有名になった人気者のジャック・シェパードをワイルドが裏切ったからだった。当局も、ワイルドが15年間も合法と違法の二股で稼業を続けていたことから、ワイルドの犯罪帝国にうんざりし

上：ジョナサン・ワイルドは法にたずさわる地位にあることを誇り、当局からあたえられた銀の杖をもってロンドンの街頭をパトロールしていた。だが、彼の逮捕した泥棒の多くが、以前から彼に恐喝されていた犯罪者だった。

次ページ：荷車に乗せられてタイバーンの処刑場へ向かったジョナサン・ワイルドは、道すがら石や泥を投げつけられた。彼はその朝、毒を飲んで昏睡状態におちいりかけたが、命はとりとめた。処刑台でもぐずぐずとして、見物人たちをいらだたせた。

ボウ・ストリート・ランナーズ

ロンドンでは、職業としての警察隊は18世紀に少しずつ形づくられた。まず1730年代に、治安判事の「輪番制の事務所」が開かれた。ここは民間人にその手助けをしてもらえるようになっていた。1739年にコヴェント・ガーデン近くのボウ・ストリートにできたのもそうした事務所のひとつで、1748年になると、ここに「シーフテイカー」（盗賊逮捕係）の雇用という新機軸が導入された。シーフテイカーとは、有給で雇われ、犯罪者の追跡と逮捕を行なう人々のことだ。有名なシーフテイカーには、「シーフテイカー・ジェネラル」（盗賊逮捕係の班長）とよばれたジョナサン・ワイルドや、ジョン・タウンゼンド、ジョン・セイヤーがいる。こうしたシーフテイカーたちは、正式には「プリンシパル・オフィサーズ」という官名だったが、やがて「ボウ・ストリート・ランナーズ」（ボウ・ストリート逮捕班）という俗称でよばれるようになった。この組織を作ったのは、治安判事で小説家だったヘンリー・フィールディングと、その異母弟ジョン・フィールディングだ。ふたりは非常勤のコンスタブル（治安官）も雇い、徒歩や騎乗でロンドン市内をパトロールさせた。

1792年には、ロンドンには6つの警察署があり、それぞれに6人のコンスタブルと3人の治安判事がいるようになっていた。そして1800年になると、ワッピングにテムズ・ポリス・オフィス（テムズ警察署）ができ、100人のコンスタブルと3人の治安判事がテムズ川とドック地域で発生する犯罪を扱うようになった。それまでは住民が近隣地区をみずから警備していたロンドンに、いまや住民の安全を守るプロの警察隊が生まれたのだ。

右：ボウ・ストリート治安判事裁判所とボウ・ストリート・ランナーズ。この建物はいまもコヴェント・ガーデン・オペラ・ハウスの隣にある。

ていた。そこで、ワイルドを比較的軽い重罪で逮捕し、死刑判決をくだした。処刑台へ引かれていく途中、ワイルドは居酒屋に3度立ちよって、最後の酒を飲んだ。1725年5月24日、ワイルドはタイバーンで絞首刑になった。絞首刑を執行したのは、かつてワイルドの結婚式に出たこともある人物で、彼は処刑の前にワイルドに長めの時間をあたえた。ワイルドの遺体が埋葬されてから数日後、医者が遺体を掘り返した。彼の骨格標本はいまも王立外科医師会（Royal College of Surgeons）で見ることができる。

ジェニー・ダイヴァー

　アイルランド生まれのメアリ・ヤングは、庶出の捨て子だった。学校で裁縫を学び、ロンドンへ出てお針子になろうと考えた。ところが、いざロンドンに来たメアリは、すり仲間と親しくなり、その敏捷な指で大成功をおさめ、すり一味のリーダーになった。そして、一味からジェニー・ダイヴァーという名前をもらった。当時、すりは「ダイヴァー」とよばれていたからだ。

　ジェニーはいつも最新流行のドレスを身に着けていた。紳士を見つけると、すっと手を差し出して体を支えてもらい、そのとき

左：ジェニー・ダイヴァーはその鮮やかな手口で有名になった。この出版物では彼女のことを「すりの女王」とよんでいる。処刑の数日前、彼女は3歳になるわが子を看守に預け、看守をほろりとさせたという。

> 「一味からジェニー・ダイヴァーという名前をもらった。当時、すりは『ダイヴァー』とよばれていたからだ」

さっと紳士の指輪を抜きとる、という技の達人だった。もっと独創的なテクニックもあった。偽物の腕をつけて教会に出かけ、裕福そうな礼拝参加者の隣に座り、にせの腕を体の前に置いたまま、隣に座った人のポケットから頂戴するというものだ。また、金持ちの紳士を自分の寝室に招き入れるというトリックもあった。その紳士が服を脱いだら、ジェニーの仲間がメイドのふりをして寝室のドアをノックし、旦那様がお戻りです、と知らせ、男性にベッドの下に隠れるよう言う。そして、仲間とふたりで男性の服を隠し、そこにある貴重品、たとえばダイヤの指輪、金時計、剣の金製の柄、金のにぎりがついたステッキなどをごっそり盗むのだ。

だがついに1733年、ジェニーは紳士のポケットを狙ったところを現行犯で捕まった。そして死刑判決を受けたが、流刑に減刑され、ヴァージニア植民地へ送られた。ところが、アメリカでの暮らしにたちまちうんざりしたジェニーは、イギリス行きの船の船長を買収して彼の船に乗せてもらった。これだけでも自動的に死刑になる行為だった。こうしてロンドンの街にまいもどったものの、ジェニーの指はもう鈍っており、ふたたび逮捕された。ところが、このときの彼女はジェーン・ウェッブという別名を使っていたため、初犯とみなされ、1738年、またもアメリカへ流刑になった。すると、またも買収という手を使ってイギリスへまいもどり、もとの稼業に復帰した。だが1741年1月10日、ある女性の財布を狙ったところ、その女性に気づかれて手をぎゅっとつかまれてしまった。周囲の人々も女性に加勢し、コンスタブル（治安官）がよばれた。

ジェニーと共犯者のエリザベス・デーヴィスは、「お腹がこうだからと申し立て」、妊娠中だと言ったが、医師の証言で嘘だとばれた。エリザベスは流刑を宣告された。しかしジェニーのほうは、彼女がアメリカからまいもどってきたこと、以前に偽名で裁判にかけられていることを裁判所に見破られ、死刑を申し渡された。3月18日、彼女は19人の受刑者といっしょにタイバーンへ連行され、集団絞首刑に処せられた。このときの彼女は、美しい黒のドレスを着て、ヴェールのついた帽子をかぶっていた。記録によると、彼女は即死だったという。

反アイルランド人暴動

アイルランド人はかなり以前からロンドンに出稼ぎに来ていた

が、1736年にその数が急増した。このため、新参者に仕事をとられてしまう、とロンドンの住民が腹をたてはじめた。新しく来た人々は、低賃金でも喜んで仕事を引き受けていたからだ。たとえば、ショーディッチの新しい教会の建築現場では、地元の労働者の多くを解雇して、そのかわりにイングランド人の半分の賃金ですむアイルランド人を雇っていた。

　7月26日、ショーディッチとスピタルフィールズで、アイルランド人を標的にした暴動が発生した。スピタルフィールズでも、地場産業である絹織物の職工の仕事をアイルランド人が奪っていた。この暴動は、ホワイトチャペル、ランバート、サザークなど、ほかの地域へもたちまち広がった。アイルランド人のせいで仕事にあぶれて飢え死にしそうだ、とどなり声を上げながら、約4000人の暴徒が街を行進し、わかりやすい標的、たとえばアイリッシュ・パブなどを襲撃した。窓を割り、店内を略奪して破壊したが、このときは、民兵やロンドン塔の守衛が鎮圧に駆り出され、暴動は静まった。ところが、また翌日から数日間、暴徒があちこちに出没し、アイルランド訛りの人々を襲うようになった。アイルランド訛りでない人には、アイルランド人の味方か、それともイングランド人の味方か、と問いつめた。この暴動は8月中旬には少しずつおさまっていったが、アイルランド人に対す

ラヴィニア・フェントン

　海軍大尉の隠し子だったラヴィニア・フェントンは、子どものころに売春婦になった。当時は、処女の値段が150ポンドほどで、売春宿ではまだ10歳の幼い子どもも置いていた。ただ、ラヴィニアはもっとましなことをしたいと思っていたため、母親がチャリング・クロスで経営するコーヒーハウスの近くの路上で、通行人に歌を聞かせるようになった。そして1726年、美しく陽気なラヴィニアは女優になり、2年後の20歳のとき、ジョン・ゲイの『乞食オペラ』のポリー・ピーチャム役を演じて名声を得た。ウィリアム・ホガースがこの舞台の一場面の彼女を描いている。ところが、同じ年のうちにラヴィニアは、女優としてのキャリアをすて、既婚者のボルトン公チャールズ・ポーレットと駆け落ちしてしまった。以後23年間、彼の愛人としてすごし、3人の息子ももうけた。そして1751年、ボルトン公の妻が亡くなると、ボルトン公と結婚し、ラヴィニアは公爵夫人となった。

上：ラヴィニア・フェントンは貴族と結婚したが、夫の親族やほかの貴族には認めてもらえなかった。

る偏見は、その後も長く続いた。

売春婦の天国

　18世紀のロンドンでは、若い女性の5分の1が娼婦だったのではないかといわれている。この職業をあえて選んだ女性もいれば、むりやり娼婦にさせられた女性もいたようだが、いずれにしても、その稼業の中心はコヴェント・ガーデンだった。治安判事のジョン・フィールディング卿が「ヴィーナスの広場」というあだ名をつけた場所だ。ここではたいてい、コーヒーハウスや居酒屋やジン酒場が出会いの場所として使われた。売春婦の大半は街娼で、ロンドンのイースト・エンドとそのドック地域で稼いでいたが、もっと値の張る高級娼婦は、メリルボーンやソーホーといったシティの西にある地区の立派な家に住んでいた。公園などの公共の

> 「ふつうの事務員の1年分の給料を1か月で稼いでしまうような娼婦もいた」

シャーロット・ヘイズ

　売春宿を経営していたエリザベス・ウォードの娘、シャーロットは、まだ10代のときに母親と同じ稼業をはじめ、まずはソーホーでいくつか売春宿を経営してから、次にセント・ジェームズで店を開き、ヘイズという新しい名字を名のるようになった。だが、彼女は稼ぎよりも出費のほうが多く、債務者監獄に何度も投獄された。1756年にフリート監獄に収監されていたとき、彼女はプロの賭博師デニス・オケリーと出会った。そして、ジョージ3世が獄中の債務者に大赦をあたえたおかげでふたりとも釈放されると、シャーロットはデニスの愛人になった。

　自由になったシャーロットは、セント・ジェームズ宮殿にほど近いキングズ・プレースで、4階建ての豪華な娼館を開業した。一晩で最高100ポンドもかかるような店だ。ここは「えり抜きの品」を用意しているとうたっており、なかでもいちばん有名な「入手品」が、有名な高級娼婦になったエミリー・ウォレンだった。またシャーロットは、女性向けに男娼も提供していた。ロンドンを訪れた人々は、シャーロットの店の前に大型の四輪馬車がずらりとならんでいるのを見てびっくりした。最終的には、彼女はロンドンで数か所の娼館を経営するまでになった。

　一方、彼女の恋人のほうは、エクリプスという雄馬を買って幸運を引きあてた。この馬が競馬のチャンピオン馬になり、18勝をあげて賞金3000ポンドをもたらしたのだ。ふたりの事業を合わせて貯めた金で、ふたりは総額7万ポンド相当の地所を余裕で買うこともできた。だが、1785年にオケリーが亡くなると、シャーロットも健康と財力が下降しはじめ、1798年にはまた債務者監獄に投獄されてしまった。そして、オケリーの甥に残っている財産すべてを譲渡するという書類にサインしたあと、オケリーの甥に保釈金を払ってもらって保釈され、1813年に亡くなった。

上：18世紀には売春がはびこっていた。ただし、かならずしも世間から嫌悪の目で見られていたわけではなく、貧しい少女が生きるためにやむなく性を利用しなければならなかったという物語や、おかげでよい夫が見つかったのかもしれないという物語が書かれたりもした。

場で性行為におよぶこともめずらしくなかった。多くの売春婦が貧困状態ぎりぎりだったが、ふつうの事務員の1年分の給料を1か月で稼いでしまうような娼婦もいた。住みこみの女中の収入が年に5ポンドだった時代に、そうした「レディ・オヴ・プレジャー（快楽夫人）」となると、年に400ポンド以上を稼ぐこともあった。1757年に初版が出た『ハリスのコヴェント・ガーデン・レディ名簿（Harris's List of Covent Garden Ladies)』という小さな本には、売春婦の名前と特徴、さらに住所までがリストアップしてあり、この本は以後30年以上出版が続いた。

「悪徳の抑止」を求める改革家や団体が、売春を減らす努力を行なってはいたものの、ロンドン市民の大半は、こうした性の売買に寛容だった。それでも、娼婦になったことを悔いて更生したいと願う売春婦のために、シティの商人たちがマグダレン・ハウスという更生施設を設立したこともある。ここでは礼拝と労働と教育が並行して行なわれ、1758年から1916年まで、のべ1万

次ページ：アレグザンダー・ジョンソンの1858年の油彩画「プレス・ギャング」。水兵たちが人前で臆面もなく男性を捕まえ、自分たちの船の乗組員にしようとしている。このおそれられた誘拐者集団が獲物を求めてよく出没したのは、ロンドンのドック周辺や港湾都市だった。

4000人ほどの女性が住んでいた。その3分の2が更生に成功したという。

プレス・ギャング

　18世紀には、ヨーロッパとアメリカ大陸で勃発した戦争のため、イギリスでも兵士の増員が必要になった。だが、志願兵の増強に失敗すると、海軍も陸軍も強制徴募を復活させ、強引に必要を満たそうとした。この荒っぽい仕事のためにインプレス・サーヴィス（強制徴募の当局）が雇ったのが、「ギャンガー」とよばれる男たちだった。こうして組織された「プレス・ギャング」（強制徴募隊）は、ロンドンなどの都市の街路を歩きまわっては、18歳から55歳までの適合する男性を捜し求めた。もっとも、この制限が破られることもよくあった。標的となった人々の大半は、商船の水夫か、陸軍か海軍の元兵士だった。ギャンガーは人材を求めて商船に立ち入ることも合法とされていたので、船長がすぐれた乗組員を隠そうと、特別な隠し場所を設けたこともある。またプレス・ギャングは、街頭で労働者など屈強な体つきの一般市民を見かけたら、いきなり路上で拉致することもためらわなかった。プレス・ギャングを買収し、金の力で解放してもらった人もいたが、だれかがギャンガーに捕まったら、その近隣住民がギャンガーと闘ってとりもどす、ということが多かった。

　またプレス・ギャングは、クリンピング・ハウスという下層階級向けのまかないつき下宿屋を使うこともあった。「クリンプ」という下宿屋の主人兼誘拐周旋業者が、下層階級の男たちをだましてつれこみ、酒をしきりに勧めたあげく、力ずくでプレス・ギャングに引き渡した。こうした下宿屋は、拉致してきた男たちを当局に引き渡すまで監禁しておく場所としても使われた。1794年には、チャリング・クロスの近くにあるクリンピング・ハウスに閉じこめられていた男性が、東インド会社に引き渡される前に逃げ出そうとして天窓を破って出たものの、転落して死亡した。そして、この事件が引き金となって暴動が発生し、数か所のクリンピング・ハウスが破壊された。

　むりやり兵役に駆り出されてしまったら、もうどうしようもなかった。こうしたことは何世紀も前から行なわれていたが、1703年、1705年、1740年、1749年の4回は、議会が法律を制定して承認した。新兵を徴募する法律も毎年成立し、失業者を強制的に兵役につかせる権限を治安判事にあたえていた。

　1812年にイギリスとアメリカがはじめた戦争も、18世紀末期から19世紀初頭にかけて、イギリス海軍が公海上でアメリカ人

水夫を強制徴募したことが大きな理由だった。

犯罪者の流刑

犯罪者の海外流刑は、1717年、いわゆる「血の法典」にもとづき、社会から好ましくない人間を排除する安価な方法としてはじまった。死刑判決を受けた者でも、とくに街路犯罪による場合などは、流刑に減刑されることがあった。受刑者は、最初はおもにアメリカ大陸の流刑地へ送られた。通常の服役期間は7年間か終身だった。1718年から1776年までで、約5万人の服役囚が、いまのヴァージニアとメリーランドに送られている。この流刑地が消えたのは、1775年にアメリカ独立戦争がはじまったときで、1787年には、はるか遠くのオーストラリアが流刑地に選ばれ、最初はニュー・サウス・ウェールズが送り先だった。この流刑地までの旅は半年もかかることがあったうえ、初めのうちは老朽化した軍艦が使われたので、受刑者の3分の1が輸送途中で死亡する場合もあった。1787年から1857年までで、約16万2000人の犯罪者がオーストラリアに送られた。流刑者の年齢はさまざまで、9歳の子どももいれば、80歳以上の高齢者もいた。

この制度は、「犯罪者」とはいいきれないような者をおとしいれるために使われることもよくあった。たとえば、アイルランド人ナショナリストのような政治犯や、ささいな前科しかないが安価な労働力として必要とされる者たちだ。というのも受刑者は、道路工事や農園、採石場などで重労働をさせられたからだった。たいていの場合、受刑者は7年から14年の刑に服したが、服役態度が良好であれば、その善行の報いとして「仮釈放許可証」によって服役期間が短縮されることもあった。完全な恩赦があたえられた者は、イギリスに戻ることもできた。ただし、条件つきの恩赦の場合は戻れない。

流刑は1868年まで行なわれたが、ロンドンの犯罪発生率にはほとんど影響しなかった。オーストラリア人がこれ以上犯罪者を受け入れることに異を唱えたうえ、イギリスの世論も、ふつうなら自分で代金を支払って旅をするのに、わざわざ犯罪者に無料の旅を提供して新しい人生をはじめさせる必要などない、と考えるようになったため、こうした流刑という方針は打ち切られた。

> 「アルコールは、ロンドンの労働者階級がやっかいごとを忘れる方法のひとつだった」

ジン取締法

アルコールは、ロンドンの労働者階級がやっかいごとを忘れる方法のひとつだった。1688年にオランダからイギリスにもちこまれたジンは、ビールに慣れたイギリス人にとってはじめての味だったが、安価なうえ、ビールと違って免許がいらず、規制もなかったため、貧困層にどんどん人気が出た。1734年のロンドン

下：ウィリアム・ホガースが銅版画で描いた「ジン横丁」。安いジンを飲むのがどれほど危険かを示そうとした。ジンの飲酒が、すさんだ極貧状態や多くの犯罪の原因だとされた。

には1500以上の蒸留所があり、その6年後には、そこらじゅうにある推定9000軒のジン酒場でジンを飲めるようになっていた。このため、酒びたりの人々もあちこちでみられた。当局は、こうしたジンの飲酒癖が怠惰や貧困、無気力や無関心、悪徳や犯罪につながることを懸念し、1729年、ジンに対する税金と免許を導入した。1736年には、こうした規制が強化され、違反者には厳しい刑罰が科せられることになった。ところが、これがきっかけとなって、1737年にロンドンで暴動が起きた。この暴動は抑えたものの、新しい法律を執行するための措置がほとんど行なわれないまま、7年後には、こうした対策も放棄され、犯罪が急増した。そこで、議会の「重罪委員会」は、ジンの摂取が犯罪の急増をもたらしているとして、1751年にジン取締法を制定し、ジンの製造に対する規制を大幅に強めた。

　その年、ロンドンの治安判事で小説家のヘンリー・フィールディングはこう書いた。ジンは「この大都市ロンドンに住む10万人以上の人々にとって重要な食物（こうよんでもよければだが）である。ここにいるこうした哀れな人々の多くは、この毒を24時間で数パイント飲み干す。そのおそろしい効き目を、不運にも毎日私は目にし、その臭いもかいでいる」。ジンの影響について世間がどう懸念していたかは、ウィリアム・ホガースが当時の世相を描き出した版画を見るとよくわかる。その版画では、「ビール通り」の健康そうなロンドン市民とはまったく対照的に、「ジン横丁」のロンドン市民はやせおとろえてしまっている。

　ジン取締法が施行されると、ジンの売り上げは減少した。ビール醸造業の売り上げが伸びたことも、ジンの売り上げに影響をあたえた。

悪臭を放つ街

　18世紀のロンドンは、まだ強い胃袋がなければ生きていけないところだった。処理されていない汚水が強烈な悪臭を放ちながら、蓋のない排水溝を流れていく通りがたくさんあった。これにくわえ、多くの馬が仕事中に落としていった糞や、家の外に放置されたまま腐りかけている生ゴミもあったばかりか、住民が寝室用便器の中身を窓からすてるという習慣もまだ続いていた。しかも、こうした悪臭に輪をかけていたのが、肉屋や食肉解体業者が内臓肉を外に放り出したり、路上で自然死した動物の死体がそのまま腐

> 「臭いを避けるため、墓地から離れた場所で葬儀を行なうことも多かった」

18世紀 189

上：人々でごった返すロンドンの街路は、有害な汚水だまりや強烈な悪臭など、各種の汚染物質が入り混じった危険なところだった。さまざまな社会階層の人々が混在して、健康をそこねたり命を脅かしたりする病気の温床を作り出していた。

ったりしていたことだった。雨が降ると、街路はいっそうひどいありさまになった。通りすぎる馬車が歩行者にはねかけるのは水たまりの水だけではなく、汚物だまりの汚物も飛びちった。さらに、汚れたテムズ川からも悪臭がただよい、石炭を燃やす黒い煙の臭いも立ちこめていた。貧しい人々の共同墓地までもが、悪臭のもとだった。木製の棺をいくつも積み重ねて穴が一杯になるまでは、ぞんざいに板をかぶせてあるだけで、場合によっては、棺を6つならべて12層も重ねていた。墓地から立ち上る臭いを避けるため、墓地から離れた場所で葬儀を行なうことも多かった。室内も臭く、法廷でも、被告席の平民が放つ悪臭をごまかすために、あちらこちらに花やハーブをまきちらすことがよくあった。

ディック・ターピン

イングランド屈指の有名な追いはぎ、ディック・ターピンは、ロンドンとその周辺で荒稼ぎしていた。野蛮な醜男で、顔には天然痘の跡が残っていたが、現在では、郊外の街道に出没する勇敢でロマンティックな強盗としてもちあげられている。当時は、街道を守る警官がおらず、50人ほどがロンドンに通じる道を警備しているだけだった。

ターピンも、最初は肉屋の徒弟だったらしい。現在はロンドン

上：大胆不敵な追いはぎという美化されたディック・ターピンのイメージとは裏腹に、実際の彼は、旅人を襲い、女性を痛めつける下劣な路上犯罪者だった。処刑台で冷静に誇らしげな態度を見せたことから、彼の颯爽としたイメージが強まった。

の一部になっているホワイトチャペルで働いていた。だが、ささいな犯罪をいくつか重ねたすえ、ターピンはエセックス・ギャング団と組んで農場を襲うようになった。貴重品のありかを聞き出すために、女性を痛めつけることもよくあった。1735年には、ロンドンの新聞がターピン一味の犯罪を報じるようになり、国王ジョージ2世が一味の逮捕に50ポンドの賞金をかけた。翌年、一味はマリー・ル・ボン（現在のロンドンのメリルボーン）の農場を襲い、農場主が金目のものを差し出すまで、その目の前で妻と娘を殴りつづけた。

その後、ターピンは別の悪名高い追いはぎ、トム・キングと組んで仕事をするようになり、王室御料林のエッピング・フォレストを根城に、通行人を襲っていた。1737年には、この御料林の猟場番人が、いまや100ポンドにまでつり上がった賞金めあてに、ふたりを隠れ家まで追跡したものの、ターピンに撃ち殺された。この後、ふたりはホワイトチャペルへ戻ったが、トム・キングが治安官に逮捕され、ターピンはその治安官を撃とうとして、治安官ではなくキングに致命傷を負わせてしまった。そこで、ロンドンの界隈にいるのは危険だと知ったターピンは、ヨークシャーへ逃げ、ジョン・パーマーと名のって田舎暮らしの紳士のよう

な生活をしながら、ときおり、家畜泥棒や追いはぎを働いていた。

ところが、ここでターピンは致命的な失敗を犯した。地主の雄鶏を面白半分で撃ってしまったのだ。彼は逮捕され、ヨーク城に拘束された。この拘束中には、自称ジョン・パーマーが馬や羊を盗んだという容疑についても調査が進んだ。獄中のターピンは兄弟に手紙を書き、裁判の助けになるような人物証明書をロンドンから送ってほしいと頼んだが、兄弟はその手紙の受けとりを拒否した。受けとりには6ペンスの郵便料金が必要だったからで、手紙はもとの郵便局に戻された。すると、この郵便局にターピンの教師だった人が偶然居あわせ、手紙の筆跡をターピンのものだと認めたことから、ターピンは有罪を宣告され、絞首刑の判決を受けた。処刑という行事にそなえ、ターピンは服を新調し、葬式用の泣き屋を5人雇った。そして処刑の日、荷車に乗せられてヨークの競馬場に向かう道すがら、ターピンは見物に来た群衆に会釈でこたえた。処刑台でも、彼は見物人の女性たちに向かっておじぎをしてから、死刑執行人や守衛と30分ばかり話をかわしたところで、不意に身を躍らせて首をつった。埋葬後、彼の遺体は掘り起こされ、闇で解剖用に売りはらわれた。これを聞きつけた人々が腹をたて、遺体を買いとった外科医の医院におしよせると、ターピンの遺体をとりもどしてきちんと埋葬しなおした。

颯爽とした勇ましいターピンのイメージが生まれたのは、彼の死から50年後に書かれたヴィクトリア朝時代の小説のおかげだ。その小説には、ターピンがウェストミンスターからヨークまで、ブラック・ベスという馬に乗って24時間で駆けぬけたという勇ましい話が書かれている。だが、これは事実ではなく、実際には、

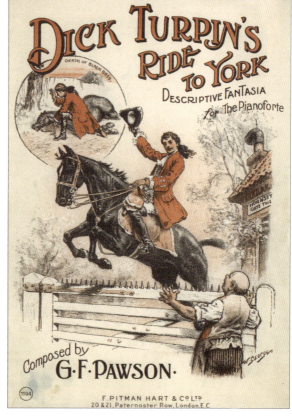

上：ターピンの英雄的行為は国中でくりかえし語られ、そのたびに誇張されていった。ヨークまで馬で駆けぬけたという作り話も、ヴィクトリア朝時代に書かれた小説『ルークウッド（Rookwood）』や雑誌、この図版にあるような音楽という形で永遠に残ることになった。

この行為はジョン（別名ウィリアム）・ネヴィソンという別の追いはぎがしたことだった。それでも、この伝説はたちまち別の出版物でもくりかえしとりあげられるようになり、国中に広まった。こうして、時がたつにつれ、この話が有名になった。

妻たちの殺人

1702年から1734年にかけ、タイバーンでは10人の女性が火あぶりの刑に処せられた。そのうち8人は、通貨偽造に関与したため大逆罪で有罪を申し渡された女たちだが、残るふたりは、夫を殺害した罪だった。

> 「肉屋が夫の頭部を切り離し、テムズ川に投棄してから、胴体をバラバラに切断した」

そのひとり、キャサリン・ヘイズは、売春婦や家事手伝いの召使として働いたあと、住みこみの女中として勤めていたウスターの農場で、農場主の息子ジョン・ヘイズと結婚した。そして1719年、彼女は夫を説き伏せてロンドンへ引っ越し、この転居を機に、彼女は情事にふけるようになった。その相手のなかには、彼女が勤め先の農場主とのあいだにもうけた庶出の息子もいた。夫にはもうあきあきしていた（ただし、彼女は夫とのあいだに14人も子どもがいると言っていた）ので、キャサリンは息子ばかりか肉屋をしているもうひとりの愛人もまきこんで、夫を殺すよう頼んだ。1726年3月1日、3人は、酔っぱらってベッドに横になっている夫を斧で殺害した。肉屋が夫の頭部を切り離し、テムズ川に投棄してから、胴体をバラバラに切断して池に放りこんだ。ところが、その頭部がウェストミンスターで川岸に打ち上げられた。当局は被害者の身元を明らかにしようと、その頭部を棒の先につけて掲げ、だれか知っている者がいないか探した。すると、これはヘイズだと証言する人がすくなくとも3人現れた。そこで、治安官がヘイズの家に行ったところ、キャサリンが息子とベッドのなかにいた。彼女の夫の遺体の残りもすぐに発見され、容疑者3人全員が逮捕された。

裁判にかけられたキャサリンは、息子と肉屋が犯行を行なっているときにロウソクをかざしていただけだと言ったが、陪審団は4月30日に有罪判決をくだした。息子と肉屋も絞首刑に処せられ、その遺体が鎖でしばられて、さらされた。だが、小反逆罪（夫を殺害した罪）で有罪と宣告されたキャサリンは、火あぶりの刑となった。処刑を待つあいだ、彼女は牧師に、夫がひどく残酷で罰あたりだったため、「夫を殺しても、犬や猫を殺すのと同じで罪深いこととは思わなかった」と言った。

左：火あぶりの刑に処せられたキャサリン・ヘイズは、すさまじい金切り声を3度上げ、苦しみ悶えながら死んだ。この処刑では、タイバーンの近くに設置された150人分の見物席が2度にわたってくずれ、5人か6人が死亡したほか、数人の負傷者が出た。

　1726年5月9日、彼女は「すのこそり」（木の細枝を四角い板状に編んで作ったそりで、馬に引かせた）に乗せられ、タイバーンへ引かれていった。そして祈りをささげたあと、火刑用の柱に鎖でしばりつけられ、柱の穴に通してあるロープを首に巻かれた。このロープは、彼女が火に焼かれて苦しむ前に、窒息死できるようにするためのものだった。ところが、死刑執行人が彼女の足元にある乾いた薪束に火をつけると、大きな炎が上がり、そのあまりの熱さに、死刑執行人はキャサリンを絞殺できなくなってしまった。このため彼女は、苦しみ悶えながら長々と死を待つことになり、やむなく死刑執行人が彼女の頭をめがけて薪を投げつけた。すると彼女の頭蓋骨が割れ、脳みそが飛びちった。結局、彼女は1時間ほどで灰になった。

　18世紀の女性には、結婚生活は楽ではなかった。家庭内暴力は家庭内の私事とみなされ、夫に虐待されたすえに夫を殺しても、正当防衛とは認められなかった。

右：裁判記録によると、エリザベス・ブラウンリッグは数本の太い鞭や杖、棒や樽板を使ってメアリ・クリフォードを殺したという。伝えられるところでは、エリザベスはタイバーンの処刑場へ向かう途中で、「暴徒にずたずたに引き裂かれそうに」なったらしい。

　スザンナ・ブルームは従順な妻だった。だが、40年以上も夫からひどい虐待を受けていた。近所の人もこうした事情を知っており、彼女の顔や腕があざだらけだったり血まみれだったりするのも目にしていたが、夫婦のあいだに立ち入ることはできないと思っていた。彼女の夫が暴力をふるうのは、酔っぱらって帰宅したときが多かったので、スザンナは夫が飲みに出かけてしまうと、玄関に鍵をかけて夫をしめ出すようになった。ところが、その夜、彼女はとうとう夫を家のなかに入れてしまった。すると、夫が彼女を殴りはじめ、思わずかっとなった彼女は、とっさにペンナイフをつかむと、夫の胸と腹と脚を刺した。近所の人も夫の叫び声を聞いたが、首をつっこまないようにしていた。おそらく、天罰がくだったと思っていたのだろう。翌朝、スザンナはオック

スフォードシャーのバーフォードにある姉妹の家へ逃げたが、すぐに逮捕された。

　裁判では、彼女も近所の人も申し開きを認められず、67歳のスザンナは有罪となり、タイバーンで火あぶりの刑に処するという判決がくだった。そして1739年12月21日、刑が執行された。

ロンドンとシティ・オヴ・ロンドンの闘い

　古くからの行政区シティ・オヴ・ロンドンは、そのスクエア・マイル（面積1平方マイル、約2.6平方キロのシティ区域）内の自治と自由を現在にいたるまでずっと守りつづけている。首都ロンドンでも別格の地域だと考えているのだ。1770年、こうしたシティとシティ以外の地域の対抗意識が、重大局面を迎えた。首相となったノース卿が、国会の議事録を新聞で公表するのをやめさせようとしたのだ。そこで、政府の捜査官をシティに誘いこんでからジャーナリストを逮捕させよう、という策略をジョン・ウィルクスらが考えた。思惑どおりに捜査官が動くと、シティ当局は捜査官のほうを脅迫・暴行のかどで逮捕した。スクエア・マイル内では、彼らのような捜査官は司法権をもたない、という理由からだった。これに対抗し、ウェストミンスターにあるイギリス政府は、シティの市長であるブラス・クロスビーをロンドン塔に投獄した。するとその直後、暴徒がノース卿の馬車を立往生させ、ノース卿に馬車の外に出てくるよう命じると、彼の帽子をつかみとってバラバラに引き裂いた。この帽子の破片は、あとで土産物として販売された。しかも、ノース卿がこうした侮辱を受けているあいだに、暴徒はノース卿の馬車もめちゃくちゃに破壊していた。

　この問題に対する抵抗は、1774年にウィルクスがシティの市長になるまで続いた。この年、ついに国会が議事録の公表を決めたのだ。

左：ロンドン塔に投獄されたシティのクロスビー市長とオリヴァー長老参事会員を描いた絵。当時の「オックスフォード・マガジン（Oxford Magazine）」に掲載されたもの。

エリザベス・ブラウンリッグ

　腕のいい助産婦という評判だったエリザベス・ブラウンリッグは、鉛管工の夫もおり、だれからも感心されるような、きちんとした暮らしぶりをしていた。このため、ロンドン・ファウンドリング・ホスピタルという孤児院が、幼い少女数人を家事手伝いの召使の見習いとして彼女に預けた。ところがじつは、エリザベスはごくごくささいな失敗でも残酷な罰をあたえるような暴君だった。預かった少女たちを裸にし、その首に鎖をつけて天井の梁やパイプにつないでは、鞭や杖や棒で打ちすえていた。また、少女たちに食べ物もろくにあたえず、夜になると地下の石炭貯蔵庫に閉じこめていた。

　とうとう、少女たちのうちのふたりが逃げ出し、孤児院の保護下に戻ったが、ひとりはブラウンリッグ家に戻された。孤児院の理事たちも、エリザベスの折檻を抑えるようにと夫に指示しただけだった。

　だが、14歳のメアリ・クリフォードはそれほど幸運ではなかった。エリザベスは彼女を裸にし、両手をしばったロープで彼女を天井の水道管からつるしては打ちすえていた。そしてメアリは、1766年5月から1767年8月までに受けた傷から感染症にかかって亡くなった。

　このため、エリザベスと夫のジェームズ、息子のジョンが、殺人罪で裁判にかけられ、エリザベスは有罪を申し渡された。夫と息子も投獄された。ふたりはエリザベスの虐待を見逃していたばかりか、ときにはメアリを殴打したこともあったからだった。1767年9月14日、47歳のエリザベスは、タイバーンに集まった大群衆が敵意をむき出しにして見つめるなか、絞首刑に処せられた。その後、彼女の遺体は公開で解剖され、その骨格標本が王立外科医師会（Royal College of Surgeons）に展示された。「彼女の残酷さがいかに凶悪であるか、見学者の心に末永く焼きつくように」するためだった。

セント・ジョージズ・フィールズの虐殺

　ジョン・ウィルクスは国会議員だったが、自分の新聞「ザ・ノース・ブリトン（The North Briton）」でジョージ3世と大臣たちを批判したジャーナリストでもあった。このため、文書扇動罪で告発されたが無罪放免となり、以後15年間、国会の改革を訴えるキャンペーンを続けた。そして、「ウィルクスと自由」というフレーズを多くの人が唱えるようになった。ウィルクスは国会から何度も除名され、そのたびに再選されて議員に復帰してい

た。また彼は、自他ともに認める過激で悪名高い道楽者で、卑猥な詩を出版したこともあった。

　1768年、ウィルクスはまたも投獄された。今回は、サザークのキングズ・ベンチ監獄に22か月間だった。とはいえ監獄へ向かう途中にも、支持者たちが馬車を止めさせ、ウィルクスをパブに招き入れると、景気づけに酒をふるまった。その後ウィルクスは、この酒宴をこっそり抜け出して、そのまま監獄へ向かった。ところが、そのころには、セント・ジョージズ・フィールズにある監獄を何千人もの群衆がとり囲み、ウィルクスを解放しなければ監獄を壊してやる、と息巻いていた。ウィルクスが馬車の窓から顔を出し、無茶をしないようよびかけたが、群衆は「自由がないなら、王もいらない」とシュプレヒコールを上げはじめた。すると、軍隊がのりこんできて群衆に発砲し、7人が死亡し（このデモに無関係の若者1名も犠牲になった）、15人の負傷者が出た。これを革命だと思ってしまったジョージ3世が、退位に追いこまれるのではとおそれたせいだった。この日は、ウィルクスが自分に科せられた刑罰を受け入れて、どうにか切りぬけた。

　収監されたウィルクスは、この「おそろしい虐殺」について、ボストンの反政府組織「自由の息子たち」に手紙で知らせ、これは政府が計画したことだと示唆した。この収監中に、彼はシティ・オヴ・ロンドンの長老参事会員に選ばれ、1774年には市長に選出されると同時に、国会議員に再選された。このころには、イギリスばかりか、ウィルクスが独立を支援していたアメリカでも、彼が先頭に立って自由を唱えていることを記念して、ジョン・ウィルクス・クラブが設立されていた。「もっとも保護が必要な中流と下流の人々すべて」をふくめて、だれもが自由であるべきだ、とウィルクスが主張していたからだ。

レディ・ワーズリーの27人の愛人

　ジョージ王朝時代には、リチャード・ワーズリー卿と妻のシーモアの離婚訴訟事件という、ロンドン社交界をあきれさせたスキャンダルも起きた。ワーズリー夫妻は1775年に結婚した。当時、夫は24歳の准男爵で国会議員、16歳の妻も准男爵ジョン・フレミング卿の娘だった。そして、夫妻はロンドンの快楽主義者の仲間にくわわった。1776年に息子が生まれたが、離婚したいと思っていたレディ・ワーズリーは、次に娘が生まれると、夫妻の友人であるキャプテン・ジョージ・ビセットと駆け落ちし、ロンドンのパル・メルにあるロイヤル・ホテルにふたりで5日間滞在した。ところが、そこのメイドに身元を見破られてしまった。

右:ジョシュア・レノルズが描いたレディ・ワーズリーの全身像。ヨークシャーにある大邸宅ヘアウッド・ハウスに飾られており、この油彩画の隣には、やはりレノルズが描いた同サイズのワーズリー卿の肖像画がならんでいる。夫妻がまだ幸せな夫婦生活を送っていたころに描かれたもので、当時この邸宅は建設中だった。

　一方、ワーズリーは離婚をこばみ、それどころかビセットを「姦通」で訴え、2万ポンドの損害賠償を請求した。ビセットが「違法な性交渉」で所有物、つまり妻に損害をあたえたことをかならず証明しようと考えていた。そんなことになったら愛人が破

産してしまう、と心配したレディ・ワーズリーは、自分には２万ポンドも価値がないということを法廷で証明しようと思い、興味津々の報道機関と世間に向けて、結婚生活や数々の不倫についてのきわどい話を事細かに暴露した。彼女の弁護士によれば、彼女はビセットと夫のせいで行動に移る前から、すでに傷ものだったという。彼女は愛人５人に証言台に立ってもらった。その愛人たちのいうには、リチャードが彼女に浮気を勧めたばかりか、その情事を鍵穴からのぞいていたのだという。しかも、ジャーナリストらがまとめた計算では、彼女はすくなくとも27人の愛人と楽しんでいたことがわかった。なかでも夫にとって最悪の証拠は、公衆浴場のメイドだった。そのメイドの記憶では、リチャードがビセットを肩車して、妻があちらで服を脱ぐのを見せていたというのだ。

　判事は、リチャードが３年間か４年間にわたって妻に売春をさせていたという結論に達し、陪審団が、リチャードに損害賠償金として１シリングをあたえると裁定した。離婚はしなかったものの、ワーズリー夫妻は別居し、妻はフランスへ引っ越した。帰国したのは1797年になってからだった。夫が1805年に死去すると、レディ・ワーズリーは夫の遺産を請求し、21歳年下の男性と結婚して、ようやく幸せな結婚生活を手にした。そして、夫とふたりでパリ郊外へ移り住み、そこで1818年に亡くなった。

ゴードン暴動

　1778年、カトリック教徒解放法が成立すると、カトリック教徒は、これで生活が上向くだろうと期待した。それまでカトリック教徒から市民権を奪っていた反カトリックの法律が、これによって廃止されたからだ。ところが２年後、ジョージ・ゴードン卿がこの新しい救済法の撤回と以前の抑圧的な法律の復活を求めた。1780年６月２日には、ゴードン卿を先頭に、約６万人のプロテスタント支持者が庶民院に押しかけ、この新しい法律はイングランド国教会にとって脅威となる、と申し立てる請願を提出した。この請願提出がきっかけとなって、ロンドンでは８日間にわたって暴動が起き、カトリック教徒が襲われた。街頭での襲撃だけでなく、カトリック教徒の自宅や教会も標的になり、約280人が殺害された。物的な被害も甚大だった。

　この暴動では、労働者階級を痛めつけているほかの問題にも怒りの矛先が向かった。たとえば、高い税金や厳格な法律などだ。暴徒はイングランド銀行と監獄も襲撃した。とくに標的になったのがニューゲイト監獄だった。こん棒やバールで武装した数十人

の暴徒が「正直者の仲間」を解放しようとニューゲイト監獄におしよせた。ジョージ3世が暴徒を鎮圧せよとの布告を発し、暴動発生地域に軍隊が派遣されて、ようやく秩序が回復した。

　ニューゲイト監獄を襲って逮捕された暴徒のうち、ジョン・グラヴァーとベンジャミン・バウジーというふたりは、「ブラック」あるいは「ムラート」だと記録されている。ふたりとも死刑判決を受けたが、1781年4月30日、ふたりをふくむ暴徒全員が、アフリカ沿岸部での兵役を条件に恩赦をあたえられた。ジョージ・ゴードン卿も、大逆罪では無罪となり、釈放された。ただし、これ以外では、女性をふくむ約20人の暴徒が絞首刑に処せられた。1786年、ゴードンはユダヤ教に改宗し、1788年には、フランスの王妃と大使、そしてイングランドの司法を誹謗中傷したかどでニューゲイト監獄に投獄された。そして1793年に獄中で死亡した。

下：ゴードン暴動では、カトリック教徒の教会や自宅も襲われたばかりか、イングランド銀行や蒸留酒製造所のように、さまざまなところが標的になった。暴動の最中、国王ジョージ3世は、「好意的な」人々はみな屋内にとどまるようにという命令を出した。

チャールズ・ディケンズが1841年に発表した小説『バーナビー・ラッジ』は、ゴードン暴動を背景に書かれている。

パン騒動

1795年のイギリスは、小麦の不作にくわえ、ヨーロッパの戦争のせいで穀物の輸入がとだえたため、パンの価格が上昇し、飢饉寸前の状況におちいった。新聞や当局は、パンのかわりにジャガイモやライスプディングをを食べるように、と貧しい人々に勧めたが、これには抵抗があった。労働者階級全体が飢えに苦しむようになり、全国で暴動が起こりはじめた。ロンドンでも、暴徒がダウニング・ストリート10番地に向かって行進し、「戦争反対、飢饉はごめんだ、ピットはやめろ、王はいらない」と叫びながら、首相のウィリアム・ピット（小ピット）の住む官邸の窓に投石した。10月29日には、セント・ジェームズ・パークに集まった群衆が、国会の開会式に出るため移動中のジョージ3世に向かって、「パンをよこせ！ ジョージを倒せ！」と叫び、国王の馬車に石を投げつけて窓を割った。国王は無傷だったが、国王が馬車から降りると、暴徒は馬車に襲いかかり、馬車が破壊されそうになった。それから2週間後、ピット首相は2本の法律を成立させた。これによって、50人以上が集まる集会が禁じられ、非合法な集会を解散させようとする治安判事に抵抗すれば、だれであれ死刑に処せられることになった。この食糧危機は1796年の春にはやわらいだ。小麦の作付けが増えたうえ、政府が穀類の販売を管理し、ヨーロッパ大陸からの輸入も増加したからだった。

> 「労働者階級全体が飢えに苦しむようになり、暴動が起こりはじめた」

第6章
19世紀

ヴィクトリア朝時代には、ロンドンの人口が爆発的に増えた。だが、多くの住民からすれば、これは人口過密と貧困と不健康をもたらすことだった。そして、社会的な規範がくずれるにつれ、アルコール依存症や強盗、売春や暴力犯罪が広がった。

ヴィクトリア女王の長い治世には、数々の輝かしい勝利が見られた。こうした偉業については、発展期にあった新聞や雑誌が大々的に報じたが、新聞の見出しには、ロンドンの街頭で起きた身の毛もよだつような殺人事件も大きくとりあげられていた。そのとどめが、ロンドンのふつうの市民を広く恐怖におとしいれた切り裂きジャックのおそろしい記事だった。

失敗した暗殺

19世紀初頭の世間を騒然とさせた裁判のひとつに、アイルランド生まれのエドワード・マーカス・デスパードの事件がある。イギリス陸軍将校で植民地行政官でもあったデスパードが、国王ジョージ3世の暗殺と政府の転覆をくわだてたのだ。有罪判決を受けたデスパードは、イギリスで最後に絞首・腹裂き・四つ裂きの刑を宣告された人物となった。

デスパードは大佐としてジャマイカで軍務についていたが、1781年に中央アメリカへ転属となった。そこでイギリス領モスキート・コーストとホンジュラス湾とベリーズの総督に就任することになっていた。ところが、現地の入植者の論争にまきこまれ、白人と同等の投票権と財産権を「有色人種の男性」にあたえたことから、現地で不満が高まり、1790年に本国へよびもどされた。その後、1798年から1800年まで投獄された。この理由は不明だが、おそらく、1798年のアイルランド反乱を支援したためだろう。

前ページ：ロンドンの街路は決して安全とはいえなかったが、大胆な連続殺人と増えつづける大衆的な新聞や雑誌があいまって、恐怖におののいた住民は、夜間の外出を避けるようになった。警察は切り裂きジャックをついに逮捕できなかった。

次にデスパードは、陸軍兵士の反乱を計画し、ロンドンで蜂起しようとした。この計画には、ジョージ3世の暗殺や、ロンドン塔とイングランド銀行の占拠もふくまれていた。だが、この陰謀が事前にもれてしまい、デスパードは逮捕された。裁判では、デスパードの戦友だったホレーショ・ネルソン卿がデスパードのために証言台に立ち、「イギリス陸軍屈指の輝かしいほまれである人物」と証言したが、結局、大逆罪で有罪を宣告された。

1803年2月21日、デスパードと仲間6人は大逆罪で処刑された。絞首・腹裂き・四つ裂きという残酷な刑は、絞首刑と死後の斬首刑に減刑された。また、受刑者を遠くの絞首台まで馬に引かせていく曝し刑のかわりに、彼らは荷車に乗せられ、処刑が行なわれるサリー・カウンティ刑務所の敷地の周囲をぐるぐるとまわった。この仰々しいありさまをこっけいに感じたデスパードは、笑いながらこう言った。「おい、おい！なんだ、このばかげた猿芝居！」。そして、死を前にした彼は、約2万人はいるかという群衆にこう告げた。「どうかみなさんが健康で幸福で自由でありますように。それこそわたしが、力のかぎり、みなさんのために、人類全体のために、手に入れようと努めてきたことなのです」

ラトクリフ・ハイウェイ殺人事件

切り裂きジャック以前に、19世紀のロンドン市民をもっともおそれおののかせたのが、イースト・ロンドンのドックの近くにあるラトクリフ・ハイウェイで発生した犯罪だった。1811年12月7日の真夜中、ティモシー・マーという生地商人が、店員と遅くまで働いていた。そして、召使の少女をすぐ近くに使いに出した。ところが、召使が戻ってくると、ティモシーと妻の

上：エドワード・デスパードは国王暗殺をくわだてたかどで絞首刑になったが、それ以前にも、中央アメリカのマイノリティを支援して不興をかっていた。ロンドン市民は、彼が黒人の妻キャサリンと息子をともなって帰国したことに衝撃を受けた。

シーリア、店員のジェームズ・ゴーウェン、そして、マーの息子でまだ赤ん坊のティモシー・ジュニアまでもが殺害されていた。子どもはのどを切り裂かれ、それ以外の者は撲殺だった。凶器と思われる血のついた大工用の大ハンマーが残っていたが、何も盗まれてはいなかった。捜査は大混乱した。テムズ川水上警察に夜警と治安判事がくわわって、無実の人々を何十人も逮捕したが、このようなふつうの平穏な家族を使用人もろとも殺害してしまうほどの敵も動機も見あたらなかった。

それから12日ほどあと、ふたたび殺人犯がキングズ・アームズというパブを襲った。そこはラトクリフ・ハイウェイから歩いてほんの2分ほどのところで、やはり店主のジョン・ウィリアムソンと妻のエリザベス、召使のアナが、同様に撲殺され、切り殺された。この家に間借りしていたジョン・ターナーという若者が、ナイトシャツのままシーツを使って窓から逃げ出し、「人殺し！　人殺しだ！」と叫んだが、殺人犯はもう逃げたあとで、バールだけが残されていた。一家の14歳になる孫娘は、ベッドにいるところをぶじ発見された。

近隣一帯がパニックにおちいった。しかしこの3日後、ジョン・ウィリアムズという水夫が逮捕された。凶器は、ウィリアムズが間借りしているペアー・ツリー・インの地下の収納箱から盗まれたものだった。彼が洗濯物を出した洗濯女も、服の襟に血がついているのに気づいたと証言した。ところが、起訴される前に、彼は独房で自殺してしまった。自分のスカーフで首をつったのだ。この自殺が有罪の証拠とみなされ、裁判所は彼を有罪と判断した。そして、彼の遺体が群衆に引き渡されると、群衆はラトクリフ・ハイウェイを練り歩き、交差点に掘った小さな穴に遺体を放りこんで、遺体の心臓に杭を打ちこんだ。

だが、ウィリアムズが犯人だという証拠はとぼしく、真犯人はまだ捕まっていないと考える捜査官もいた。有名な推理作家の

上：マー家の4人を殺害した犯人をとらえたら50ポンドの賞金を提供するというビラ。チャールズ・ホートンという警吏が証拠を発見して賞金10ポンドを手にしたが、ジョン・ウィリアムズを犯人と断定する確かな証拠はまったくなかった。

> 「子どもはのどを切り裂かれ、それ以外の者は撲殺だった」

P・D・ジェイムズと警察史研究家のT・A・クリッチリーも、1971年の共著『ラトクリフ街道の殺人』で、ウィリアムズは単独犯ではなく、拘置中に殺害されたのかもしれないと述べている。

債務者監獄

19世紀には、毎年1万人ほどが借金を返せずに投獄された。収監期間は無期限で、借金を完済するまでは出られなかった。ヴィクトリア朝時代には一般的に、借金は不道徳な行為、犯罪だと考えられていたのだ。

裁判所は、どちらかというと労働者階級の債務者のほうに厳しかった。労働者階級はわざと借金を返さない、という思いこみがあったからだ。一方、労働者よりも上の階級については、返す気はあるが、もっと大きな負債をかかえていて返せないのだろうと思われていた。事業者も、破産を宣言すれば投獄をまぬがれることができた。

ロンドンのシティにあるフリート監獄のような債務者監獄に入れられた受刑者は、刑務所にいるというよりも、まるで共同生活を営んでいるかのような日々を送っていた。日常生活を管理する独自の委員会まであった。裕福な受刑者は比較的自由のある「マスターズ・サイド」棟の心地よい監房に入り、貧乏人は悲惨な「コモン・サイド」棟の監房で暮らした。

1824年、チャールズ・ディケンズの父親ジョンも、家族ともどもサザークのマーシャルシー監獄に収監された。パン屋に40ポンドの借金があったためだ。当時12歳だったチャールズは、学校を退学し、家族を支えるために工場で靴磨きをして働かなければならなかった。収監された債務者は、食費と部屋代を払う必要があったからだ。このため、収監中に借金が増えてしまうことが多かった。数十年も監獄暮らしをする人もいれば、裕福な友人の助けを借りてまずまずの環境ですごせた人、金を払って監獄からの外出さえ許された人もいた。チャールズ・ディケンズは刑務所改革を強く主張するようになったが、この家族の経験が、1855年から57年にかけて出版された連続小説『リトル・ドリット』のおそろしいマーシャルシー監獄の描写につながっている。

1869年になると、債務者法が制定され、債務者の収監は廃止された。ただし、借金を返済できるだけの金銭をもっているのに返済しない者については、まだ収監することができた。この法律

次ページ：フリート監獄は、監獄の横をフリート川が流れていたことからこの名がついた。1666年のロンドン大火で焼失し、1780年のゴードン暴動でも破壊されたが再建され、1844年に閉鎖された。

THE FLEET PRISON.

と1883年の破産法によって、事業者でない者も破産宣言ができるようになったが、債務者をわずかに救済できただけで、20世紀初めになっても、まだ年に1万1427人が収監されていた。この数字は1869年よりも多い。

ケイトー・ストリート陰謀事件

ナポレオン戦争が終わると、イギリスに帰還した兵士たちは仕事を探したが、当時のイギリスは、工業化が労働者階級に新たなストレスをもたらしていた。都市化も不平不満と社会不安をひき起こし、このため暴動も発生した。1816年、アーサー・シスルウッドというロンドンの急進主義者が、イングランド銀行とロンドン塔を占拠しようとする暴動にくわわった。この暴動は失敗に終わり、シスルウッドは無罪放免となったが、1818年、今度は元首相のシドマス子爵に決闘を申しこんで投獄された。シドマス子爵が急進主義運動を弾圧した指導者だったからだ。

1820年、シスルウッドは、エッジウェア・ロードにほど近いケイトー・ストリートにある馬小屋の2階に数人の仲間を集めた。今回は、グローヴナー・スクエアにあるハロービー伯爵邸での晩餐

下：アーサー・シスルウッドはリンカンシャーの農場主の息子で、アメリカとフランスを訪れ、その革命に感動していた。これに触発され、彼は民主主義のためにイギリス政府を打倒しようとした。

12歳の処刑

ヴィクトリア朝時代の司法は、子どもであっても大人扱いして処罰することがよくあった。1829年11月、T・キングという12歳の少年が、オールド・ベイリー（刑事裁判所）で裁判にかけられて死刑を宣告された。彼はイースト・スミスフィールドで両親と暮らしていたが、両親は「卑劣きわまりない人物」で、息子に嘘をつかせ盗みをさせていた。7歳のとき、彼は煙突掃除人の見習いになったが、仕事先の家々で盗みを働いて首になり、投獄された。だが、もとの親方の煙突掃除人が、少年の盗んだ品を買い戻し、恩赦を受けられるようにしてくれたので、少年は流刑にならずにすんだ。ところが、その後両親が、息子を窃盗団にくわわらせた。一味の指図を受けた少年は、宝石店に煙突から侵入し、そこにある高価な品々を窓越しに一味に手渡そうとした。すると、そこに警察が駆けつけ、彼は逮捕されたが、一味は逃亡した。死刑判決を受けたあと、少年は余罪を白状し、この事件以外にも強盗を働いたこと、殺人まで犯したことがあると認めた。

1829年11月17日の事件について、ある新聞は社説にこう書いた。「この哀れな少年のおそろしい例が、いつまでも世間一般へ警告をあたえることとなるよう望む」。両親の処罰には一言もふれていなかった。

会に閣僚全員が招かれたときを狙い、閣僚全員を暗殺しようというくわだてだった。ところが、この晩餐会自体が、ジョージ・エドワーズという警官のしかけたおとり捜査で、捜査当局がケイトー・ストリートの馬小屋にふみこんできた。シスルウッドは警官を殺害し、剣を手にしたまま逃亡したが、翌日捕まった。同じく逮捕された陰謀団の一員ジェームズ・イングスの供述によると、一味は晩餐会の最中に襲撃して閣僚全員を殺害し、カースルレー卿とシドマス卿の首をウェストミンスター橋でさらし首にする計画だったという。

　裁判では、陰謀団のうち5人が流刑となり、シスルウッドほか4人が大逆罪で有罪を宣告され（シスルウッドには殺人罪もくわ

左：ケイトー・ストリート陰謀団のうち5人が、イングランドで最後に行なわれた斧による斬首刑の受刑者となった。この斬首刑の前に、まずニューゲイト監獄で絞首刑が行なわれた。シスルウッドとイングスのほか、ウィリアム・デーヴィッドソン、リチャード・ティッド、ジョン・ブラントが処刑された。

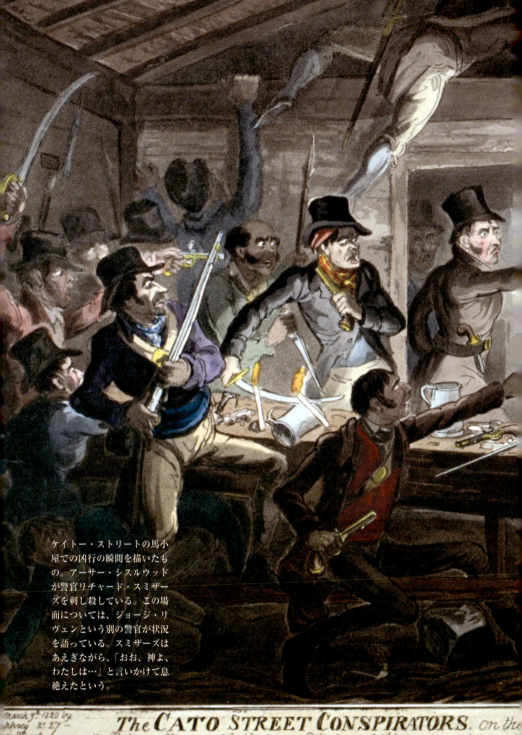

*able Night of the 23rd of Febry 1820, at the moment when Smithers
ion of Mr Ruthven, The View of the Interior correctly Sketched on the Spot*

ブライトン・パヴィリオン

ジョージ4世の浪費ぶりがひと目でわかるのが、豪華なブライトン・パヴィリオンだ。1815年、ジョージ4世は建築家のジョン・ナッシュを雇い、マリーン・パヴィリオンという地味な離宮を豪奢で楽しい宮殿に改修するよう依頼した。そして50万ポンドの費用と7年の歳月をかけ、新古典主義様式の建物を造った。いくつもの塔とドームと小塔を組みあわせ、インドとイスラムを折衷したロマンティックな様式だった。そのためいまでもブライトンのタージ・マハルとよばれている。内装は、中国趣味のシノワズリー様式でふんだんに装飾がほどこされた。厩舎や花壇などをふくめ、すべて完成したのは1823年だった。とはいえ、だれもがこれに感銘を受けたわけではない。当時のイギリスの政治家で作家だったジョン・ウィルソン・クローカーはこう言った。「わたしが思うに、これはばかげた浪費であり、半世紀もたてば廃墟となるだろう」。だがいまでも、このロイヤル・パヴィリオンはその壮麗な姿を失っておらず、年に20万人の見学者を迎えている。

左：正式名称をロイヤル・パヴィリオンというこの建物は、イギリス海峡にのぞむ人気のリゾートタウンの中心部にある。

わった)、絞首刑の後に斬首刑に処せられることになった。5月1日、ニューゲイト監獄の外に設置された処刑台で、イングスは「死か自由か」と歌いはじめ、シスルウッドにこうたしなめられたという。「静かにしろ、イングス。こんなに騒がなくても死ねる」

やりすぎの国王

1820年に即位したジョージ4世は、すでに1811年から摂政皇太子としてイギリスを統治し、精神を病んでいた父王ジョージ3世の代理として公務をこなしていた。だがジョージ4世は、したい放題がすぎて、たちまちトラブルにまきこまれた。2度の結婚歴があるカトリック教徒の未亡人マリア・フィッツハーバートと1785年にひそかに結婚したこともそのひとつで、父親の許可を得ていないため法的には無効の結婚だった。1795年には、ジョージ4世は議会と取引し、いとこの公女キャロライン・オヴ・ブランズウィックとの結婚に同意

> 「わたしが思うに、これはばかげた浪費であり、半世紀もたてば廃墟となるだろう」

するかわりに、議会に自分の借金を埋めあわせてもらった。だが、ジョージ4世は妻が気に入らず、キャロラインが正式に王妃となることができないよう、自分の戴冠式からしめ出したばかりか、離婚までしようとした。もっとも、離婚のほうはすることができなかった。

次から次へと愛人をかかえるなど、ジョージ4世のぜいたくな生活と不道徳ぶりは、議会を困らせた。当時は戦時中で、その費用をまかなうため国民に耐乏生活を強いていたからだ。ジョージ4世はとくに派手なことが好きで、ぜいたくざんまいの祝賀会を楽しんだ。1815年にウェリントン公がワーテルローの戦いでナポレオンを破ったときも、ジョージは摂政として好きなだけ祝典にふけった。また、摂政様式（リージェンシー様式）という建築様式を生み出し、奇抜な建物を造ってはおもしろがっていた。たとえば、ブライトンという海辺のリゾート地に、けばけばしいブライトン・パヴィリオンを建築した。

こうしたことばかりしていたとはいえ、ジョージ4世は聡明でカリスマ性があり、非常にウィットに富んだ人物で、芸術を熱心に支援していた。ウェリントン公はジョージ4世をこう評している。「才能、ウィット、おどけ、頑固、好感が最高に奇妙な形で入り混じった人物、つまり、対極にある資質がごた混ぜになっているが、どちらかというと好ましい資質のほうがまさっている。このような人物はこれまで会ったことがない」

ジョージ4世は晩年は人目につかないウィンザー城ですごした。1830年に死去すると、弟がウィリアム4世として即位した。ジョージ4世には1796年に生まれた王女シャーロットがいたが、シャーロット王女は1817年の出産時に亡くなっていたからだ。

議会炎上

1834年10月16日の夕刻、ウェストミンスター宮殿が炎上し、国会議事堂が全焼した。主要な部分では、ウェストミンスター・ホールだけが焼け残った。消防士や有志が必死になって消火にあたり、夜中になって運よく風向きが変わったおかげだった。また、この大火災を見物しようと野次馬が何十万人も集まったが、軍が出動して野次馬をくいとめていた。画家のJ・M・W・ターナーも現場に出かけ、火事のようすを2点の油彩画に描いた。

悲劇のはじまりは、荷車2台分の使用ずみ木製割符（計算に使ったもの）

「この大火災を見物しようと野次馬が何十万人も集まったが、軍が出動して野次馬をくいとめていた」

右：炎上する国会議事堂を描いたJ・M・W・ターナーの有名な絵は、借りたボートに乗ってテムズ川南岸から見た光景だった。ターナーは夜を徹して筆をとり、油彩画2点と水彩画9点を生み出した。

を作業員が地下室にある2台のストーブで燃やしたことだった。この作業は午前中に行なわれ、午後になると、床から熱と煙が伝わってくるのに管理人が気づいた。煙突がくすぶっているのもわかった。ストーブは午後5時に消されたが、その1時間後、突然発火し、たちまち巨大な火の玉が建物の上で爆発して、ロンドンの空を焦がした。ウィリアム・ラム首相はこれについて「記録に残る愚の骨頂のひとつ」とよんだ。損害は200万ポンドにおよぶと推計された。死者は出なかったが、数名が過失で有罪とみなされた。

とりあえずイギリス議会は別の場所に移り、その後、国会議事

堂となる新しいウェストミンスター宮殿が1840年に着工され、1860年に完成した。設計したのは建築家のチャールズ・バリーとデザイナーのA・W・N・ピュージンで、巨大な鐘ビッグ・ベンがある時計塔クロック・タワー（現在はエリザベス・タワーと改称）はピュージンが設計を行なった。

スウィーニー・トッドの伝説

　スウィーニー・トッド、本名ベンジャミン・バーカーが最初に登場したのは、1846年に発表された『真珠の首飾り、あるロマンス（The String of Pearls: A Romance)』という小説で、「ペニー・

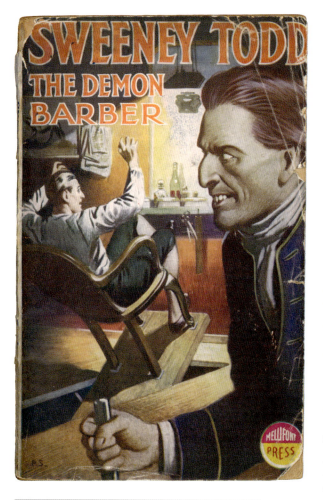

ドレッドフル」という1冊1ペニーの扇情的な大衆向け週刊連続小説のひとつだった。多くのロンドン市民が、この物語は実話をもとにしていると信じていた。客を殺し、その肉を隣のミートパイ屋に渡していた床屋が実在したと思っていたのだ。そのような犯罪の記録はこれまでまったく見つかっていないが、この伝説は生きつづけている。

　全18話のこの小説では、トッドの床屋はフリート・ストリート186番地にあったとされた。客が床屋の椅子に腰かけると、トッドがレバーを引く。すると、客は椅子ごと後ろに倒れ、床の落とし戸から地下室に落ちてしまう。その落下で客が死ななければ、トッドが折りたたみ式のカミソリを手に、急いで地下室へ降りて、客ののどを切り裂く。そして、地下道を使って客の遺体を隣のラヴェット夫人のミートパイ屋へ運ぶと、そこで遺体の肉がパイになって、夫人の客の口に入る。

　トッドの物語は、原案として何度も使われている。たとえば1973年には演劇で、1979年にはミュージカルとして舞台化され、2007年には映画化もされた。

> 「客の遺体を隣のラヴェット夫人のミートパイ屋へ運ぶと、そこで遺体の肉がパイになった」

ロビンソン夫人の日記

　人妻が自分の不倫について事細かに日記に書いていたら、その日記が離婚の十分な根拠になる、とだれもが思うだろう。だがイザベラ・ハミルトン・ロビンソンの場合は、夫と陪審の裏をかい

て離婚しなかった。

　ロビンソン夫妻は1844年に結婚した。当時イザベラは裕福な未亡人で、子どももひとりいた。土木技師である夫のヘンリー・ロビンソンが妻の不倫の証拠となる日記を見つけたのは、1858年、夫妻がフランスに住んでいたときだった。イザベラはちょうどジフテリアで床に臥せっていた。イザベラの日記には、エドワード・レーンという医者との情熱的な情事のことが書いてあった。ヘンリーも愛人に子どもをふたり産ませていたが、それでも、この思いがけない事実に激怒した。イザベラの「熱く激しい興奮、まとわりつくような長い口づけ、そして過敏になった感覚に満ちた」一夜のことなどが書かれていたからだ。ヘンリーは夫婦のあいだに生まれた子どもふたりの監護権を取得して、妻を追い出した。14年間の結婚生活に終止符を打つつもりだった。

前ページ：スウィーニー・トッドがはじめて登場した全18話の連続小説は、主としてジェームズ・ライマーとトマス・プレスケット・プレストという「ペニー・ドレッドフル」を多数手がけた作家が書いたが、その後は別の作家も寄稿した。この連載がたちまちヒットしたので、すぐに長編小説化されて本になった。

乗客は死者

　ロンドンは19世紀前半に人口が倍増し、墓地が足りなくなるおそれが出てきた。そこで、1854年11月13日に開通した鉄道が、だれも乗りたがらない旅を提供するようになった。ロンドン・ネクロポリス・カンパニー（London Necropolis Company）（LNC）が、ウォータールーから遺体と会葬者を列車に乗せて、ロンドンから40キロ南西のサリー州ブルックウッドに開設したばかりのブルックウッド共同墓地へ運びはじめたのだ。同年の設立当時、この墓地は2000エーカーもある世界最大の広さの墓地だった。そして、最大で60基の棺を乗せた列車が、毎日1本運行され、葬儀も3種類の等級で提供されていた。

　ネクロポリス社の列車が最後に運行したのは1941年だった。この年の春に、ロンドンのターミナル駅がドイツ軍の戦闘機に爆撃されたからだ。それでも、1945年いっぱいまで、特別列車でこの旅を続けた。ブルックウッド共同墓地はいまもまだイギリス最大の墓地で、約23万5000人がここに埋葬されている。

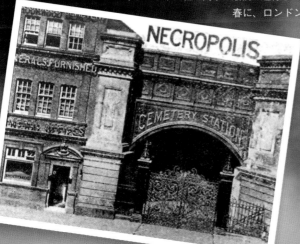

左：ロンドンに最初に建てられたネクロポリス社専用の駅。ウォータールー駅のすぐ外にあった。1902年には、もっと大きな新社屋に建て替えられた。

にせの不倫

ヴィクトリア朝時代の夫婦は、夫も妻も離婚したいと思っていても、実際に離婚するのはたいへんだった。心が離れてしまったとか、性格の不一致とかいう理由だけでは、法律上、離婚を認められなかった。確実に離婚する方法のひとつが不倫で、ときには、不倫のふりをすることもあった。裁判所も、見せかけの浮気で離婚するのをはばむことはむずかしかったからだ。夫婦のどちらかに世間体を失う覚悟があれば、不倫の芝居をしているところを証拠として写真におさめた。この場合、ふつうは夫が女性を雇って「愛人」になってもらい、ふたりでベッドにいるときに、妻が写真屋をつれて部屋に飛びこんでくる。ときには、男が上から下まできちんと服を着て、シルクハットまでかぶっていることもあった。

ウェストミンスター・ホールに新設されたばかりの離婚・婚姻事件裁判所に1858年に提訴されたロビンソン夫妻の離婚訴訟は、不倫を離婚の理由と認める新しい法律のもとで11番目に申し立てられた訴えだった。それ以前は、離婚にはかなりの費用がかかったばかりか、議会による立法も必要とした。ロビンソン夫妻の離婚訴訟は、ロンドンの新聞を大喜びさせるような扇情的スキャンダルとなった。イザベラの抗弁は、心神喪失ということだった。精神的に問題があったため、1849年から作り話の日記を書くようになってしまったというのだ。弁護士によれば、彼女はニンフォマニア（色情症）であり、エロトマニア（恋愛妄想症）であり、「子宮の病」をわずらっているため、性欲を覚え、「とっぴきわまりない性的妄想」にとりつかれてしまうのだという。そして例の医者も、自分としては、「彼女の腰に腕をまわしたことも、彼女を抱きしめたことも、彼女をその気にさせたことも、彼女を愛撫した」こともまったくない、と主張した。

イザベラの証言で、彼女の虚構の（あるいは現実の）愛人であるレーン医師の評判も結婚も守られた。実際には、イザベラとレーンは、彼の温泉つき邸宅でいっしょにすごしたことがあ

上：1865年に開通したロンドンの新しい下水網は、ロンドンの首都建設局の主任土木技師ジョーゼフ・バザルジェットが設計した。同じく彼が設計して1870年に完成したテムズ川の堤防は、埋め立て地に緑地と遊歩道が設置された。

ったが、彼の家族や患者もそこに滞在
していた。夫は新聞や雑誌を利用して
ふたりの下劣な生活を明るみに出そう
としたが、結局、離婚は認められなか
った。ところが1864年、夫妻は離婚
した。イザベラが子どもたちの家庭教
師の若いフランス人と不倫をしている
現場を押さえられてしまったからだった。

> 「彼女はニンフォマニア（色情症）
> であり、エロトマニア（恋愛妄想
> 症）であり、『子宮の病』をわずらっ
> ている」

大悪臭

　1858年のロンドンは世界最大の都市で、約230万人の人口をか
かえていた。そしてこの年、酷暑の7月と8月が訪れると、吐き
気がするほどの悪臭という古くからの問題が、耐えられないほど
ひどくなった。この「大悪臭」のおもな原因は、上流の家庭が水
洗トイレを設置するようになったことだった。そのため、本来は
雨水を流すための下水道にし尿が流され、そのままテムズ川に流
れこんで工場排水と混じりあっていた。しかも、水道会社が汚染
された水から取水して顧客に送っていたので、悪臭とコレラの危
険は増す一方だった。そのうえ1858年の夏は、過去最高を記録
したうだるような暑さで、川岸にたまった有毒な廃棄物が発酵し
たり高温になったりしはじめた。その臭いがあまりにひどくなっ
たため、当局は完成したばかりの庶民院のカーテンに塩化物と石
灰を染みこませて悪臭を消そうとした。だがついに議員たちは、
ハンカチで鼻をおおってばかりもいられないと必死になり、19
世紀最大級の土木事業に資金を出すための法案を18日間という
駆け足で通過させた。そして、総延長133キロメートルという巨
大な下水網が、テムズ川の両岸に建設された。このシステムでは、
汚水をせき止めて集めてからロンドンの東にあるポンプ場へ送
り、その後、引き潮にのせて海へ流すようになっていた。下水網
の第1期分は1865年に開通した。またテムズ川沿いに堤防も築
かれ、水の流れを緩和した。こうした結果、ロンドンの死亡者数
は劇的に減り、コレラの流行（1832年、1848年から49年、1854
年、1866年）などの病気もようやく抑制されるようになった。

1873年の大詐欺事件

　1873年3月、19世紀のイギリスでもっとも手間と費用をかけ
た大胆な強奪事件が発生した。イングランド銀行が10万ポンド
（現在の貨幣価値にすると1000万ポンド）をだましとられたの
だ。犯人は、オースティンとジョージのビドウェル兄弟が率いる

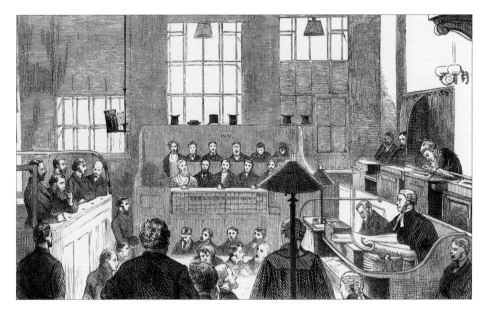

上：オースティンとジョージのビドウェル兄弟、エドウィン・ノイズ、ジョージ・マクダネル、以上4人のアメリカ人偽造犯の裁判はオールド・ベイリー刑事裁判所で行なわれた。裁判中、ビドウェル兄弟の兄弟ジョンが、看守を買収して兄弟を逃がしてもらおうとした。

アメリカのギャング団だった。この芸当とその後の裁判に、世界中が大騒ぎになった。

ビドウェル兄弟はアメリカで詐欺を重ねてから、1872年に犯罪の舞台をロンドンへ移した。まずはオースティンが、フレデリック・ウォレンというアメリカの裕福な鉄道員だと詐称した。偽造した紹介状と信用状が身元の保証だった。そして、メイフェアのバーリントン・ガーデンズにあるイングランド銀行の支店で口座を開設して大金を預けた。その一方、ビドウェル兄弟の仲間になったアメリカ人、エドウィン・ノイズとハーヴァード大卒のジョージ・マクダネルのふたりが、その偽造の腕をふるって、完璧な偽造約束手形を作った。そして、この偽造約束手形を現金化してから、その現金をロンドンの別の銀行をとおして洗浄し、そうして引き出した現金が総額10万ポンドに達したところで、現金をアメリカの債券に変えた。偽造の約束手形が処理されるまでには約2か月かかる。だが2月28日、ノイズが致命的なミスを犯してしまった。ある銀行に行って数枚の手形を出したところ、そのうちの2枚に日付が入っていないことに行員が気づいたのだ。行員が引き出し先の人物に連絡をとると、問題の手形は偽造だといわれた。このためノイズは、銀行に戻ってきたところを逮捕された。残る一味は世界中を逃げまわったが、シカゴの有名なピンカートン探偵社に追跡されたすえ、マクダネルはニューヨークで

捕まり、ジョージ・ビドウェルはエディンバラで、オースティン・ビドウェルはハヴァナで捕まった。オースティン逮捕には、ウィリアム・ピンカートンが直々にハヴァナまで出ばって居場所をつきとめた。

1873年8月、ロンドンで開かれた一味の裁判は、女王座裁判所首席裁判官が「イングランド史上もっとも注目すべき裁判」とよんだものとなり、8日間にわたって90人の証人が証言した。マクダネル本人は、まだ自分の技術を誇りに思っていて、こう言い放った。「文書偽造は非常に卑劣で、好ましからぬ破廉恥な、見下げはてた技術ではありますが、それでも技術なのです」。陪審はわずか15分の合議で被告全員を有罪と判断し、裁判官が被告それぞれに終身刑を言い渡した。ただし、ジョージ・ビドウェルは約15年後に病気のため釈放され、それ以外の者は20年後に釈放された。

> 「文書偽造は非常に卑劣で、好ましからぬ破廉恥な、見下げはてた技術ではありますが、それでも技術なのです」

牢獄船

ヴィクトリア朝時代には、刑務所が囚人でパンク状態になったため、牢獄船という新機軸が導入された。この牢獄船、通称「ハルク」は、老朽船を転用したもので、東インド・ドックに係留されていた。このドックにある洒落た姿の快速帆船クリッパーとは対照的だった。ここの囚人のなかには、牢獄船内やドックで重労働をしながら20年も服役した長期受刑者もいれば、オーストラリア行きの囚人船を待つために、この牢獄船に移送された流刑囚もいた。不衛生な環境のせいで、腸チフスやコレラのような感染症が広がりやすく、多数の死者も出た。

こうした牢獄船のひとつに、サクセス号という船があった。この船は監房が68室で、ほかに「虎の穴」という監房もあり、この鉄格子のついた「放し飼い用畜房」は、とくに危険な囚人をまとめて監禁するために使っていた。それ以外の囚人は、それぞれの監房で鎖につながれていたので、食事を受けとりにドアまで行くことができるだけだった。食事といっても、たいていはパンと水だけだ。最悪の場合は、36キログラムもある鎖をひきずって歩かなければならなかった。こうなると、重すぎて自力では階段を上がれない。そうした囚人は、新

下：アミーリア・ダイアーの裁判で彼女の犯罪の詳細が明らかになると、国中が衝撃を受け、全国児童虐待防止協会（National Society for the Prevention of Cruelty to Children, NSPCC）の重要性が高まった。この団体は、彼女の処刑の1年前にあたる1895年に設立認許状が交付されていた。

鮮な空気を吸わせるときには檻に入れてひきずっていく必要があった。

「エンジェル・メーカー」

1896年、アミーリア・ダイアーという女性が、ロンドンのオールド・ベイリーのそばにあるニューゲイト監獄で絞首刑になった。彼女はイギリスでもっとも多くの命を奪った連続殺人犯だ。約400人もの赤ん坊を殺害した。

彼女のおそろしい犯罪は、1860年代末期のブリストルで、未婚の母親を家に迎え入れ、その赤ん坊を預かるところからはじまった。母親の求めに応じて赤ん坊を窒息死させることもあれば、

預かってから餓死させることもあった。その後、これが「里子養育業」になったが、これも、預かった子どもに薬を飲ませてから餓死させるというものだった。1879年、アミーリアは乳幼児に対する育児放棄の罪で6か月間投獄された。ところが、刑務所を出ると、もっと稼げる商売を考え出し、レディングへ引っ越して、そこで養子縁組業をはじめた。ここでも、実の親から手数料を受けとってから、その子どもを殺していた。

1896年、アミーリアはついに逮捕された。テムズ川で赤ん坊の遺体が発見されたのがきっかけだった。その遺体を包んであった紙に、アミーリアの住所が書かれていたのだ。彼女の家を訪れた警官は、肉の腐ったような臭いに気分が悪くなった。そして、

左：牢獄船がテムズ川の特徴だった時代もある。外で働く囚人たちは、監視つきとはいえ、ともかく鎖から解放された。田舎出の囚人のほうが、ロンドン子の囚人よりもふさぎこみがちだった。ロンドン子なら家族や友人の顔を見ることもできたからだ。

> 「裁判では、アミーリアはおそらく400人以上の乳幼児を殺害したものと思われる、という判断がくだされた」

彼女の「養子縁組」業にかんする書類を発見した。その後、さらにテムズ川を捜索した結果、50体以上の赤ん坊の遺体が見つかった。彼女が警察に語ったところでは、その赤ん坊が彼女の預かった子かどうかは、「首にテープが巻いてあるかどうかで」わかるとのことだった。

　裁判では、アミーリアはおそらく400人以上の乳幼児を殺害したものと思われる、という判断がくだされた。彼女はブリストルで精神病院に2度入院したことがあるという入院歴を理由に、心神喪失を申し立てたが、この弁明は認められなかった。新聞や雑誌は彼女のことを「エンジェル・メーカー」とよび、彼女の悪事についての歌までできた。また、世間の激しい怒りから、養子縁組と児童保護に対する監督を強化する法律が生まれた。彼女が58歳で絞首刑になった1896年6月10日の当局の記録にはこう書かれている。「彼女の体重と肌の柔らかさを考慮し、かなり柔らかな落下が行なわれた。それで十分であった」

首絞め強盗パニック

　ロンドン市民は街頭で犯罪に遭遇するかもしれないとよくわかっていたが、1862年には、この意識がパニックをひき起こした。あやうく死にそうになるほど首を絞めて襲う首絞め強盗が増えたと思われたからだった。するとたちまち、街頭で強盗事件が起きたら、なんでもかんでも首絞め強盗だといわれるようになった。ただでさえ住民は、海外流刑が廃止になったせいで、囚人を刑務所に収容しきれず早期釈放していることを不安に思っており、出所を許可された囚人を「仮釈放許可証の人」とよんでいた。実際に殺害された被害者は数えるほどだったが、安全とされていたウエスト・エンドで強盗が発生すると、恐怖心はますます大きくなった。この年の7月に新聞や雑誌がさかんに報じたところでは、ヒュー・ピルキントンという国会議員が、議事堂からペル・メルにあるクラブまで、街灯のある石畳の歩道を歩いていて強盗にあったという。同じ日の夕刻には、大英博物館の職員もセント・ジェームズ地区からボンド・ストリートへ歩いていく途中で首絞め強盗に襲われた。冬になるとパニックがピークに達し、11月には、23人が首絞め強盗を働いたとしてオールド・ベイリー刑事裁判所で有罪になり、最短で4年の刑、最長で終身刑を申し渡された。そして1863年7月、首絞め強盗法が制定され、首絞め強

次ページ：「パンチ」誌は鉄製の襟の広告を掲載して、首絞め強盗を怖がっているロンドン市民を風刺した。別の絵には、この襟と合わせて着用できるスーツも描かれており、そのスーツのほうも、ひざ、かかと、ひじのところに護身用のスパイクがついている。

盗にはむち打ち刑が科せられることになった。

風刺漫画雑誌の「パンチ（Punch）」は、「特許取得の首絞め強盗撃退襟」なるものの広告まで掲載してみせた。そのうたい文句は、「首を絞められたくないとお望みですか？」だ。この広告によれば、このしかけを使えば、「昼も夜もいつでも、紳士諸兄が完全に安全にロンドンの街を歩くことができる」のだという。

モーダント・スキャンダル

国会議員の准男爵チャールズ・モーダント卿は、ハリエットという社交界の若い美女と結婚して喜んでいた。ところが妻のほうは、夫が1860年に3万ポンドもかけてウォリックシャーに建てた敷地4000エーカーの広大な邸宅、ウォルトン・ホールに住むことにうんざりしていた。

1868年の夏、チャールズが前もって連絡をせずに帰宅すると、妻が2頭の白いポニーに引かせた馬車を駆り、その操縦の腕前を披露していた。問題は、彼女が腕を披露していた相手が、皇太子エドワード（のちのエドワード7世）だということだった。エドワード皇太子が女たらしだということは、ロンドンでもどこでも有名な話になっていた。そこでチャールズは、皇太子にお引きとり願い、皇太子が立ちさると、2頭のポニーを温室の下の芝生につれていくよう馬番に命じてから、家のなかにいた妻を外によびだした。そして、妻によく見ているようにと言うと、その目の前でポニーを撃ち殺してしまった。

1870年、ハリエットはヴァイオレットという女の子を出産したが、その子は目が見えなかった。そこで彼女は夫に、こうなっ

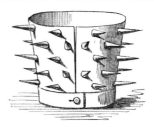

たのは性病が原因だと思う、じつはこの子はあなたの子ではない、と告白した。何度も不倫をしたからだという。皇太子も不倫相手のひとりだった。このため、夫が離婚を切り出し、皇太子を離婚訴訟の共同被告に名ざしすると、ハリエットの両親も、娘は正気ではないと言って娘を勘当した。ハリエットは隠れ家を転々とさせられながら、精神状態を医師に診てもらうようになった。彼女の精神障害はあきらかに詐病だったが、それでもカーペットをかんだり、石炭を食べたり、陶器を割って見せたりと、心を病んでいるようにも見えた。そして医師が精神障害という診断をくだし、チャールズが離婚訴訟を起こした。皇太子も法廷に立ち、ハリエットと性的な関係をもったことはないと証言したが、別の愛人が不倫を認めた（おそらく皇太子が頼んだか、金をにぎらせたかしたのだろう）。結局、26歳のハリエットは精神病院に入れられて余生を送り、1906年に58歳で亡くなった。

一方、チャールズは再婚し、娘は目が見えるようになって、第5代バース侯爵夫人となった。

ディルク・スキャンダル

チャールズ・ウェントワース・ディルク卿は評判の政治家で、近いうちに自由党党首としてグラッドストン首相の後継者になるだろうと期待されていた。問題は、彼がすぐ女性に手を出すことで有名だということだった。そして1885年、ドナルド・クローフォードという同じく国会議員が、妻のヴァージニアに対する離婚訴訟でディルクを共同被告として訴えた。ヴァージニアは22歳で、申しあわせによって47歳のクローフォードと強引に結婚させられていた。彼女は離婚訴訟の前から不倫を認めており、ディルクとの姦通を告発された。結局、離婚は認められたが、ディルクのほうは彼女との姦通については無罪となった。それでも、クローフォードの弁護士がディルクのことを「人間よりも野獣のほうに益するような下品で野蛮な姦夫」とよんだこともあって、ディルクは世間からは有罪だと思われつづけ、政治家人生まであやうくなった。

そして1886年7月、ディルクはこの離婚訴訟を再開しようと

次ページ：ロンドンの新聞は、想像を駆使した細部や突拍子もない憶測をくわえたショッキングな挿絵を満載して、ホワイトチャペルの殺人事件を報じた。「パンチ」誌はこの事件でも、恐怖をユーモアのネタにし、目隠しした警官が街路で切り裂きジャックを捜している絵を掲載した。

上：チャールズ・ディルクと妻のエミリア。このふたりは、彼の政治家人生をだいなしにしかけた離婚訴訟スキャンダルの後に結婚した。彼は国会に復帰し、クローフォード夫人が嘘をついたことを示す証拠を何年も探しつづけた。

決めた。再選をめざした国会議員選挙で落選してから11日後のことだった。彼は裁判で言葉巧みに無実を勝ちとることができるとまだ信じていた。ところが、彼が漫然とはぐらかすような証言をしたのに対し、ヴァージニアのほうは、日時や場所、部屋の間取りまで詳しく語った。彼女の主張によると、ディルクにはまだ知られていない不倫が山ほどあり、彼のメイドとも関係していた。ヴァージニアも彼とメイドの3人でベッドに入ったことがあり、ディルクが「あらゆるフランス風悪徳を教えてくれた」ばかりか、「30になる女性の大半を知っているどころではないといつも言っていた」という。また、ディルクはヴァージニアの母親と関係をもったと白状したことがあり、ヴァージニアが「母親にとてもよく似ている」から、ディルクはヴァージニアを好きになった、と彼女は言った。しかもヴァージニアは、自分の姉妹もいっしょになって、医学生と病院で関係をもったり、売春宿でキャプテン・ヘンリー・フォレスターという男性と密通したりしたことがあると認めたうえで、それでもディルクがいちばんの愛人だったと証言した。

　今回の裁判も離婚が認められ、政界の頂点をめざしていたディルクは前途を断たれた。ただし、大多数の歴史研究者の感触では、ディルクはヴァージニアとある程度親密な関係にあったものの、姦通にまではいたっていなかったのではないかという。彼女は離婚するために、ディルクを非難の矛先に選んだ可能性がある。というのも、ディルクが女好きなのは前々から有名な話で、ヴァージニアはディルクが母親と関係をもったことに怒っていたからだ。その後、ディルクは復活し、結婚したばかりか再選を果たし、1911年に亡くなるまで国会議員をつとめた。

　社交界はヴァージニアに背を向けたが、彼女は新聞記者になり、非常に敬虔なカトリック教徒になった。そして、ロンドンの貧しい人々の支援といったような社会奉仕活動に長年たずさわり、1948年に85歳で死去した。

切り裂きジャック

　1888年、イースト・ロンドンの貧困地区ホワイトチャペルで、5件の殺人事件が発生した。連続殺人鬼「切り裂きジャック」の犯行だ、と当時ロンドンの新聞が第1面でセンセーショナルに書きたてた連続殺人事件だ。被害者は全員が売春婦で、5人のうち4人が、街頭で客引きをしている最中に殺害された。殺人犯は彼女らののどを切り裂いたばかりか、遺体を無惨に切りきざんだ。外科医か肉屋のように刃物をあやつる技術をもち、解剖学を熟知

しているような手口だった。

　被害者の数は断定できなかった。新聞や雑誌、一部の下級警官は、全部で7人か9人だと考えた。8月7日に刺殺されたマーサ・タブラムが最初の被害者だ、と見る捜査官も何人かいた。

> 「殺人犯は彼女らののどを切り裂いたばかりか、遺体を無惨に切りきざんだ」

ただし、ふつうは以下の5人が切り裂きジャックの被害者だとされる。8月31日に殺されたメアリ・アン・ニコルズ、9月8日に殺されたアニー・チャップマン、9月30日に殺されたエリザベス・ストライドとキャサリン・エドウズ、そして11月9日に殺されたメアリ・ジェーン・ケリーだ。ストライド以外の4人は、腹部を切りきざまれており、ケリーについては心臓も切りとられていた。ケリーの遺体は損壊があまりにひどく、その状態を記事にするのがむずかしいほどだった。また、チャップマンの子宮、エドウズの子宮と左の腎臓も切りとられた。

　警察は捜査員を増員したうえ、警察犬ブラッドハウンドも投入して街路を捜査し、何百人もの容疑者を尋問したが、まったくの徒労に終わった。被害者の目には最後に見た人物（つまり殺人犯）の姿が焼きついているという最新の考え方までとりいれ、被害者のひとりの網膜を写真に撮ったものの、何もわからなかった。1889年にスコットランド・ヤードが重要な容疑者と考えたのは以下の4人だった。まずアーロン・コズミンスキー、23歳。ホワイトチャペルに住んでいたポーランド系ユダヤ人で、精神病院で死亡した。次に、モンタギュー・ジョン・ドルイット、31歳。弁護士で教師、1888年12月に自殺。3人目がマイケル・オストログ、55歳。ロシア生まれの泥棒で、精神病院の入院歴があった。そしてドクター・フランシス・J・タンブルティ、56歳。猥褻行為で逮捕されたアメリカ人にせ医者で、アメリカから逃亡してきた。

　この捜査の最中には、犯人と名のる人物が警察に手紙を送りつけ、事件を解決できずにいる警察をからかって挑発した。また、10月16日には、ホワイトチャペル自警団の団長ジョージ・ラスクのところに段ボール箱が届き、そこに被害者から切りとられたと思われる腎臓の半分が入っていた。また、「地獄より」という言葉ではじまる手紙がそえられており、腎臓のもう半分をフライにして食べた、「とてもうまかった」と書いてあった。しかも、手紙の最後はこうしめくくられていた。「できるものなら捕まえてみせろ、ラスク殿」

　切り裂きジャックの連続殺人事件の記事は、イギリスばかりかヨーロッパ大陸とアメリカでも読者をくぎづけにした。切り裂き

ジャックについては100冊以上の本が書かれたほか、映画やテレビドラマにもなった。犯人の正体はいまだに不明で、犯罪史上有数の謎となっている。

切り裂きジャック事件の容疑者となった王室関係者

　この連続殺人事件の容疑者については、これまで刑事やプロの探偵やアマチュア探偵が数多くの名前をあげている。たとえば画家のウォルター・シッカートも、この殺人事件に興味をそそられたひとりで、そればかりか、かなり以前から容疑者リストにも名前がある。アメリカの推理作家パトリシア・コーンウェルによれば、シッカートが真犯人だ。だが、意外な人物ながら、たびたび容疑者として名があがる人物となると、アルバート・ヴィクター王子だろう。国王エドワード7世の息子でヴィクトリア女王の孫だ。2016年、彼が隠しもっていた手紙のうちの2通がオークションに出品された。それらの手紙から明らかになったのは、王子が淋病にかかったのは売春婦と接触したせいらしい、ということだった。1970年にイギリスの内科医トマス・ストーエルは、王子の性病が精神障害をひき起こし、王子を殺人に走らせたと言っている。またストーエルによれば、王室も、アルバート、通称エディがすくなくとも2人の売春婦を殺したことを知っていたという。ただしストーエルの見解は、証拠が不十分だと考える者もいる。

　2001年の映画『フロム・ヘル』でも、ジョニー・デップが切り裂きジャック事件の捜査にあたった実在の刑事フレッド・アバーライン警部を演じ、アルバート王子の関与をほのめかしている。

オスカー・ワイルドの有罪判決

　当時のイギリスの法律では、同性愛は犯罪だった。そのもっとも有名な「犯罪者」が、才気あふれる作家オスカー・ワイルドだ。だが彼は、ひとつのミスを犯して作家人生と自由を失ってしまった。

　ダブリンで生まれたワイルドは、ダブリン大学トリニティ・カレッジとオックスフォード大学モードリン・カレッジで学んだ。長い髪と奇抜な服装が有名だったが、なによりもそのウィットで名を知られるようになり、1882年にはカナダとアメリカでも、講演でそのウィットを披露した。1884年、コンスタンス・ロイドと結婚し、息子ふたりをもうけた。

　見事な才人ぶりを見せつづけたワイルドは、才気あふれる作家となり、数々の戯曲や、1890年に発表した彼の唯一の長編小説『ドリアン・グレイの肖像』で脚光を浴びた。名声が頂点をきわめたのは、1895年、喜劇『真面目が肝心（The Importance of

Being Earnest)』がロンドンで上演され、大成功をおさめたときだった。だが、この年ワイルドは、恋人のアルフレッド・ダグラス卿の父親であるクイーンズベリー侯爵が書いたメモを目にして激怒した。ワイルドは同性愛という当時のタブーを公然と無視していたが、そのメモは、ワイルドのことを「ソドム人（男色者）」と侮蔑的によんで非難していたのだ。この侮辱を無視できなかったワイルドは、侯爵を名誉棄損で訴えたが、自分に不利な証拠が出たため訴えをとり下げた。その後ワイルドは、男性との「重大な猥褻行為」のかどで逮捕され、1885年に新しくできた同性愛にかんする法律がはじめて適用されて起訴された人物となった。最初の陪審は判断をくだせなかったが、2番目の陪審がワイルドに有罪を宣告した。1895年5月25日、ワイルドは2年間の懲役刑に処された。しかも、レディング監獄で服役中に破産し、精神的にも肉体的にも苦しんだ。

1897年に出獄したとき、ワイルドは身も心も弱り果てていた。そしてフランスとイタリアを転々とし、1898年に『レディング牢獄の唄（The Ballad of Reading Gaol）』を書き上げた。晩年は、パリの小さなフラットで数人の友人をもてなしながらすごし、1900年に亡くなった。

クリーヴランド・ストリート・スキャンダル

チャールズ・ハモンドが経営する上流階級向けの男娼館は、オックスフォード・ストリートから入ったところのクリーヴランド・ストリート19番地にあった。ここは何年間も秘密にされてきた娼館だったが、やがて電報配達係の少年数人がここで男娼をして稼いでいるのが明らかになった。同性愛は違法行為であり、ロンドンのきちんとした家庭では口にすることなどない

上：オスカー・ワイルドとアルフレッド・ダグラス卿の関係は、ワイルドがダグラス卿の父親を訴えなれば、何事もなく続いたのかもしれない。ワイルドの出獄後、ふたりはまた会うようになり、短期間だがナポリでいっしょに住んでいた。

犯罪者のスラング

ヴィクトリア朝時代のロンドンのイースト・エンドには、犯罪を表す特別な言葉があった。そこでの犯罪者の大半が、コックニーという独特の訛りを使う生粋の地元民だったからだ。当時よく使われた言葉には次のようなものがある。

バーグラー（泥棒）＝クラックスマン、バスター、スヌーザー（就寝中にしのびこんで盗む泥棒）、パーラー・ジャンパー

カードシャープ（トランプ詐欺師）＝ブローズマン

コンフィデンス・マン（信用詐欺師）＝マグズマン

カウンターフィター（偽金造り）＝スマッシャー

エンフォーサー（用心棒、殺し屋）＝パニッシャー、ノブラー

フェンス（故買屋）＝ダファー

インフォーマー（情報屋）＝ブロウアー

マガー（路上強盗）＝ランプスマン

ポリスマン（警官）＝リーラー、マトン、シャンター

ピックポケット（すり）＝ディッパー、モブズマン、マッチャー、ツーラー、ドランケン・ローラー

プロスティテュート（売春婦）＝スキトル、アドヴェンチャレス、タファー（上流階級を相手にする売春婦）、ドリーモップ（素人かパートタイムの売春婦）、アビス（売春宿の女主人）

ロバー（強盗）＝ハンツマン

セーフ・クラッカー（金庫破り）＝スクリューマン

セデューサー（女たらし）＝ガル・スニーカー

ショップリフター（万引き）＝パーマー

ルックアウト（見張り役）＝クロウ、カナリー（女性の場合）

もっと専門的な言葉もあり、たとえば、トイゲッターは時計専門の泥棒、ピーター・クレイマーは箱ものの泥棒、ブラジャーは短い棍棒で襲う強盗、スキナーは子どもを丸裸にして、子どもの着ていた衣服を奪いとる女をさした。

右：子どもの犯罪者はすぐに路上の隠語、つまりスラングを覚えた。狙った相手のまわりで使っても、相手には外国語同然に聞こえる。

話題だったので、身分の高い男性が少年と性行為にふけっていたというニュースは、衝撃的なスキャンダルだった。

　真相が明るみに出たのは、1889年7月4日、チャールズ・トマス・スワィンスコウというロンドンで電報を配達してまわっていた15歳の少年が、雇われていた中央郵便局で最近発生した強盗事件についてたずねられたのがきっかけだった。このとき、18シリングという大金をもっているのが見つかり、彼は警察へ連行されて尋問を受けた。そして、あっというまに白状した。ハモンドにスカウトされて客の相手をするようになり、行為1回につき4シリングをもらっていたという。またチャールズは、同じ仕事をしている電報係の少年がほかに3人いると言って名前をあげた。

> 「同性愛は違法行為であり、ロンドンのきちんとした家庭では口にすることなどない話題だった」

　警官がその娼館へ向かい、「男色という反自然的性交罪を犯す」共同謀議のかどによりハモンドを逮捕しようとしたが、ハモンドはすでに逃亡したあとで、結局、アメリカに移住してしまったため、これ以上追うことはできなかった。そして9月、男娼の少年たちがオールド・ベイリーで裁判にかけられ、重大な猥褻行為を犯したとして有罪判決を受けた。4か月から9か月の懲役刑だった。

　一方、彼らの顧客についてもあれこれとりざたされた。王位継承順位2位のアルバート・ヴィクター王子もいたという噂が流れ、ほかにも何人かの名前があがった。たとえば、アーサー・サマセット卿。彼はこのスキャンダルが静まるまで海外にいた。ユーストン伯ヘンリー・ジェームズ・フィッツロイは、名ざしした新聞を訴えて勝訴した。そして、ライフガーズ第2連隊のジャーヴォイス大佐だ。年末までに約60人の名前があがり、そのうち22人が海外へ逃げ出した。

　ただし、主要な新聞や雑誌が関係者を名ざししなかったため、世間はすぐに興味を失った。政界と社交界では、政府が記事をもみ消して、重要人物の名声を守ろうとはかったのだろう、という見方が大半だった。1890年2月28日には、この事件を調査する委員会を立ち上げるべきだという動議が議会に出されたが、204票対66票で否決された。

大西洋を横断した連続殺人犯

　トマス・ニール・クリームはグラスゴーで生まれ、子どものころに家族とカナダへ移住して、マギル大学で医学を学んだ。結婚もしたが、妻は結婚から1年もしないうちに不可解な病気で亡く

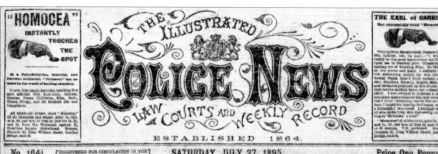

なった。そして1876年、彼はロンドンで医学を学び、エディンバラで開業した。ところが1879年、妊娠中だった彼の愛人が死体で発見された。クロロホルムによる中毒死だった。そこでクリームが起訴されたが、彼はシカゴへ逃亡し、シカゴで売春婦を相手に、安い料金で妊娠中絶をする仕事をはじめた。そこでも、ふたりの人間が死んだばかりか、クリームの新しい愛人の夫も死亡した。その夫は埋葬されたが、クリームは検視官に電報を打ち、これは殺人であり、薬剤師が殺人犯だと伝えた。だが、警察はすぐにその正体をつきとめた。そして1881年、クリームは殺人罪で有罪となり、終身刑に処せられた。ところが10年後、クリームの父親が亡くなると、その後クリームは釈放された。父親の遺産で看守を買収し、クリームはもう危険人物ではないと言わせたのだ。

　釈放された1891年のうちに、クリームはロンドンのランベスへ移った。そして、現在わかっているだけですくなくとも4人の売春婦を殺害した。4人のうちの3人目と4人目、21歳のアリス・マーシュと18歳のエマ・スクリヴェルについては、クリームは彼女らのフラットを訪れ、ストリキニーネを混ぜたギネスビールを渡していた。新聞が「ランベスの毒殺魔」という見出しで大々的に報じたせいで、地元住民はいっそう震えあがった。すると、次にクリームは、医師や裕福な人々を脅迫しようとした。おまえが殺人に関与していることを知っている、その証拠を相応の値段で買いとるというなら、証拠を隠滅できるようそちらに送ってやる、というおどしだった。ところが、クリームはここで大きな失敗を犯した。あるパーティの席で警官に話しかけ、事件の詳細をしゃべりすぎてしまったのだ。当局がクリームと売春婦たちの関係を調べ、すぐにシカゴの警察と連絡をとると、クリームに殺人罪の前科があることがわかった。

左：クリームが死に際に口にした言葉は、「わたしはジャック…」と言いかけたところで首のロープがしまり、とぎれてしまった。このため、クリームが切り裂きジャックなのではという噂が流れた。クリームは当時シカゴで服役中だったはずだが、じつは身がわりを雇って服役させ、クリーム本人はロンドンにいた、という説まであった。

前ページ：センセーショナルな記事が売り物だったロンドンの挿絵入り新聞「ポリス・ニュース（Police News）」は、犯罪の過激なイラストで多くの読者を集めていた。ここでは、第1面全部を使い、どのような階層の読者にもわかりやすいよう挿絵で記事を仕立てて「プラストーの惨事」を報じている。

1892年7月13日、クリームは4人の売春婦を殺害した容疑で逮捕された。彼はトマス・クリームと名のり、殺人罪で刑務所に入っていたニール・クリームではないと言い張った。だが警察は、彼の自宅でストリキニーネの瓶を7本発見した。そして10月、彼はマティルダ・クローヴァーという被害者を殺害したかどで裁判にかけられ、陪審がわずか12分で有罪を宣告した。11月15日、クリームはニューゲイト監獄で非公開の絞首刑に処せられた。足元の落とし戸が開いた瞬間、彼はこう叫んだとされている。「わたしはジャック」。切り裂きジャックの事件も自分がやったというのだ。だが、切り裂きジャック事件が発生した当時、クリームはシカゴで服役中だった。

プラストーの惨事

　1895年、猛烈な暑さにみまわれた7月に、ロバート・クームズという13歳の少年が、37歳の母親を殺した。現場はプラストーという村（いまのロンドンのイースト・エンドにある）にあった小さなテラスハウス（長屋式住宅）の自宅で、父親は大西洋で船乗りをしていて留守だった。ロバートと12歳になる弟のナサニエルは、母親の遺体と9日間すごすと、ローズ・クリケット競技場へ観戦に出かけてから、テムズ河口の港サウセンド・シーで釣りをしたり芝居を楽しんだりした。この間ずっと隣近所には、母親はリヴァプールの親戚のところへ行っていると言っていた。

> 「ついに、死臭が家の外までただよいはじめた」

　ところがついに、死臭が家の外までただよいはじめた。警察がふみこんだところ、クームズ兄弟が友人とトランプをしており、ベッドの上の母親の遺体にはウジがわいていた。ロバートはこう言った。「弟のナティが食べ物を盗む隠れ場所を見つけて、ママがぼくにひとつくれるって言ったんだ」。ロバートのいうには、弟が母親を刺そうとしたが、うまくできず、ロバートにやってくれと頼んだのだという。だが、刺殺に失敗したので、枕を使って母親を窒息死させたらしい。

　新聞はこの事件を「プラストーの惨事」と名づけた。ある新聞にはこう書かれていた。「これまで記録に残さねばならなかった数々の犯罪のなかでも、これほどおそろしい、身の毛もよだつ、吐き気を催すような犯罪はなかった」。また、ロバートがマンドリンを弾くと知って、こう書いた新聞もあった。「こうした音楽好きが犯罪史に悪名を残すことはめずらしいことではない」

裁判にかけられたロバートは、罪悪感を覚えていないように見えた。それどころか裁判中、にやにや笑いを浮かべてさえいた。弟のほうは、ぶるぶる震えて泣いていた。弁護士は、ロバートがひどい頭痛もちなうえ、「ペニー・ドレッドフル」にのっている扇情的な作り話が大好きなせいで、この殺人を犯してしまったのだと弁護した。結局、ロバートは心神喪失を理由に有罪とみなされ、無期限でブロードムア精神病院に収容されることになった。ここは、精神障害をもつ犯罪者を比較的人道的に閉じこめておく施設だった。この病院で最年少の収容者となったロバートは、クリケットをしたりブラスバンドにくわわったりすることもできた。そして1912年、30歳のときに退院を許されると、オーストラリアへ移住し、弟のところに身をよせた。弟のナサニエルは、殺人の共犯とまではいえないという判決を受け、その後オーストラリアに移住していた。第1次世界大戦が勃発すると、ナサニエルはオーストラリア海軍に入り、ロバートもオーストラリア陸軍で担架兵となって、ミリタリー・メダル（武勲勲章）を授与された。

第7章
現代のロンドン

　この200年間は、科学技術が大きく進歩した時代だった。首都警察も、科学技術を活用して犯罪者の特定や逮捕を行なうようになったが、その一方、殺人などの犯罪行為にも科学が使われている。

　とりわけ20世紀に入ると、法科学が急速に進歩した。指紋、DNA、写真など、証拠のデータベースも構築され、何十年間も迷宮入りしていた凶悪事件の解決にも役立っている。ただし現在では、犯罪者のほうもインターネットや携帯電話などの新しい方法を使って、警察を出し抜こうとしている。

ドクター・クリッペン
　ホーリー・ハーヴィー・クリッペンというアメリカ人医師は、妻を殺害して逃亡したが、数日後、電報の活用によって逮捕された犯罪者の第1号となった。
　クリッペンは1892年にニューヨーク市で妻のコーラと結婚し、1897年にふたりでロンドンへ転居した。ロンドンでのクリッペンは、市販薬を売る薬屋となり、妻のほうは、ベル・エルモアという芸名でミュージック・ホールの歌手になった。この夫婦は性格が正反対だった。夫は従順で態度もおとなしいタイプ、妻は騒々しく外向的で、浮気も何度かしていた。ただしクリッペンも、エセル・ル・ニーヴという若い秘書と不倫をした。彼女は聴覚障害者の施設で働いていたときの同僚だった。1909年12月、クリッペンは妻から離婚を切り出され、夫婦名義の預金口座から預金を引き出すといわれた。その1か月後、妻のコーラが姿を消した。妻についてクリッペンは、行くところがあってアメリカに戻っていると説明していたが、次に、アメリカで死亡したと言いだした。その直後、エセルがクリッペンの自宅に引っ越してきて、コーラ

前ページ：1990年、人頭税導入に反対する運動が激化し、ロンドンばかりかイギリス全体としても史上最大級といえる暴動が発生した。マーガレット・サッチャー首相は導入撤回をこばみ、これが首相辞任につながった。

の毛皮や宝石を人前で堂々と身に着けるようになった。こうした軽率な行動のせいで、疑惑が浮上した。このため、ウォルター・デュー警部が捜査にのりだし、ロンドン北部のホロウェイにあるクリッペンの自宅を訪ねたところ、今度はクリッペンは、じつは妻は別の男と駆け落ちしたのだと言った。ところが、デュー警部がもう一度クリッペンを訪ねてみると、クリッペンとエセルはすでに逃亡したあとだった。

そこで、警察が家宅捜索を行なったところ、地下室のレンガ敷きの床の下に、人間の遺体の一部がむき出しのまま埋められてい

クリッペンの逮捕劇

ロンドンから逃亡したクリッペンとエセルは、蒸気船モントローズ号で大西洋を横断した。この船旅の最中、エセルは少年に変装していたが、船長のヘンリー・ジョージ・ケンダルがふたりの正体を見破り、モントローズ号に搭載してあった無線送信器の電波がとどかなくなってしまう寸前に、イギリス当局への無線電報を電信技手ローレンス・アーネスト・ヒューズに打たせた。その電報はこのようなものだった。「ロンドン地下室殺人犯クリッペンと共犯が1等船客に混じっている疑い強し。口ひげ剃り、あごひげあり。共犯は少年に変装。態度体格疑いなく女」

もしクリッペンが3等船室にいたなら、おそらくケンダル船長に気づかれることはなかっただろう。ウォルター・デュー警部はモントローズ号よりも高速のホワイト・スター・ライン社の定期船に乗り、クリッペンよりも先にケベックへ到着して、カナダの当局と連絡をとった。そして、モントローズ号がセント・ローレンス川に入ると、警部は水先案内人に変装してモントローズ号に乗りこんだ。それからケンダル船長がクリッペンを手招きし、乗りこんできた水先案内人たちと引きあわせたところで、デュー警部が水先案内人の帽子をとってこう言った。「おはようございます。ドクター・クリッペン。わたしを覚えてます？ スコットランド・ヤードの主任警部、デューです」。するとクリッペンは、一呼吸おいてこう答えた。「ありがたい、やっと終わった。ずっと不安ではらはらしてました。もうたまらなかった」

左：クリッペンの劇的な逮捕劇は、海外でも報じられた。記者たちがカナダまで行って、クリッペンが船から降ろされるところをじかに見て取材した。

た。検視の結果、遺体はコーラだとされた。毒殺されてからバラバラに切断されたこともわかった。このセンセーショナルな殺人事件の記事を新聞が大きく掲載していたころ、当のクリッペンは、こうした事件の展開について何も知らないままブリュッセルにいた。少年に変装したエセルといっしょに、アントウェルペンからカナダへ向かう船で逃亡しようとしていたのだ。だが、船長がふたりの正体を見破り、スコットランド・ヤードへ電報を打った。そして、デュー警部が彼らよりも速い船でカナダに先まわりし、クリッペンが港に到着したところを逮捕した。クリッペンとエセルはロンドンへ連行され、1910年10月、オールド・ベイリーで別々に裁判にかけられた。エセルには無罪判決が出たが、クリッペンのほうは有罪となり、11月23日にペントンヴィル刑務所で絞首刑に処せられた。

女性参政権運動家「サフラジェット」の暴動

　女性の平等と権利、とくに選挙権を求める運動がはじまってから30年ほどになる1908年6月21日、ロンドンのハイド・パークで、サフラジェットという女性の参政権を求める運動家の大規模な集会が行われた。イギリス各地から貸し切り列車で集まった女性たちが、選挙権を求める演説に耳を傾け、その後、約30万人が700もの旗を手に、抗議の声を上げながら、日曜日のロンドンをデモ行進した。この運動を率いていたのは、おもにエメリン・パンクハーストと娘のクリスタベルとシルヴィアで、彼女らの設立した「女性社会政治連合（WSPU）」が、直接行動を支持するメンバーを集めていた。

　同じ年、とりわけ戦闘的なサフラジェットのイーディス・ニューとフローラ・ドラモンドが、ダウニング・ストリート10番地の首相官邸の外にある柵に鎖で自分の体をしばりつけ、「女性に選挙権を！」と叫んだ。イーディスは同じ年のうちにまた首相官邸にやってくると、今度は石を投げて窓を割った。運動はしだいに過激化し、1910年には逮捕者も増える一方となった。

　そしてついに、この年の11月18日、パーラメント・スクエアで開かれた大集会が、集会参加者と警官隊の衝突に発展した。また女性たちは、オックスフォード・ストリートとリージェント・ストリートでもショーウインドーに石を投げつけた。この事件は「ブラック・フライデー」とよばれるようになった。このときの逮捕者は、罰金を支払うか、それとも刑務所に入るか、どちらかを選択できたが、ほぼ全員が投獄を選んだ。刑務所に入ったほうが、自分たちの大義を広く世間に知らせるのに役立つからだっ

右：警察はロンドンの街頭で多くのサフラジェットを逮捕せざるをえなかった。これは微妙な活動だった。というのも、法律に違反した者はたいてい良家の子女だったからだ。サフラジェットのデモ行進では、男性も逮捕されている。

た。ホロウェイ刑務所に収監されたサフラジェットたちは、政治犯として扱ってほしいと要求し、これを拒否されると、ハンガー・ストライキに突入した。そのため、当局はじょうごとチューブを使って、彼女たちに生卵を強制摂食させた。こうしたことから、サフラジェットの大義に対する世論の風向きが変わりはじめた。

ただし、個人による最悪の抗議活動はまだこれからだった。1913年6月4日、エミリー・デーヴィソンというWSPUのメンバーが、エプソム・ダ

「サフラジェットたちはハンガー・ストライキに突入した。そのため、当局はじょうごとチューブを使って、彼女たちに生卵を強制摂食させた」

上：エミリー・デーヴィソンは1913年のエプソム・ダービーの最中に国王の馬の前に飛び出して重傷を負い、死亡した。馬の首にサッシュをつけようとしたらしい。この一件はたぶん自殺ではないだろう。彼女はエプソムからロンドンへ帰る復路用の鉄道の切符をもっていたからだ。

ービーのレース中に、国王の馬の前へ飛び出して死亡したのだ。彼女の葬儀は、ロンドンのブルームズベリーにあるセント・ジョージズ教会で行なわれ、約6000人の女性が参列した。翌年、第1次世界大戦がはじまると、サフラジェットの活動は実質的に休止状態となった。だが、女性たちが男性の仕事を進んで引き受け、それまで以上に世間から尊敬されるようになって、1918年、30歳以上の女性に選挙権が認められた。そして1928年には、投票権をもつ女性の年齢が21歳以上に引き下げられた。

浴槽の花嫁

　ジョージ・ジョーゼフ・スミスは、重婚の罪を犯したうえ、妻のうち3人を自宅の浴槽で殺害した男だった。スミスはロンドンのイースト・エンドで生まれ、9歳のときに盗みを働いてから7年間、少年院に収容された。そして1898年、キャロライン・ソーンヒルという女性と正式に結婚したが、勤め先で盗みを働くよ

下：ジョージ・ジョーゼフ・スミスの連続殺人と彼の罪が法科学によって暴かれた顛末に、ロンドン市民はくぎづけになった。「デイリー・ミラー」紙は、ドイツ軍の攻撃で定期船が沈没した事件をさしおいて、スミスの判決を大々的に報じた。

う妻をそそのかし、妻は3か月間投獄された。スミスもこの事件で刑務所に2年間収監され、結局、妻はスミスのもとを去ってカナダへ移住した。しかし、ふたりは離婚したわけではなかった。

スミスの最初の犠牲者はベッシー・マンディだった。スミスとベッシーは1910年の夏にブリストルで出会った。彼女は2500ポンドの遺産を相続していた。スミスはヘンリー・ウィリアムズという偽名を名のり、知りあってから数週間後に彼女と結婚した。1912年5月、スミスはケントの海辺の町ハーン・ベイに居をかまえると、自分を遺産相続人とする遺言書をベッシーに作らせた。そして彼女に、君は記憶がないだろうが、君はてんかんをわずらっているのだよ、と言いふくめてから、彼女を医者につれていった。その翌日の7月13日、妻が入浴中に死んだ、とスミスが届け出た。そこで死因審問が行なわれた結果、ベッシーは発作を起こしたと判断された（スミスはその浴槽をベッシーに買いに行かせ、彼女が死ぬと、その浴槽を返品した）。

次に1913年9月、スミスはサウサンプトンでアリス・バーナムという若い看護婦と出会った。スミスとアリスは11月4日に結婚し、その結婚当日に、スミスはアリスを健康診断につれていった。今回もスミスを受取人とする生命保険に入るためだった。その後、先延ばしにしていた新婚旅行に出かけ、ブラックプールに滞在した。ところがここでも、スミスはアリスを医者につれていって、頭痛がひどいからと診てもらい、12月12日、アリスがホテルの浴槽で死亡しているのが見つかった。その後、スミスはジョン・ロイドと名のってマーガレット・ロフティと交際し、1914年12月18日に結婚した。そして以前と同じように、彼女を生命保険に加入させてから、ロンドンのハイゲイトへ新婚旅行に出かけ、医者に彼女の頭痛を診てもらった。この翌日、マーガレットも浴槽で亡くなった。

死亡した3人とも、不審死だとはみなされなかった。どの遺体に

も疑いをいだかせるような痕跡がまったくなかったからだ。ところが、ロフティの事故死の記事を読んだアリス・バーナムの父親が、娘の死んだ状況と似ていることに気づき、警察に通報した。そして1915年2月、スミスは逮捕された。だが、警察が遺体を掘り出して調べたものの、暴力をふるわれた痕跡も、毒物や薬物による中毒死の証拠も見つからなかった。しかしそのとき、バーナード・スピルズベリーという内務省の病理学者が、ベッシー・マンディの手がまだ石鹸をにぎりしめていることに気づいた。ほんとうにてんかんの発作に襲われていたか、意識を失っていたのだとしたら、彼女の手は開いているはずだった。

　では、もがいた痕跡が残らないように溺死させたとしたのであれば、いったいどうやったのか？　スピルズベリーの考えはこうだった。スミスが浴槽で妻の両脚を強くひっぱり、彼女たちは突然水中に沈められたショックで気を失った。スピルズベリーはこの説を実証するため、水着姿の女性警官に実験台になってもらった。スピルズベリーが彼女をいきなりぐっとひっぱって水中に沈めると、案の定、彼女は気を失い、意識をとりもどすには人工呼吸が必要だった。だが、スミスの弁護士は別の説をもち出した。スミスが彼女たちに催眠術をかけたというのだ。

　スミスの裁判は、新聞が「浴槽の花嫁」殺人事件という見出しを掲げて大々的に報じた。ほんとうの妻であるキャロライン・ソーンヒルも裁判を傍聴していた。陪審はわずか22分で有罪の判断をくだした。そして1915年8月13日、スミスが絞首刑になると、その翌日、キャロラインはカナダ人の兵士と結婚した。

ロンドン大空襲「ザ・ブリッツ」

　第2次世界大戦では、ドイツ空軍ルフトヴァッフェのイギリス空爆がはじまったのは1940年7月10日だった。港湾施設やレーダー基地、空軍基地といった軍事拠点が、集中的に攻撃された。8月8日には、約1500機の敵機が空爆を行ない、イギリス本土上陸作戦の下地作りにとりかかった。だが9月までには、スピットファイアとハリケーンをはじめとするイギリス空軍の戦闘機が、ロンドンなど都市部上空の空中戦で「バトル・オヴ・ブリテン（ブリテンの戦い）」を制し、イギリス空軍1023機を犠牲にして、ドイツ軍機1887機を撃墜した。そこでドイツ軍は、16都市の産業拠点に対する夜間空襲に方針転換し、ロンドン、コヴェントリー、シェフィールド、サウサンプトン、リヴァプールなどを標的に爆撃を行なった。

　ルフトヴァッフェのロンドン空襲は、1940年9月7日にはじ

炎をのりこえたセント・ポール大聖堂

　セント・ポール大聖堂も、ザ・ブリッツをのりこえるという驚異を見せつけたもののひとつだった。1940年12月29日、敵機がロンドンのシティに焼夷弾を投下し、大火災がシティの建物の大半を焼きつくした。セント・ポール大聖堂の周囲にも爆弾が雨のように降りそそぎ、ウィンストン・チャーチルはなんとしても大聖堂を守るよう命じた。だがついに、1個の焼夷弾が大聖堂の屋根に落ち、ドームが溶けはじめた。ところが、消防隊が見つめるなか、その焼夷弾が突然ぐらぐらすると、真下の石造の床に落下した。そこに消防士らが駆けつけ、砂袋を焼夷弾にかぶせて消し止めた。こうして、セント・ポール大聖堂は生き残り、ロンドンの不屈さと回復力を示すシンボルになった。

右：1940年12月29日のザ・ブリッツの最中に、ハーバート・メイソンという報道カメラマンがセント・ポール大聖堂をとらえた一枚。ロンドンのサバイバルを象徴する写真となった。

> 「セント・ポール大聖堂は生き残り、ロンドンの不屈さと回復力を示すシンボルになった」

次ページ：ザ・ブリッツの猛爆撃にさらされながらも、ロンドン市民の士気はおとろえなかった。1945年にウィンストン・チャーチルはこうふりかえっている。「一言の愚痴もなく、みじんもひるむようすを見せず、このブリッツに耐えた」ことは、「ロンドンにそれができる力があったことを立証した」

まった。この日だけで300機が370トンの爆弾を投下し、448人の民間人を殺害した。この夜間空襲は連続56日間続き、その後も断続的に1941年5月16日まで行なわれた。しかしロンドン市民は、空襲の恐怖に耐えたばかりか、ドイツ軍の戦術用語「ブリッツクリーク（blitzkrieg）」（「電撃戦」という意味）をわざととりいれ、それをイギリス流に縮めた「ザ・ブリッツ」というよび名まで使いはじめた。住民は自宅の防空壕や公共の防空避難所、地下鉄駅などに避難し、民間対空監視員や消防士が、空から降ってくる恐怖に勇敢に立ち向かった。多くの家族が、子どもたちを田舎の親戚や受け入れ家庭に疎開させた。この戦争では、200万人以上の子どもたちが、ロンドンなどの攻撃を受けやすい都市から疎開したほか、母親、妊娠中の女性、年金生活者、入院患者なども都会からのがれた。そして都市部に残った人々は、夜間に完全消灯する灯火管制を守り、爆撃機の目を引きそうな明かりをすべておおい隠した。国王ジョー

現代のロンドン 247

ジ6世とメアリ王妃もロンドンに残り、イースト・ロンドンの各地区を訪れては、がれきのなかで爆撃に耐えている人々を励ました。この大空襲では、じつは国王夫妻の住むバッキンガム宮殿も、16回にわたって爆撃された。幸い犠牲者は出ず、物的損害もほとんどなかったが、多くの窓が吹き飛ばされた。

このロンドン大空襲は、死者が約3万人、負傷者が約5万人におよんだ。

ジョン・クリスティ

第1次世界大戦の退役軍人だったジョン・クリスティは、10年間にすくなくとも8人の女性を殺害した。被害者には赤ん坊もいたばかりか、ノッティング・ヒルのリリントン・プレース10番地にある自宅フラットで、妻のエセルまでも殺していた。クリスティが1953年にフラットを引きはらったあと、台所の奥の小

下：ジョン・クリスティの致命的なミスは、遺体を埋めた家から引っ越してしまったことだった。彼は重要証人として無実の隣人ティモシー・エヴァンズに不利な証言をした。警察に逮捕されたとき、クリスティはホームレスだった。

左：ティモシー・エヴァンズは有罪ではなかったとはいえ、潔白を絵に描いたような人物とはいいきれなかった。酒びたりで、ストレスの多い結婚生活を送っていた。彼は自白したが、その供述は細かい点が何度も変わった。そして彼はクリスティが真犯人だと名ざししたものの、もう遅すぎた。

部屋から3体の遺体、床下からクリスティの妻の遺体が発見された。さらに裏庭でも、2体の遺体が埋められていたばかりか、人間の大腿骨がフェンスの支柱に使われていた。被害者のうち5人は売春婦で、いずれも暴行されてから絞殺されており、そのほかのふたりは、隣人だったティモシー・エヴァンズの妻と子どもだった。ところが、このエヴァンズの妻子の殺人については、すでに1950年に、エヴァンズ本人が殺人罪で起訴されていた。それどころか、エヴァンズの公判では、クリスティが検察側の証人だった。結局、エヴァンズは絞首刑に処せられたが、この不当な有罪判決が、1965年にイギリスで死刑廃止が実現する一因ともなった。

「台所の奥の小部屋から3体の遺体、床下からクリスティの妻の遺体が発見された」

ついに逮捕されたクリスティは、妻を殺害した容疑で起訴され、証人台に立ってこう告白した。「はい、わたしはたしかにこの被害者を殺しました。ほかにも10年間で6人殺しました」。彼の弁護士は心神喪失による有罪を認め、クリスティは「3月のウサギのように気が変になって」いたのだと主張した。だが6月15日、クリスティは絞首刑を申し渡され、7月15日にペントンヴィル刑務所で処刑が行われた。

クリスティの家はとり壊され、その通りも1970年代に造りなおされて、バートル・ロードと改名された。

プロヒューモ・スキャンダル

1960年代初頭、イギリスの陸軍大臣ジョン・プロヒューモがセックス・スキャンダルとスパイ事件にまきこまれた。最終的には、この事件がハロルド・マクミラン首相の保守党政権を崩壊させてしまった。

1961年7月8日、アスター卿の田舎の大邸宅クリヴデン・ハ

前ページ：上流階級に整骨療法をほどこしていたスティーヴン・ウォードが、クリスティーン・キーラー（彼の右側）を保守党政権閣僚のジョン・プロヒューモに紹介した。2013年、ウォードの生涯を作曲家アンドルー・ロイド・ウェバーがミュージカル化した『スティーヴン・ウォード（Stephen Ward）』が、ロンドンで初演された。

左：ジョン・プロヒューモ、通称ジャックは、この事件で政治家生命を絶たれた。彼の妻で映画スターだったヴァレリー・ホブソンは、このスキャンダルの渦中も夫の味方でありつづけ、のちには夫の慈善活動を手助けした。

ウスで開かれたパーティに出ていたプロヒューモは、クリスティーン・キーラーという19歳のダンサー兼コールガールと出会った。プロヒューモにキーラーを紹介したのは、スティーヴン・ウォードという整骨療法医で、ウォードは裏の社会ともつながりがあった。また、このパーティには、クリスティーンの愛人だった駐英ソ連大使館付き海軍武官エフゲニー・イワノフも来ていた。プロヒューモとキーラーは肉体関係をもつようになり、ふたりの関係について噂が広まりはじめると、「ロシアン・コネクション」についても懸念が広がった。当時は冷戦の真っ最中だったからだ。イワノフはソ連に戻り、プロヒューモは1963年3月22日、下院でキーラーとの関係について述べ、「不適切な関係ではいっさいない」と主張した。しかし、証拠が多すぎるほど出てきたため、プロヒューモは6月5日に辞任し、議会で嘘の発言をしたことを謝罪した。そして10月、マクミラン首相も辞任に追いこまれた。

　一方ウォードは、売春による稼ぎで暮らしを立てているとして起訴されたが、1963年7月31日、睡眠薬を過剰摂取し、この日が彼の最後に出廷した日となった。陪審が有罪判決をくだしたとき、ウォードは入院中だった。そして8月3日に死亡した。この後、プロヒューモはロンドンのイースト・エンドでの慈善活動に尽力し、その功績を認められて1975年に大英帝国3等勲爵士（CBE）を授与された。そして2006年に92歳で亡くなった。一方キーラーは、この5年前の2001年、自伝『ザ・トゥルース・アト・ラスト、マイ・ストーリー（The Truth at Last: My Story）』を出版した。

クレイ兄弟

　かつてイギリスでもっとも危険な男たちとよばれていた「クレイ兄弟（クレイ・ツインズ）」、双子のレジー・クレイとロニー・クレイは、1960年代のロンドンの暗黒街を支配していた。ふたりはイースト・ロンドンのベスナル・グリーンで育ち、10代のときにギャングの仲間になった。徴兵に応じようとせずロンドン塔に数日間投獄され、ロンドン塔最後の収監者に名をつらねたことまである。1950年代にはボクシングもはじめたが、すぐにザ・ファームという自分たちのギャング団を結成した。そして、みかじめ料の取り立てや強盗、スヌーカー・クラブの買いとりを手はじめに、やがて高級なナイトクラブを数軒所有するまでになった。クレイ兄弟のクラブには、ジュディ・ガーランドなどのセレブリティも出入りしていた。レジーには実業家らしい魅力があり、ロニーのほうが乱暴者だった。ふたりともバイセクシャルで、

現代のロンドン 253

左：クレイ・ツインズ、ロニー（左）とレジーの兄弟には、もうひとりチャーリーという兄がいた。チャーリーは「静かなクレイ」とよばれていたが、兄弟のギャング団のメンバーだった。クレイ兄弟の物語は、2015年の映画『レジェンド 狂気の美学』（原題『Legend』）で映画化された。

ロニーはゲイの世界では「クイーン・マザー」とよばれていた。
　1960年代になるころには、兄弟のギャング団の仕事ぶりが荒っぽくなった。1966年、彼らはフランク・「ザ・マッド・アックスマン」・ミッチェルがダートムア刑務所から脱走するのを手助けしたが、その後ミッチェルを殺害した。ミッチェルが手に負えなくなったかららしい。またこの年は、敵対していたジョージ・コーネルというギャングも消した。コーネルがいるパブにロニーがのりこみ、コーネルの頭に銃弾を撃ちこんだ。そして1967年には、兄弟ふたりでジャック・「ザ・ハット」・マクヴィティーというギャングも殺害した。パーティをするからとマクヴィティーを地下のフラットへおびきよせてから、そこにいた女たちに席をはずさ

> 「ロニーがマクヴィティーを押さえつけ、レジーがカービングナイフでマクヴィティーを刺し殺した」

せると、ロニーがマクヴィティーを押さえつけ、レジーがカービングナイフでマクヴィティーを刺し殺した。

1969年、クレイ兄弟は殺人罪で有罪判決を受け、終身刑に処せられた。彼らのギャング団のメンバー14人も投獄された。兄弟は別々に収監され、統合失調症と診断されたロニーは、精神障害のある犯罪者を収容する治療施設のブロードムア刑務所に送られた。だが獄中にあっても、クレイ兄弟はセレブリティのボディーガード業を経営しつづけていた。たとえばフランク・シナトラがイギリスに来たときも、彼らがボディーガードを派遣した。

ロニーは1995年、獄中で心臓発作のため死亡した。享年61歳。レジーのほうは、2000年に膀胱がんと診断され、温情的措置により釈放されたが、それから8週間後、ホテルの一室で死亡した。66歳だった。

ロックンロール・ロンドン

「スウィンギング・ロンドン」とよばれた1960年代から70年代のロンドンは、「他人のことなど気にせず好きなことをする」ことや「自分をさらけ出す」ための、何ものにもしばられない自己表現の時代を解き放った。ただし、こうした新しい自由を手にした喜びの裏には、負の面が存在した。ドラッグ文化の広がりが、やがて犠牲者を出すまでになったのだ。しかもその多くが、世界的に有名なミュージシャンだった。たとえば次のようなアーティストが、ドラッグで命を落としている。

ジミ・ヘンドリックス

有名なアメリカ人ギタリストでシンガーでもあり、作曲も手がけたジミ・ヘンドリックスは、ロック、ブルース、ジャズ、ソウルを融合させたサウンドを生み出し、あの時代でもっとも大きな影響力をもつミュージシャンのひとりになった。1966年にロンドンに渡ると、一躍センセーションをまきおこしたが、1970年9月18日、ノッティング・ヒルのフラットで死亡した。バルビツール酸系催眠鎮静薬とアルコールを併用して過剰摂取したことが原因だった。享年27歳。

キース・ムーン

ザ・フーのオリジナルメンバーとして有名なドラマー、キー

ス・ムーンは、ロック史上最高のドラマーのひとりだ。すさんだ生活を送り、「ムーン・ザ・ルーン（狂人ムーン）」とよばれるほどの奇人変人ぶりで有名だった。1978年9月7日、32歳のときにメイフェアのカーゾン・プレースにあるフラットで亡くなった。アルコール依存症を治療するために処方されていた薬の過剰摂取が死因だった。（これより4年前の7月29日、アメリカ人シンガー、ママス＆パパスのママ・キャス・エリオットも、ムーンと同じ32歳という年齢で、ムーンと同じこのフラットで、睡眠中に死亡している。ただし、死因はあきらかに心筋梗塞だった）。

エイミー・ワインハウス

　エイミー・ワインハウスは世界的に有名なイギリス人シンガー・ソングライターで、世界各国で数々の受賞歴がある。彼女の

左：ドラッグとアルコールのせいでいまにも壊れてしまいそうな生活を送っていたとはいえ、エイミー・ワインハウスが27歳という若さで亡くなったことは衝撃的だった。最後にレコーディングしたトニー・ベネットとのデュエットは、死の2か月後にリリースされた。

歌は、ジャズ、ソウル、R＆Bの境目をすいすいと越えて移り変わっていくような歌だった。だが、同時にメディアは、彼女のドラッグ、アルコール、メンタルヘルスについてもさかんにとりあげた。2011年7月23日、彼女はカムデン・ロンドン自治区にある自宅でアルコール中毒のため亡くなった。享年27歳だった。

ルーカン卿

1974年11月7日、ウエスト・ロンドンの高級住宅地ベルグレイヴィア地区のロウアー・ベルグレイヴ・ストリート46番地にあるルーカン卿の邸宅内で、ルーカン卿の子どもたちの乳母をしていた29歳のサンドラ・リヴェットが、鉛の管で殴打されて死亡した。彼女は地下室でお茶を入れている最中だった。ルーカン卿の別居中の妻レディ・ルーカン、ヴェロニカも、ようすを見に行ったところを襲われ、血まみれのまま屋敷から逃げて、近くのパブに駆けこんだ。レディ・ルーカンは、夫が屋敷のなかにいることに事前から気づいており、夫が乳母を襲うところは見ていなかったものの、夫が殺人犯だと名ざしした。どうやらルーカン卿は、妻とまちがえて乳母を襲ったらしかった。子どもたちの監護権をめぐって、ルーカン卿夫妻はもめていた。

この直後、ルーカン卿リチャード・ジョン・ビンガムが失踪した。警察の捜査で、彼がイースト・サセックスの友人宅へ車を飛ばし、そこで2通の手紙を書いたことまでは明らかになった。だが、事件は完全に迷宮入りしてしまった。ルーカン卿が乗っていた借り物の車がニューヘイヴンで発見され、車内には血痕が残っていた。ルーカン卿はニューヘイヴンに置いてあるモーターボートから身を投げて自殺したのではないか、という説もあったが、ルーカン卿は有力な友人の助けで逃亡したのだろう、と思った人のほうが多かった。ルーカン卿には上流階級の友人が大勢いたばかりか、彼自身が、「ラッキー・ルーカン」とよばれていたプロのギャンブラーで、ロンドンの会員制高級クラブの多くに足しげく出入りしていたからだ。

ルーカン卿の失踪は、いまもイギリス最大の未解決事件のひとつで、だれもが忘れられずにいる謎だ。これまでに、彼らしい人を見たという目撃情報が、オーストラリア、パラグアイ、

上：1963年の結婚式でのルーカン卿とヴェロニカ・ダンカン。乳母の殺害事件が起きたとき、夫妻は子どもの監護権をめぐって激しく争っていた。妻は、夫がフェリーから飛び降りて自殺したと考えている。

毒をしこんだ傘

1978年9月7日、ウォータールー橋の南側で、ゲオルギー・マルコフは昼食時の混雑した歩道をバス停に向かっていた。すると不意に、右の太ももにちくっと刺すような痛みを覚えた。ふりかえると、ひとりの男が落とした傘をひろいあげていた。見知らぬその男は、おちついたようすで謝罪すると、タクシーに乗りこんだ。この直後、マルコフは発熱し、襲われてから4日後に死亡した。亡くなる前にマルコフが語ったところでは、あの男は共産党の工作員で、傘に毒がしこまれていたのだと思う、ということだった。検視の結果、マルコフの皮膚の下から、きわめて毒性の高いリシンをしこんだ小さな弾丸が見つかった。

当時49歳のマルコフは、1969年にイギリスへ亡命してきたブルガリア人で、反体制派のジャーナリストとしてBBCで働いていた。かつては小説家として劇作家として成功をおさめた作家でもあった。ソ連崩壊後に元KGB高官が語ったところによれば、マルコフの暗殺は、ソ連とブルガリアの諜報機関の共同作戦だったという。1992年、ブルガリアの元諜報機関トップが、この暗殺事件に関連する資料を破壊したとして16か月間投獄された。だが、だれかが起訴されることもないまま、2013年、ブルガリアはこの事件の捜査を正式に終結した。

右：イギリスの医師と科学者は、マルコフを殺害したのがリシンという毒物だと特定することができた。彼に撃ちこまれた小さな弾丸が溶解しなかったからだ。

モザンビーク、ゴアなど多くの場所からよせられている。2016年2月、ルーカン卿を法律上死亡したとみなす失踪宣告がくだされた。49歳になった息子のジョージ・ビンガムは、この宣告によって伯爵位を相続し、第8代ルーカン伯爵となったが、いまも父親の無実を信じている。そして、2016年に78歳になったレディ・ルーカンは、まだベルグレイヴィアで暮らしている。

連続殺人と屍姦

1978年から1983年にかけ、デニス・ニルセンという公務員がロンドンですくなくとも15人の男性を殺害した。スコットランド生まれのニルセンは、陸軍で調理師をつとめたあと、ロンドン北部の職業安定所で働いた。その一方、パブでホームレスや同性愛者の男性に近づいては親しくなっていた。ときには男娼として働くこともあった。彼はそうして知りあった男性を自宅のフラットに招いて殺した。たいていは自分のネクタイで絞殺するか、溺死させるかだった。そして、その遺体をしばらく自分のベッドに

上：2015年、70歳になったデニス・ニルセンは、未公表の自伝を書いたと明かし、「できればわたしの死後」自伝を出版してほしいと言った。彼によれば、タイプ用紙で数千枚分あるらしい。

寝かせるか椅子に座らせるかしてから、遺体を切りきざんだ。

被害者のうちすくなくとも12人については、ロンドン北西部のウィルズデン・グリーンのメルローズ・ガーデンズ195番地で殺害し、庭に埋めた。1981年にロンドン北部のマスウェル・ヒルのクランリー・ガーデンズに引っ越してからも、すくなくとも3人を殺した。殺害後は、毎回、遺体をバラバラに切断し、その頭部を大きな鍋でゆでて脳みそを取り出していた。残りの部分は、細かく切り分けてからビニール袋に入れ、自宅のクローゼットで保管した。とはいえ自宅は、屋根裏にある寝室1室のフラットなので、遺体の腐臭があまりにひどくなったら、トイレにバラバラ遺体を流していた。1983年、ずうずうしいことにニルセンは、パイプがつまっていると大家に苦情を言い、廃棄物処理会社に直してくれと頼んだ。そこで業者が人間の遺体の一部を発見し、ニルセンは逮捕されて、15人か16人を殺害したと自供した。

その後、ニルセンは警察でこう語った。「自分でもびっくりするのですけどね、あの被害者たちのことを思っても涙なんて出ないんです。自分のことを思っても、わたしのしたことで大切な人を奪われた人たちのことを思っても、涙なんか出てきません」。1983年11月4日、彼に申し渡された量刑は、25年間は仮釈放を

「神の銀行家」

　1982年6月19日、ロンドンのブラックフライアーズ橋で、イタリアの大物銀行家ロベルト・カルヴィが首つり死体となってぶら下がっているのが発見された。遺体のポケットには、レンガが5個と、3種類の通貨で約1万4000ドル相当が入っていた。カルヴィはいわゆる「ヴァティカン銀行」とつながりがあったことから「神の銀行家」とよばれていたが、通行人が遺体を発見する9日前から行方不明だった。検視陪審は自殺と判断した。この前年にもカルヴィは、頭取をつとめていたアンブロシアーノ銀行から数十億リラを違法に国外へ送金したとして有罪判決を受けたあと、獄中で自殺をはかっていた。だが、その判決で4年の収監を申し渡され、控訴中に釈放されると、ヴェネツィアへ逃亡し、口ひげを剃って自家用機でロンドンへ飛んだ。死亡の前日、彼の秘書もアンブロシアーノ銀行の建物から飛び降り自殺をしていた。彼女の残したメモには、カルヴィが銀行の従業員と事業にあたえた損害のことが書いてあった。

　1983年に行なわれた2回目の検視陪審では、自殺という前回の判断がくつがえされて、死因不明という評決に変わり、2002年になって、イタリアの法科学者が他殺という結論を出した。カルヴィの両手はレンガにふれておらず、彼の首にも、首つりを示す痕跡がなかったからだ。2005年、カルヴィの関係者5人が、カルヴィ殺害容疑でローマで起訴されたが、2007年に無罪となった。

右：カルヴィが他殺だという法科学者の判断は、カルヴィの息子で元銀行家のカルロが独自に依頼した調査の結果だった。

認められない終身刑だった。この刑は、1994年12月に完全な終身刑に変更された。

ロンドンで発生したIRAによる大量殺人

　1970年代から1990年代にかけ、アイルランド共和軍（IRA）はロンドン各所で爆弾テロを起こし、多数の死傷者を出した。たとえばロンドン東部のドックランズや、西部にある有名デパートのハロッズなどが標的になった。なかでもとくに大胆不敵だったのが、首相を狙った2件のテロ攻撃だ。ひとつは、1984年10月12日、ブライトンのホテルで保守党の党大会が行なわれている最中に起きた爆弾テロ事件で、マーガレット・サッチャー首相や大臣はぶじだったものの、5人が死亡し、34人が負傷した。また1991年2月7日のテロでは、ジョン・メイジャー首相が閣僚と首相官邸内で会合を行なっている最中に、IRAが手製の迫撃砲

を首相官邸に3発撃ちこんだ。このときは、うち1発が裏庭で爆発し、3人が軽傷を負った。

　もっとも多数の死傷者を出した残虐なテロは、1982年7月20日にハイド・パークとリージェンツ・パークで発生した爆破事件だ。この日のテロでは、兵士11人が死亡し、約40人が負傷した。

　この日の午前10時40分頃のこと、ロイヤル・ハウスホールド・キャヴァルリー（近衛騎兵隊）が、衛兵交代のためにナイツブリッジの兵舎からバッキンガム宮殿へ向かっていた。するとそのとき、路上に駐車してあった車で遠隔操作式の釘爆弾が爆発し、兵士3人が即死、数日後にも1人が死亡したほか、計23人の兵士が負傷した。また、7頭の馬も犠牲になった。いずれも、この爆発で命を落としたか、あるいは、このときの傷がもとでのちに死亡した。ただしセフトンという馬は、34か所も負傷しながらも回復し、抵抗と希望のシンボルとなって、1993年まで生きた。

　この事件からおよそ2時間後、リージェンツ・パークの野外劇場でも爆破事件が発生した。ここでは約120人の観客を前に、ロイヤル・グリーン・ジャケッツ連隊がランチタイム・コンサートを行なっていたところだった。兵士7人が犠牲になった。どうやら、コンサートの最中に爆発するよう設定した時限爆弾を2週間前にしかけたらしい。

　ハイド・パーク爆弾テロ事件については、1987年に、ギルバート・「ダニー」・マクナミーという北アイルランド出身の電気技

前ページ：破壊された残骸が散乱するハロッズの店舗脇の通り。ハロッズの店舗の破片や、自動車爆弾に使われたオースチン、買い物客が買ったクリスマス用の贈り物などがみられる。ハロッズは3日後に再開し、テロには屈しないと誓った。

下：ハイド・パークの車道に散乱する大量の死骸。IRAがモーリスにしかけた爆弾が爆発し、行進中の衛兵隊を襲った。IRAがイギリスで実行した最悪の大量殺戮のひとつであり、テロのおそろしさを示す現場だ。

術者が、このテロ事件の爆弾を製造したとして起訴され、25年間の服役を申し渡された。だが12年後、聖金曜日の和平合意（ベルファスト合意）により、彼は釈放され、先の判決も取り消された。また2013年にも、同じくハイド・パーク爆破テロに関与したとして、ジョン・ダウニーという別の男性が逮捕されたが、こちらも翌年には釈放された。ダウニーはこの事件の容疑者ではないという内容の手紙を、2007年に警察がまちがってダウニーに送っていたからだ。

　11人の兵士が犠牲になってから7か月後の1983年12月17日、今度はロンドンにある世界的に有名なデパート、ハロッズの外で、IRAの自動車爆弾が爆発し、警官3人と一般市民3人が死亡、90人以上が負傷した。犠牲者の大半はクリスマスの買い物客だった。この1週間前にも、ロンドンでIRAによる爆弾テロが起き、ロイヤル・アーティラリー・バラックス（王立砲兵隊兵舎）で兵士3人が負傷していた。ハロッズでの爆弾テロ事件から30年目の2013年12月17日、犠牲者を追悼する式典が行なわれ、犠牲者の名前をきざんだ大理石の銘板2枚が店舗に設置された。

イギリス最大の金塊強奪事件

　1983年11月26日、目出し帽をかぶった6人組の武装強盗が、ロンドンのヒースロー空港にある倉庫にまんまとしのびこんだ。警備会社ブリンクス・マットの倉庫から現金300万ポンドを盗むつもりでいた。ところが、そこにあったのは現金ではなく、70個の段ボール箱に入った7000個の金の延べ棒だった。2600万ポンド（現在の貨幣価値では8000万ポンド）に相当する量だ。しのびこむのは簡単だった。ある警備員が現金のことをこっそり教えてくれたばかりか、倉庫の扉を開けてくれ、金庫室と3つの金庫を開けるための鍵と組みあわせ番号をもっている警備員2人を指さしてくれたからだ。

　問題は、その金塊をどう運び出すかだった。強盗団は3トン以上ある金塊をもち出すために、バンを乗り入れた。そして出ていくとき、しばり上げた警備員に向かって、「よいクリスマスを」とまで言い残した。だが、ほんとうにむずかしいのは、これからどう金塊をさばくかだった。純金のまま売るのは危険すぎる。そこで一味は、別の犯罪者に頼んで、金を銅や真鍮と混ぜて溶かしてもらった。こうして、約1300万ポンド分が処理された。

> 「すくなくとも1000万ポンド分の金塊が、まだどこかの庭に眠っていると考えられている」

警察は内部の犯行とにらみ、捜査の結果、問題の警備員をつきとめると、その警備員はあっさり犯人の名前を吐いた。そこでジョン・フォーダム捜査部巡査が、容疑者のケネス・ノイの家の庭をのぞこうとしたところ、ノイがフォーダムを刺殺した。ノイはこの殺人については正当防衛が認められて無罪となったが、その直後、警察がノイの家で11本の金の延べ棒を発見した。ノイは14年の刑に処され、7年後の1994年に釈放された。それから2年後、ノイは運転中にバイク相手に逆上し、そのバイクのドライバーを殺害した。いまも終身刑に服している。

　結局、6人組のうちの2人が有罪判決を受けただけだったが、この強奪事件の関係者のおそらく20人以上が、裏の世界の争いで殺害されたらしい。すくなくとも1000万ポンド分の金塊が、まだどこかの庭など未知の場所に眠っていると考えられている。

その他のヒースロー空港強盗事件

　2002年2月11日、警察官に変装した2人組の強盗が、バーレーンから到着したブリティッシュ・エアウェイズ機に近づいていった。そして、積み荷の現金を降ろしていた作業員を押さえつけ

下：ヒースロー空港での強盗にはバンがよく使われる。ブリンクス・マットを狙った強盗は自前のバンを乗り入れた。スイスポートの倉庫につっこませたのもバンだった。空港で使われているバンを盗んで、強奪品を運んだ強盗もいる。

ると、460万ポンドをもって逃走した。正体不明の犯人は捕まっておらず、盗まれた現金も戻っていない。

2002年3月19日、武装した男たちが、空港ターミナルビル近くの制限エリア内に駐車していたバンに近づき、運転手にナイフをつきつけてしばり上げると、バンに積んであった260万ポンド相当のアメリカドルを強奪した。その現金も、バーレーンから到着したブリティッシュ・エアウェイズ機から降ろして、同社のバンに積んだものだった。強盗犯は盗んだ現金を別のブリティッシュ・エアウェイズの車に移してもちさった。こちらのバンはのちに、燃やされた残骸がロンドン西部のフェルタムで発見された。警察は5月に12人の容疑者を逮捕し、うち5人が有罪となって合計25年の刑に処せられた。1人は内部犯で、当初被害者のふりをしていたバンの運転手だった。

2004年2月6日、ヒースローの倉庫でまた強盗事件が起きた。あの金塊強奪事件と似たパターンの事件だった。内部犯がメンジーズ・ワールド・カーゴ社の倉庫に4人組の強盗を引き入れ、現金175万ポンドが盗まれたのだ。この内部犯も、逮捕されると犯人の名前を自供し、2007年に6年の刑に処せられたが、その年のうちに釈放され、いまは新しい名前をもらって秘密の場所で家族と暮らしている。4人組の強盗は、短い者で15年の刑、長い者で終身刑になった。この事件の裁判は、陪審がくわわらずに裁判官だけで行なわれた。こうした形の裁判はイギリスでは400年ぶりだった。

2004年5月18日、8人組の強盗が、3300万ポンド相当の現金と金塊と宝石を盗もうとして未遂に終わった。この事件も、内部の人間が情報をこっそり教えていた。一味はスイスポート社の倉庫にバンでつっこみ、ホッケーのスティックと警棒で警備員と職員をおどした。だがじつは、それまでの動きをずっと警察に監視されており、金塊の入った箱をバンに積みこんでいる最中に、100人以上の武装捜査員が現場にふみこんだ。一味は最長で13年の刑を申し渡された。

人頭税反対暴動

1989年、保守党政権のマーガレット・サッチャー首相が、「コミュニティ・チャージ」という新しい税金の導入を決めた。この税は、不動産評価額にもとづく従来の地方税の制度に代わるもので、スコットランドでは同年から、イングランドとウェールズでは翌年から実施された。一般の人々からは「人頭税」とよばれるようになったこの税制では、税の重い負担が、富裕層から貧困層

次ページ：ロンドンの警官の多くは、シールドなどの暴動対策用の装備がないまま、反人頭税を叫びながら暴徒化したデモ隊と衝突した。警官隊は放水と封鎖で対抗したが、数にまさるデモ隊が商店や自動車を襲った。

に移った。というのも、それまでは、地価の高い土地に資産価値の高い大邸宅を所有していれば、それだけ多くの地方税を払うことになっていたが、これを廃止して、すべての成人が均等に地方税を払うようにしたからだ。1400万人が家屋に課税する地方税を払っていたのに対し、これからは、3800万人が各自を課税対象とする地方税を払わねばならない。ニコラス・リドリー環境相によれば、要は、「公爵が清掃夫と同じだけ払う」ということだった。

イギリス各地で多くの抗議集会が開かれた。1990年3月31日には、ロンドン中心部で約20万人が参加して人頭税反対集会が行なわれ、このデモから暴動が発生して、警官45人をふくむ113人が負傷する事態になった。警官隊や警察車両のバンに向かってビンやレンガなどが投げつけられた。次に20騎の騎馬警官隊が標的になると、騎馬警官たちがトラファルガー広場の群衆を鎮圧しようとした。この激しい衝突は、翌日の午前3時まで続き、この間に491人が逮捕された。物的損害もひどかった。

だがサッチャー首相は、こうした不穏な状態が続いたばかりか、人頭税の不払い運動まで起きたのに、人頭税をあくまでも支持しつづけた。8月には、ロンドン市民の27パーセントが納税を拒否していた。サッチャー首相の姿勢が政治的に大きなダメージをあたえていると考えた保守党指導部は、ついに11月、サッチャー首相を辞任に追いこんだ。後任のジョン・メイジャー首相はこの人頭税を廃止し、1992年、代わりとなるカウンシル・タックスという税制を導入した。この税制はいまもまだ実施されている。

現代のロンドンで発生したその他の暴動

1981年、ロンドン南部のブリクストンでは、黒人住民と警察のあいだの緊張が激化していた。街頭での犯罪を減らすために新しく作られた法律によって、警察が通行人を職務質問できるようになったからだった。6日間で1000人以上が職務質問を受け、住民は黒人ばかりが警察に目をつけられていると思いこんだ。そして、ある逮捕のニュースが広がったのをきっかけに、4月8日に暴動が発生、10日まで続いて、300人以上が負傷し、145棟の建物が損害をこうむった。被害額は推計で750万ポンドにもおよんだ。この夏には、ここ以外にもロンドン市内の約20か所で暴動が起きた。

1985年9月28日、またもブリクストンで、警察が1軒の家を家宅捜索した。不法目的侵入の容疑者を捜すためだったが、ベッドのなかにいた容疑者の母親チェリー・グロスに誤って発砲し

てしまった。その直後、暴動が発生し、暴徒化した住民が自動車に火炎瓶を投げつけたり、商店を襲って略奪したりした。やがて暴動が広がりを見せると、ロンドン北部のトッテナムのブロードウォーター・ファーム・エステートでは、消火にあたっている消防隊を守るようにと、キース・ブレークロック巡査に命令がくだった。ところが、ギャング団がブレークロック巡査をとり囲んで、ナイフやマチェーテで襲い、巡査を殺害した。この殺人事件はいまもまだ未解決のままだ。このときの暴動では、約50人が負傷し、200人が逮捕された。銃撃されたチェリー・グロスは、体が不自由になり、2年間入院生活を送った。彼女に発砲した警官は、1987年に無罪とされた。

上：大規模な暴動の引き金となったのは、2011年8月4日にロンドン北部のトッテナムで、警官がマーク・ダガンを銃殺した事件だった。その警官は、ロンドンのアフリカ系とカリブ系のコミュニティで頻発している銃犯罪に対処する「トライデント作戦」に従事していた。

　2011年8月4日、ロンドン北部のトッテナムで、武装警官が1台の小型タクシーを止め、車内にいた29歳のマーク・ダガンに外に出るよう命じた。首都警察の麻薬取締特捜班によれば、トッテナムのブロードウォーター・ファーム・エステート出身のダガンが、麻薬密売と銃犯罪に関与していることを示す証拠があったという。そして、ダガンが銃をにぎっていると思いこんだ警官が、2度発砲してダガンを射殺した。ところが、そのすぐそばで、ソックスにくるんだ未使用のピストルが見つかった。この悲劇的な事件が引き金となって、市内各地で暴動と略奪が発生し、8月8日まで続いた。警官隊に火炎瓶が投げつけられ、パトカー2台が放火され、2階建バスも炎上した。商店や住宅も、数百万ポンド相当の損害を受け、8月15日までに2000人以上が逮捕された。また、混乱と暴力はほかの都市へも6日間にわたって拡大し、バーミンガム、マンチェスター、リヴァプール、ノッティンガム、ブリストルなどでも暴動が発生した。イギリス全土では、5人が死亡し、3000人が逮捕され、物的損害は推計2億ポンドに上った。そして2014年、陪審は、ダガンの殺害は合法的だったという裁定をくだした。

スティーヴン・ローレンス

　1993年4月22日、ロンドン南東部のエルタムで、友人とバスを待っていたスティーヴン・ローレンスという18歳の黒人少年が、人種差別主義者の白人の非行グループにとり囲まれて刺殺された。スティーヴンは才能に恵まれた学生で、将来は建築家になりたいと思っていた。だが、警察の捜査は動きが鈍く、犯人の逮捕にもなかなかふみきらなかった。そのため、警察内に人種差別意識があるのではという批判が高まり、そうした姿勢を排除するための改革が行なわれるようになった。

　1993年5月、南アフリカのネルソン・マンデラがスティーヴンの両親に会い、この事件について懸念を表明した。同月、警察は5人の若者を逮捕し、うち2人を殺人で起訴したが、この被告たちを犯人だと確認した証言が信頼できないと判断されたことから、起訴は取り下げられた。スティーヴンの両親、ドリーンとネヴィルのローレンス夫妻も、1994年に私人訴追にふみきったが、やはり同じ理由で不起訴となった。だが、容疑者のゲーリー・ドブソンのフラットで隠し撮りされたビデオには、4人の容疑者が人種差別的な言葉を使いながら、ナイフを得意げに激しくふりまわすようすが映っていた。

　1997年の死因審問では、スティーヴンの死は、「5人の若者による正当な理由がまったくない人種差別的攻撃における」不法な殺人であるという裁定がくだった。翌年、政府はこの事件に対する警察の対応について公式調査を行ない、警視総監ポール・コンドン卿がローレンス家に謝罪して、誤りがあったことを認めた。1999年には、元高等法院判事のウィリアム・マクファーソン卿が公式の報告書を公表し、警察には組織的な人種差別があると非難して、人種差別的姿勢を解消するために70項目の勧告をした。2009年の報告書によれば、警察組織内の人種差別主義との闘いに、大きな進展が見られたという。

　2010年、この殺人事件の容疑者だったゲーリー・ドブソンが、35万ポンド相当の大麻を密売したかどで5年の刑を受けた。2011年11月14日に

下：ゲーリー・ドブソン（左）とデーヴィッド・ノリス（右）はスティーヴン・ローレンス殺害事件で有罪判決を受けたが、DNAという証拠によって有罪が証明されるまでに18年もかかった。この事件はいまもまだ未解決だ。

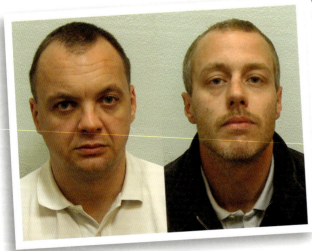

は、ドブソンとデーヴィッド・ノリスがスティーヴン・ローレンス殺害容疑で起訴され、2012年1月3日に有罪判決を申し渡された。その根拠となったのは、彼らの衣服から見つかったスティーヴンのDNAだった。ふたりとも終身刑に処せられた。このふたり以外の容疑者についてはいまもまだ捜査中で、たとえばジェーミー・アコートはスペインで逃走中だと考えられている。2016年3月、警察は新たな証拠を求め、犯行現場付近の監視カメラ映像を鮮明化して公開した。

2008年、ドリーン・ローレンスは息子の追悼のため、1000万ポンドを投じた建築センターを開設した。このセンターはロンドン南東部のデットフォードにあり、恵まれない若者が機会をうまく活用できるようにすることを目的としている。

戸口での死

ジル・ダンドーはイギリス有数の人気キャスターでジャーナリストだった。BBCの「クライムウォッチ(Crimewatch)」という番組で、共同キャスターをつとめていた。実際にあった犯罪をとりあげて、事件にかんする情報の提供を視聴者によびかける番組だ。

1999年4月26日午前11時32分頃、ダンドーがロンドン西部のフラムにある自宅で玄関ドアのカギを開けていたとき、ひとりの男が近づいてきた。そして、ダンドーに背後から襲いかかると、彼女を押し倒し、頭に1発の銃弾を撃ちこんで射殺した。その後、男は彼女の家の前の通りを歩いて姿を消した。近隣住民で男を目撃したのはたったひとりで、それも、40歳くらいの白人の男を見たというだけだった。

彼女の番組のせいで刑務所送りになった犯罪者が復讐したのではないか、という推測もあった。なんの証拠も残さず、殺人の手際がプロの殺し屋のように思われたからだ。ま

下：ジル・ダンドー殺害事件はいまもまだ未解決だ。事件のあった月曜の朝、彼女はロンドンのチズィックにある婚約者のアラン・ファージングの自宅で週末をすごして帰宅したところだった。

た、事件の数週間前、ダンドーがコソヴォのアルバニア系難民に対する支援をよびかける番組でホスト役をつとめていたことから、セルビア人の殺し屋が犯人ではないか、という説も出た。

2000年5月、警察はダンドーの自宅から約800メートルのところに住んでいるバリー・ジョージという男を逮捕した。この男は以前から周知のストーカーで、帰宅途中の女性をこっそりつけまわしては、何千枚も写真を撮っていた。ジョージは7月に有罪判決を受けて、終身刑に処せられた。だが、彼を有罪とする直接証拠は、彼のコートのポケットの奥から見つかった微量の発射残渣だけだった。そして控訴審では、この証拠が信用性に欠けるとされ、2008年8月1日、再審で当時48歳のジョージはこの殺人事件については無罪となった。それまでに凶器が発見されておらず、殺人を目撃した証人も出てこず、動機も不明のままだったからだ。ただし、彼が8年間収監されたことに対する補償はあたえられなかった。なぜなら、この裁判では、彼が殺人を犯していないということが「合理的疑いの余地なく」示されたわけではなかったからだ。ダンドー殺人事件はいまもまだ未解決のままになっている。

2005年のロンドン同時爆破テロ

イギリスで発生した最悪のテロ攻撃は、爆薬をつめたバックパックを背負った自爆犯4人が起こしたロンドン同時爆破テロだ。この事件では、52人が死亡し、数百人が負傷した。この悲劇が起きたのは2005年7月7日で、この日は「7・7」とよばれることも多い。その前日には、ロンドンが2012年オリンピックの開催地に選ばれたばかりだった。

4か所の自爆テロのうち、3か所は朝の通勤時間帯の8時50分頃、地下鉄の車両内で発生した。どの列車もキングス・クロス駅を通っていた。そして、犯行グループ主犯格の30歳のモハメド・サディク・カーンがエッジウェア・ロード駅構内で自爆し、乗客6人が亡くなった。また、22歳のシェザード・タンウィアが、リヴァプール駅からオールドゲート駅へ向かう途中で自爆し、乗客7人が死亡した。なかでも被害が大きかったのは、ジャーメイン・リンゼイの自爆で、キングス・クロス駅を出たところで爆発が起き、乗客26人が犠牲になった。

この惨劇から約1時間後、最後に18歳のハシブ・フセインが、

> 「52本のスチールの列柱からなる記念碑がハイド・パークに設置され、2009年7月7日に除幕式が行なわれた」

現代のロンドン　271

上：最後となる4か所目の自爆テロは、タヴィストック・スクエアを走行中だった30番系統のダブルデッカーバスの車内で起きた。この爆破で乗客13人が亡くなった。負傷者の救護をしたバス運転手のジョージ・サラダキスによれば、乗客のようすにショックを受け、どうしていいか途方にくれてしまったという。

左：地下鉄エッジウェア・ロード駅での自爆テロから脱出してきた女性負傷者に手を貸す男性。医師や通行人が駆けつけて、負傷者やショックを受けている人々を助けた。検視官の死因審問では、合計497人もの生存者がその体験を語った。

下：リー・リグビー殺害事件の現場では、追悼の花束が通りを埋めつくした。彼の兵舎の近くにあるセント・ジョージズ教会でも、その地区出身の兵士や民間人10人の名前とならんで、リグビーの名前をきざんだ銘板が設置された。

タヴィストック・スクエアを走行中だった30番系統のダブルデッカーバスの車内で自爆し、乗客13人が死亡した。爆発が起きたのは、ちょうどイギリス医師会（British Medical Association）の本部の前だったため、何十人もの医師が駆けつけて人命救助にあたった。

この事件の犠牲者を追悼するため、52本のスチールの列柱からなる記念碑がハイド・パークに設置され、2009年7月7日に除幕式が行なわれた。柱の1本1本に、犠牲者ひとりひとりの名前がきざまれている。

リー・リグビー

ロンドンで発生したもっとも衝撃的なテロ事件のひとつに、2013年5月22日のリー・リグビー殺害事件がある。現役の兵士だったリグビーが、彼の兵舎と学校に近いウリッジの路上で、ナイフと肉切り包丁をもったテロリストに惨殺された事件だ。リグビーは勤続7年の兵士で、アフガニスタンに派遣されていたこともあった。彼が残忍に殺害されるようすはビデオ撮影され、テレビで放映された。犯人は、28歳のマイケル・アデボラージョと22歳のマイケル・アデボワールというイスラム教の狂信者で、車でリグビーをはねたうえで凶行におよんだ。しかも殺害後、通行人の目の前でリグビーの首を切断し、イスラム教徒が毎日イギリス軍に殺されているから、こうしたのだ、

「彼が残忍に殺害されるようすはビデオ撮影され、テレビで放映された」

と仰々しくわめきたてた。「次はおまえらとおまえらの子どもだ」。そして、逃げるどころか、ポーズをきめて写真を撮った。また、この襲撃の理由を書いた2枚のメモを現場に居あわせた人に渡した。こうしたなか、事件を目撃したイングリッド・ロヨーケネットという女性は怒りのあまり、勇敢にもナイフをもった殺害犯に近づき、武器を渡しなさい、と話しかけた。また犯人が、ロンドンで戦争をはじめるつもりだ、と言うと、彼女はこう言い返したという。「あなたたち負けるわよ。あなたたちだけでたくさんの人を相手にするのよ」。やがて現場に警察に到着すると、犯人たちが警察に向かって突進してきたため、警察が犯人を銃撃して負傷させた。2014年2月26日、殺人罪で有罪となったテロリストふたりに、終身刑が言い渡された。

放射性物質暗殺事件

　アレクサンドル・リトヴィネンコは以前はロシアのスパイだった。だが、ロンドンへ亡命してからはクレムリン（ロシア政府）を痛烈に批判するようになり、2006年、放射性物質ポロニウム210によって毒殺された。享年44歳だった。リトヴィネンコと同じくロシアの元スパイだった人物が、リトヴィネンコのカップにポロニウム210を混入したと見られている。

　リトヴィネンコは、ロシア連邦保安局（FSB）の元職員で、1988年にその前身である情報機関KGBに入局した。だが、2000年にロンドンへ亡命し、イギリスの秘密情報部MI6のために働

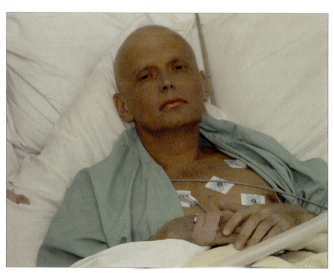

左：瀕死のアレクサンドル・リトヴィネンコは、口述筆記でロシアのプーチン大統領に手紙をしたため、こう伝えた。「ミスター・プーチン、あなたはこの先死ぬまで、世界中からとどく抗議の叫びがその耳のなかでこだますことでしょう」

きはじめ、6年後にイギリスの市民権を得た。2006年11月1日、ロンドンのミレニアム・ホテルで、リトヴィネンコはロシアの元スパイ、アンドレイ・ルゴボイとドミトリ・コフトゥンといっしょに緑茶を飲んだ。ところがその夜、リトヴィネンコは体の具合が悪くなり、3日後にロンドン北部のバーネット総合病院に入院した。11月17日には、体調がさらに悪化し、ロンドン中央部のユニヴァーシティ・カレッジ病院に転院したが、それから6日後に亡くなった。リトヴィネンコは生前、「じつは、彼らがわたしを殺したいと思っているのはわかっていた」と警察に語っていた。

リトヴィネンコの未亡人のマリナによれば、死の床でリトヴィネンコは、ロシアのウラジーミル・プーチン大統領がこの中毒事件の黒幕だと言っていたという。プーチンはKGB時代にリトヴィネンコの上司だったが、リトヴィネンコがKGB内部の腐敗についてプーチンに訴えたことから、ふたりは対立するようになった。1998年には、リトヴィネンコはロシアの大物の暗殺計画を暴露して逮捕され、9か月間収監された。その後、無罪となって釈放されたが、FSBを退職した。

> 「死の床でリトヴィネンコは、ロシアのウラジーミル・プーチン大統領が黒幕だと言っていた」

2007年、イギリスの公訴局長官は、アンドレイ・ルゴボイを暗殺のかどで告発すべきだと判断したが、ロシアはルゴボイの身柄引き渡しを拒否した。2015年1月には、イギリス政府が行なった調査で、この毒殺事件はおそらくプーチンが承認したものだろうという結論がくだされた。

ハットン・ガーデン盗難事件

2015年、4月2日から5日にかけてのイースター（復活祭）の週末の連休中に、イギリス史上最大の窃盗事件が発生した。4人から6人とみられる犯行グループが、カムデン・ロンドン自治区にあるハットン・ガーデン・セーフ・デポジット社の貸金庫に侵入したのだ。この貸金庫は、宝飾店街ハットン・ガーデンの宝石商らが在庫品などを預けていたところで、宝石や現金などの貴重品約1400万ポンド相当が盗まれた。この金庫を破るには、かなりの労力と創意工夫が必要だった。犯行グループはまず、金庫室の頑丈な鋼鉄製強化扉をこじ開けなくてすむように、その脇のコンクリートの壁に小さな穴を開け、そこから金庫室内に侵入して、室内にある貸金庫999個のうちの72個をこじ開けた。犯人らが押し入っている最中に警報が鳴ったものの、警察はこの警報を

無視していた。盗難に気づいたのは、4月7日の連休明けだった。だが、建物の外には押し入った痕跡がなかった。犯人たちはエレベーターを動かないようにしたうえで、エレベーターのシャフト（昇降空間）を懸垂下降し、地下の金庫室にたどり着いていた。

　警察は数千時間分の監視カメラ映像を調べ、DNA、指紋、携帯電話の通信記録、自動車のナンバープレートなどの証拠を集めた。そして、犯行グループの主犯格数人が、パブでこの強奪事件のことを自慢げに話したことが、一味の逮捕につながった。警察はまず、事件に関与した7人を逮捕したが、驚いたことに、犯人たちは平均63歳という年配者だった。最高齢は76歳のブライアン・リーダーで、年金受給者用の無料パスを使ってバスで犯行現場まで来ていた。マスコミは犯行グループのことを「ダイアモンド・ギーザーズ（Diamond Geezers）」とか「バッド・グランパズ（Bad Grandpas）」とよんだ。スコットランド・ヤードのピーター・スピンドラーにいわせれば、彼らは「デジタル世界で働いているアナログな犯罪者」だった。また、監視カメラには赤いカツラ姿の男も映っていたが、バジルというよび名しかわからないその男は、まだ捕まっていない。

　2016年3月9日、窃盗団のうち、4人に7年、1人に6年の実刑判決が言い渡された。約1000万ポンド相当の宝石はまだとりもどせていないが、盗難品の一部は、ある墓地の墓石の下に埋められていた。

現在のロンドン

　ロンドンでこれまでに発生した数々の問題と暴力は、ロンドンの長い歴史ゆえに長く尾を引き、ロンドンが世界で重要な役割を果たしてきただけに、なおさら深刻に思われてしまう。だが、たび重なる侵略も、大英帝国そしてイギリス連邦の各地から人々が平和的にロンドンへやってきたことも、ロンドンの文化を豊かにしたばかりか、そうした豊かな文化が、競いあい協力しあって文化的な違いをのりこえてきた。軍隊や宗教や政治の暴力的衝突は、いまやイギリスという国の成り立ちを物語るはるか昔の記憶にすぎない。現在では、国王や女王が切るのは謀反人の首ではなく、セレモニーのリボンだ。ロンドン市民が殺到するのは公開処刑ではなく、バーゲンセールだ。例によって問題は残っているが、その回復力と喜ばしい楽観主義があれば、この愛される古き都ロンドンは、これからも繁栄したエキサイティングな都市でありつづけるにちがいない。

参考文献

Ackroyd, Peter, Foundation: *The History of England from Its Earliest Beginnings to the Tudors* (St. Martin's Griffin, 2013)

Ackroyd, Peter, *The History of England from Henry VIII to Elizabeth I* (St. Martin's Griffin, 2014)

Arnold, Catharine, *The Sexual History of London: From Roman Londinium to the Swinging City – Lust, Vice, and Desire Across the Ages* (St. Martin's Press, 2011)

Balen, Malcolm, *The Secret History of the South Sea Bubble: The World's First Great Financial Scandal* (Harper, 2003)

Barron, Caroline M., *London in the Later Middle Ages: Government and People 1200–1500* (OUP, 2005)

Bingham, Janes, *Tudors* (Arcturus, 2011)

Briggs, Asa, *A Social History of England* (Viking Press, 1983)(エイザ・ブリッグズ『イングランド社会史』、今井宏/中野春夫/中野香織訳、筑摩書房)

Crone, Rosalind, *Violent Victorians: Popular Entertainment in Nineteenth Century London* (Manchester University Press, 2012)

Defoe, Daniel; Backscheider, Paula R. (Ed.), *A Journal of the Plague Year* (W. W. Norton, 1992)

Delderfield, Eric R. (Ed.), *Kings and Queens of England* (Weathervane Books, 1978)

Evans, Eric (Ed.), *British History* (Parragon, 1999)

Flanders, Judith, The *Victorian City: Everyday Life in Dickens' London* (Thomas Dunne Books, 2014)

Fraser, Antonia, *Cromwell* (Grove Press, 2001)

Gardiner, Juliet, *The Blitz: The British Under Attack* (Harper Press, 2010)

Gascoigne, Bamber, *Encyclopedia of Britain* (Macmillan, 1994)

George, Mary Dorothy, *London Life in the 18th Century* (Chicago Review Press, 2005)

Hanson, Neil, *The Great Fire of London: In That Apocalyptic Year*, 1666 (Wiley, 2002)

Hitchcock, Tim; Shoemaker, Robert, *London Lives: Poverty, Crime and the Making of a Modern City, 1690-1800* (Cambridge University Press, 2015)

Jones, Nigel, *Tower*: *An Epic History of the Tower of London* (St. Martin's Griffin, 2013)

Linebaugh, Peter, *The London Hanged: Crime and Civil Society in the 18th Century* (Verso, 2006)

Matthews, Michael, *The Riots* (Silvertail Books, 2016)

Mayhew, Henry, *The London Underworld in the Victorian Period: Authentic First-person Accounts by Beggars, Thieves and Prostitutes* (Dover Publications, 2005)

Meyer, G. J., *The Tudors: The Complete History of England's Most Notorious Dynasty* (Bantam, 2011)

Milne, Gustav, *English Heritage Book of Roman London* (B. T. Batsford, 1996)

Mount, Toni, *Everyday Life in Medieval London* (Amberley, 2015)

Norton, Elizabeth, *The Tudor Treasury* (Metro Books, 2014)

Oakley, Malcolm, *East London History: The People, The Places* (CreateSpace Independent Publishing Platform, 2016)

Perring, Dominic, *Roman London* (Routledge, 2014)

Picard, Liza, *Restoration London: Everyday Life in the 1660s* (Weidenfeld& Nicolson History, 2003)

Porter, Stephen, *Shakespeare's London: Everyday Life in London 1580–1616* (Amberley, 2011)

Rumbelow, Donald, *The Complete Jack the Ripper* (Virgin Books, 2013)（ドナルド・ランベロー『十人の切裂きジャック』、宮祐二訳、草思社）

Schofield, John, *London 1100–1600: The Archaeology of the Capital City* (Equinox, 2011)

Shesgreen, Sean, *Images of the Outcast: The Urban Poor in the Cries of London from the Sixteenth to the Nineteenth Century* (Manchester University Press, 2002)

Webb, Simon, *Life in Roman London* (The History Press, 2012)

Webb, Simon, *Dynamite, Treason & Plot: Terrorism in Victorian and Edwardian London* (The History Press, 2012)

Weir, Alison, *The Six Wives of Henry VIII* (Grove Press, 1991)

White, Jerry, *A Great and Monstrous Thing: London in the Eighteenth Century* (Harvard University Press, 2013)

White, Jerry, *London in the Nineteenth Century: "A Human Awful Wonder of God"* (Jonathan Cape, 2007)

White, Jerry, *London in the Twentieth Century: A City and Its People* (Random House, 2008)

Wilkes, John, *The London Police in the Nineteenth Century* (Lerner, 1985)

索引

イタリック体は図版ページ。

ア

アイルランド
　アイルランド共和軍（IRA）259-62, *260-1*
　とクロムウェル、オリヴァー 135, *135*
　反アイルランド人暴動 180-2
アイルランド、ウィリアム 154
アイルランド共和軍（IRA）259-62, *260-1*
アコート、ジェーミー 269
アゼルスタン 29, *30*
アデボラージョ、マイケル 272
アデボワール、マイケル 272
アナーキー、ザ（無政府状態）40
油で釜ゆで 93
アムフィバルス 25
アメリカ
　と戦争 184
　奴隷 146
　への流刑 180, 186
　ローリー、ウォルター（卿）128, *128*
アランデル（大司教）、トマス 60, *61*
アルコール 186, *187*, 187-8
アルバート・ヴィクター、王子 230, *233*
アルバヌス、聖 25
アルフレッド、王 27, *28*, *29*
アルフレッド・ザ・アシリング 33, *34*
アレクトゥス 21
アン・オヴ・クレーヴズ 87, 93, *104*
イエズス会士 154
イケニ族 12-3
イザベラ、王妃 54, *55*
イスラム 272-3
イワノフ、エフゲニー 252
イングス、ジェームズ 209, 212
イングランド銀行 219-21
印刷所 *81*, 83

ヴ

ヴァイキング 26-7, *26*
ヴァティカン銀行 259
ヴィリアーズ、エリザベス 161
ウィリアム1世（征服王）*34*, 35, 39, *40*
ウィリアム3世（オラニエ公ウィレム）151, 159, 161
ウィリアムズ、ジョン 205
ウィルクス、ジョン 168, *196*
ウェリントン公 213
ウォード、スティーヴン *250*, 251-2
ウォーベック、パーキン *82*, 82
ウォリック伯（リチャード・ネヴィル）*66*, *67*
ウォルポール、ロバート（卿）170
ウォレス、ウィリアム *43*, 44
牛攻め 77
ウルジー枢機卿、トマス *89*, 89, 91
嬰児殺し 23, 222
エヴァンズ、ティモシー *249*, 249
エセックス伯（ロバート・デヴァルー）*112*, 113-4
エゼルレッド2世（無策王）27-31, 46
エドウズ、キャサリン 229
エドマンド2世（剛勇王）32-3, *31*
エドワード1世 *43*, 45
エドワード2世 *53*, *54*, 54
エドワード3世 45, 54, *55*, 72
エドワード4世 *66*, 68-9
エドワード6世 *87*, 95
エドワード7世 225
エドワード証聖者王 *34*, *35*
エリオット、トマス（卿）82
エリザベス1世 79-80, 83, 99-114, *100*, *105*, *110*, 115-7, *128*
エールマー、ジョン *80*, *81*
円形闘技場 15-9, *15*
エンジェル・メーカー *221*, 222
円頂派 132, *137*

オ

追いはぎ 189-92, *190*
王立ベスレヘム病院 75, *76*
オーエン、ニコラス 120
オーストラリアへの流刑 186
オストログ、マイケル 229
オーツ、タイタス *153*, 154
オーブリー、マリー 158
オーラヴ・ハラルドソン 28
オランダ艦隊の侵攻 *138-9*, *140*
オールドカースル、ジョン（卿）*61*, 61
音楽 254, *255*

カ

カエサル、ユリウス 10
カクストン、ウィリアム *81*, 83
KGB 257, 274
火事
　国会議事堂 213-5, *214-5*
　サザークの大火（1212年）70
　ブリッツ（ロンドン大空襲）245-8, *246-7*
　ロンドン大火（1666年）*123*, 149-53, *150-1*
家庭内暴力 193
カトゥウェラウニ族 10
カトリック 60
　カトリック陰謀事件 154
　火薬陰謀事件 124-7
　ゴードン暴動 199, *200*
　ジェームズ2世 159
　とクロムウェル、オリヴァー 135
　とチャールズ1世 132
　とチャールズ2世 140, 154
　とテューダー朝 93, 95, 99-101, 106, 107, 112, 115-7
　とヘルファイア・クラブ 166
カトリック陰謀事件 154
カトリック教徒解放法（1778年）199
カヌート 27, 31-2, *32-4*
カヌート2世 33
神の銀行家 259
火薬陰謀事件（1605年）124-7, *125*

索引　279

カルヴィ、ロベルト　259, *259*
カローデンの戦い　169, *170-1*
環境汚染　71-2, 219
カンタベリー大聖堂　47, *51*
寛容法（1689年）　143, 161
議会（パーラメント）
　議院内閣制　170
　政党の結成　137
　とクロムウェル、オリヴァー　134-5
　とジェームズ1世　124
　とチャールズ1世　131
飢饉　36, 201
騎士派　132, 137
キッド、トマス　115
祈祷書　104, 106, 132
キャサリン・オヴ・アラゴン　85, 92
キャロライン・オヴ・ブランズウィック　212
キーラー、クリスティーン　*250*, 252
切り裂きジャック　202, 227, 230
キリスト教、最初の殉教者　25-6
ギルド　44
金塊強奪事件　262
キング、トム　190
クイーンズベリー侯爵　231
グウィン、ネル　141, *141*
クエーカー　143, *143*
首絞め強盗　224-5, *224*
熊いじめ　77, *77*
クームズ、ロバートとナサニエル　236
クラウディウス、皇帝　11, 12
クラレンドン伯　137
クランマー、トマス　89, 102
クリスティ、ジョン　248, *248*, 251
クリッペン、コーラ　239-41
クリッペン、ホーリー・ハーヴィー　239-41
グリフィズ、ダフィズ・アプ　43
クリフォード、メアリ　194, 196
クリーム、トマス・ニール　233, 235, *235*
ケルト人　12-3
グレイ、レディ・ジェーン　95, *96-7*, 99, 101, 104
クレイ兄弟　252, *253*

グロース、チェリー　267
グロスター公爵夫人エレナー　62, *63*
グロスター公ハンフリー　62
グロスター伯ロバート　40, 43
クロスビー、ブラス　195
クローフォード、ドナルドとヴァージニア　226-8
グローブ座　81
クロムウェル、オリヴァー　*132*, *134*, 134-5, *135*
クロムウェル、トマス　91, 92-3
警察　6, 29, 178, 268
ケイツビー、ロバート　125, 127
ケイド、ジャック　64
ケイトー・ストリート陰謀事件　208-12, *209-11*
刑務所、監獄
　債務者監獄　206-8, *207*
　タン　45
　とサフラジェット　241
　ニューゲイト監獄　175, 199
　フリート監獄　206, *207*
　マーシャルシー監獄　5, 206
　牢獄船　221-2, *222-3*
ゲオルギー・マルコフ　257, *257*
劇場
　テューダー朝時代の　81, 107, 114, 115
　ローマ時代の　18, *18*
下水　218, 219
ケッチ、ジャック　156, 158-9
ケリー、メアリ・ジェーン　229
ケンダル（船長）、ヘンリー・ジョージ　240
ケントの聖処女　88-9
公衆衛生　70-2, 73, 188, *189*, 218, 219
絞首刑、見世物としての　58-60, *59*
絞首・腹裂き・四つ裂きの刑　43-4
合同法（1707年）　168
拷問　5, 65, *65*, 106
国王至上法　92, 107
黒死病　70-2, *71*
コズミンスキー、アーロン　229
国会議事堂の火災　213-5, *214-5*
ゴドウィン　34
コートニー、エドワード　99

子どもに対する刑罰　208
ゴードン暴動　199, *200*
コンスタンス、皇帝　22, *22*
コンスタンティウス・クロルス　21
コンドン、ポール（卿）　268

サ
債務者監獄　206-8, *207*
債務者法（1869年）　206
詐欺　219-21
サザークの大火（1212年）　70
サッチャー、マーガレット　259, *260*, 264, 266
サディク・カーン、モハメド　270
サフラジェット（女性参政権運動家）　241-3, *242-3*
シェイクスピア、ウィリアム　66, 114
ジェニー・ダイヴァー（メアリ・ヤング）　179-80, *179*
シェパード、ジャック　171-6, *174*
ジェフリーズ（判事）、ジョージ　155, *155*
ジェームズ1世　119, 123-4, 126, 128, 130
ジェームズ2世　142, 154, *160*, 161
死刑
　刑場に引き立てられて四つ裂き刑　43
　見世物としての　58-60
死刑執行人　155
シスルウッド、アーサー　208-9, *208*
シッカート、ウォルター　230
シティ・オヴ・ロンドン　195
シーフテイカー・ジェネラル（盗賊逮捕関係の班長）　175, 176, *176-7*
市壁　16-17, 19, *20*
シーモア、ジェーン　87
ジャコバイトの反乱　168-9, *170-1*
修道院解散　92
手工業ギルド　44
シューレンブルク、エーレンガルト・メルゾーネ・フィン・デア

165, *165*
ジョージ、バリー　270
ジョージ1世　163-54, *164*, 168, 169, 170
ジョージ3世　182, 196, 200, 201, 203
ジョージ4世　212-3
ジョージ6世　246
ジョンソン、サミュエル　3, 58
人口　*45*, 72, 81, 148, 163, 219
人頭税反対暴動　238, 264-6, *265*
ジン取締法　184, *187*, 187-8
神判　46-7, *46*
スウィーニー・トッド　215, *216*
スエトニウス・パウリヌス　12, 13
スクエア・マイル　195
スコットランド
　ウォレス、ウィリアム　44
　ジャコバイトの反乱　168-9, *170-1*
　とクロムウェル、オリヴァー　135
　とチャールズ1世　131, 134
　バノックバーンの戦い　54
　メアリ、スコットランド女王　113, 117-9, *117-8*
ステュアート、チャールズ・エドワード（ボニー・プリンス・チャーリー）　169
ステュアート、ヘンリー（ダーンリー卿）　*117*, 117-8
ストーエル、トマス　230
ストックス（足枷）　94, *94*
ストライド、エリザベス　229
スパイ　274
スピルズベリー、バーナード　245
スピンドラー、ピーター　275
スペインの無敵艦隊　107-12, *108-9*
スミス、ジョージ・ジョーゼフ　243, *244*, 245
スラング　232
すり　179-80, *179*
スワインスコウ、チャールズ・トマス　233
聖書　60, 83, 104, 124
精神障害　75, *76*
精神病院　75, *76*

聖ブライスの日の虐殺（1002年）　30-1
セント・オールバンズ（ウェルラミウム）　15, *15*, *24*, 25
セント・ジョージズ・フィールズの虐殺（1768年）　196
セント・ポール大聖堂　149, 153, *246*, 246
双叉髭王、スヴェン　27, 31
粟粒熱　83
ソートリー、ウィリアム　60

タ
ダイアー、アミーリア　*221*, 222
大悪臭　219
大詐欺事件（1873年）　219-21
第2次世界大戦　245-8, *247*
タイラー、ワット　57-8
ダウニー、ジョン　262
ダガン、マーク　267
ダグラス卿、アルフレッド　231, *231*
闘う動物　77, *77*
ダッシュウッド、フランシス（卿）　168, *168*
ダドリー、ギルフォード　95
ダドリー、ロバート（レスター伯）　112-3
ターナー、J・M・W　214-5
ターピン、ディック　189-92, *190-1*
タブラム、マーサ　229
ダムド・クルー　127
タン（監獄）　45
タンウィア、シェザード　270
短期議会　132
ダンドー、ジル　269, *269*
タンブルティ、フランシス・J　229
ダーンリー卿（ヘンリー・ステュアート）　*117*, 118
地図　10, *45*, 166
血の巡回裁判　155
チャップマン、アニー　229
チャールズ1世　131-4, *133*
チャールズ2世　*136*, 137-41, 154
ディケンズ、チャールズ　206
ディスペンサー、ヒュー・ル　54, 55

ディルク、チャールズ（卿）　*227*, 227-8
ティレル、ジェームズ（卿）　68
デヴァルー、ロバート（エセックス伯）　*112*, 113-5
デーヴィス、エリザベス　180
デーヴィソン、エミリー　242, *243*
デスパード、エドワード・マーカス　203-4, *204*
テムズ川
　橋　14, *16-17*, 28, 69
　牢獄船　221-2, *222-3*
　汚染　70, 219
　下水　219
デュー、ウォルター　240
テロリズム　259-62, 270-2
デーン人　28, 30, 32
電報　241
同性愛　231
トッテナム、暴動　267, *267*
トッド、スウィーニー　215, *216*
トップクリフ、リチャード　106
ドブソン、ゲーリー　268, *268*
ドラモンド、フローラ　241
ドラローシュ、ポール　96-7
トーリー党　137, 169
ドルイット、モンタギュー・ジョン　229
奴隷　*145*, 146-8
トレイターズ・ゲート　36, *100*
ドレーク、フランシス（卿）　107, 110, 111
トレシャム、フランシス　127
ドロヘダの虐殺　*135*, 136

ナ
内戦　40, 64-6, 132
ナイトウォーカー（夜間徘徊者）　44
南海泡沫事件　169-71, *172-3*
ニーヴ、エセル・ル　239-41
ニコルズ、メアリ・アン　229
にせの不倫　218
ニュー、イーディス　241
ニューゲイト監獄　175, 199
ニュー・モデル軍　132, *132*, 135, *135*
ニルセン、デニス　257-9, *258*
ネイラー、ジェームズ　144, *144*

索引　281

ネヴィル、トマス　67-9
ネヴィル、リチャード（ウォリック伯）　66, *67*
ネクロポリス鉄道　217
ネーズビーの戦い　*132*, 134
ノイ、ケネス　263
ノイズ、エドウィン　200
農民一揆（1381年）　56, *56-8*
ノース卿　195
ノートン、トマス　106
ノリス、デーヴィッド　*268*, 269

ハ
パー、キャサリン　87
売春婦、娼婦　21, 74, 75, 182-4, *183*, 228, 230, 235, 249
売春宿、娼館　19, 75, 182, 231-3
ハイド・パーク爆弾テロ事件　*261*
パウルス・カテナ　22
爆弾による攻撃
　アイルランド共和軍（IRA）259-62
　ブリッツ（ロンドン大空襲）245-8, *246-7*
　ロンドン同時爆破テロ（7・7）*270*, 271
橋　14, *16-17*, 28, 69
ハットン・ガーデン盗難事件　274
ハーディカヌート　33
バトル・オヴ・ブリテン（ブリテンの戦い）　245
バートン、エリザベス　88-9
バーナム、アリス　244
バノックバーンの戦い　54
バビントン、アンソニー　119
パーマー、バーバラ　142
ハモンド、チャールズ　231
バラ戦争　66
パルマ公　111
ハロッズ爆弾テロ事件　*260-1*
ハロルド1世（兎足王）　33
ハロルド2世　35
ハワード、キャサリン　87, *88*
ハワード、トマス（ノーフォーク公）　93, 119
パン騒動　201
「パンチ」誌　*224*, 225
ヒースロー空港強盗事件　263-4

ビセット、ジョージ　197
ピット、ウィリアム（小ピット）　201
ビドウェル、オースティンとジョージ　219-221, *220*
ピープス、サムエル　141, 146, 152, 153
ピューリタン（清教徒）　123, 132, 135, 137
病院　75, *76*
病気　83
　と公衆衛生　70-1, *73*, 188-9, *189*, *218*, 219
　ペスト　69-70, *70*, 107, *147*, 148-9
ヒル、キャプテン・リチャード　160
ピール、ロバート（卿）　6
ピロリー（さらし台）　*94*, 94
ピンカートン、ウィリアム　221
貧困　81-2
ファインズ、ジェームズ　*64*
フィールディング、ヘンリー　178, 188
フェリペ2世、スペイン王　101, *101*, 102
フェントン、ラヴィニア　181, *181*
フォークス、ガイ　125-7, *125-6*
フォーダム、ジョン　263
フォックス、ジョージ　143, *143*
フセイン、ハシブ　270
プーチン、ウラジーミル　274
ブーディカ　12-3, 14
フライザー、イングラム　117
ブライトン・パヴィリオン　212, *212*
ブラウンリッグ、エリザベス　*194*, 196
プラストーの惨事　*234*, 236-7
ブーリン、アン　85, *86*, 87, 89, 92
ブリクストンの暴動　266
プリースト・ホール（司祭隠し）　119, *120*
ブリッツ（ロンドン大空襲）　245-8, *246-7*
フリート監獄　206, *207*
不倫、にせの　218
ブリンクス・マット金塊強奪事件　262

ブルックウッド共同墓地　217
ブルーム、スザンナ　194
ブレークロック、キース　267
ブレースガードル、アン　*158*, 158-9
プレス・ギャング（強制徴募隊）184-6, *185*
プロテスタント　83, 93, 103-6, 118, 137, 155, 161
　ゴードン暴動　199, *200*
ブロードウォーター・ファーム・エステート　267
プロヒューモ、ジョン　251, 251-2
ブロウ伯家のスティーヴン　40, 43
ヘイズ、キャサリン　192-3, *193*
ヘイズ、シャーロット　182
ヘイズ、ジョン　192
ヘイスティングズの戦い（1066年）　*34*, 35
ベイナム、エドマンド（卿）　127-8
ベケット、トマス　38, 47-50, *48-9*, 51
ペスト　69-70, *71*, 107, *147*, 148-9
ベドノット、ピーターとペトロネラ　75
ベドラム　75, *76*
ヘンドリックス、ジミ　254
ペニー・ドレッドフル　215-6, *216*
ヘルファイア・クラブ　166
ヘンリー1世　40
ヘンリー2世　43, 47, 75
ヘンリー6世　62, 64, 66-9, *66*
ヘンリー7世　79, *80*, 83
ヘンリー8世　*78*, 79, 81, 83, 85-8, *86*, 103, 105
ヘンリー、ハンティンドンの助祭長　32
ホイッグ党　137, 169
ボウ・ストリート・ランナーズ（ボウ・ストリート逮捕班）　178
ボスウェル伯　119
墓地　23, 25, 217
ボニー・プリンス・チャーリー（すてきなチャーリー殿下）　169
ホノリウス、皇帝フラウィウス

「ポリス・ニュース」紙　227, 234
ポール、マーガレット　83, 84, 85
ホール、エドワード　83
ポロニウム　273
ホワイトチャペル殺人事件　226, 228

マ

埋葬
　ネクロポリス社の列車　217
　ローマ時代の　23, 23
マーガレット、王妃　66
マーガレット・オヴ・バーガンディ　82
マクダネル、ジョージ　220-1
マクナミー、ギルバート・「ダニー」　261
マグハウス暴動　164-6, 167
マクファーソン、ウィリアム（卿）　268
マーシャルシー監獄　5, 206
マージョリー・ジュードメイン　62, 64
マティルダ（別名モード）　40, 41, 43
魔法　62, 130-1
マームズベリーのウィリアム　31
マーロー、クリストファー　115, 117
マンディ、ベッシー　244
ムーン、キース　254-5
ムーン男爵、チャールズ　158, 159
メアリ１世（ブラディー・メアリ（流血のメアリ））　79, 83, 95, 101-2, 101
メアリ２世　159, 161
メアリ、スコットランド女王（メアリ・ステュアート）　113, 117-9, 117-8
メイジャー、ジョン　259, 266
モア、トマス（卿）　89, 90, 91
モーダント、チャールズ（卿）とハリエット　225, 226
モーティマー、ロジャー（卿）　54-6, 55
モンティーグル卿　127
モンマス公（ジェームズ・スコット）　155, 156

ヤ

ヤング、メアリ（ジェニー・ダイヴァー）　179, 179, 180
ユダヤ人の大虐殺　50, 52, 53
浴槽の花嫁　243, 244, 245

ラ

ライアン、エリザベス　174-5
ライケナー、ジョン　73
ラスク、ジョージ　229
ラック　65, 65
ラッセル卿　157
ラティマー、ヒュー　102, 102-3
ラトクリフ・ハイウェイ殺人事件　204-6
ラム、ウィリアム　214
ラム、ジョン　130, 130-1
ランカスター伯トマス　54
リヴェット、サンドラ　256
リグビー、リー　272, 272-3
離婚　216-7, 226
リージェンツ・パーク爆弾テロ事件　261
リーダー、ブライアン　275
リチャード１世（獅子心王）　50, 53
リチャード２世　56-7, 57-8
リチャード３世　67, 68
リッツィオ、ダヴィド　118
リトヴィネンコ、アレクサンドル　273, 273
リドリー、ニコラス　102, 102-3
流刑　7, 180, 186
流行　148
リンゼイ、ジャーメイン　270
リンディスファーン　27
ルーカン卿とレディ・ルーカン　256, 256-7
ルゴボイ、アンドレイ　274
ルーズ、リチャード　93
レスター伯（ロバート・ダドリー）　112-3
連続殺人犯　222, 226, 228-30, 233, 236, 248, 248, 251, 257-9
牢獄船　221-2, 222-3
ロシア、スパイ　273
ロバート・ザ・ブルース（ロバート１世）　54
ロビンソン、イザベラ・ハミルトンとヘンリー　216-9
ロフティ、マーガレット　244
ローマ時代の貨幣　21
ローマ人　8-25
ロヨーケネット、イングリッド　273
ロラード派　60-2, 60-1
ローリー、ウォルター（卿）　128-30, 128-9
ローレンス、スティーヴン　268
ローレンス、ドリーン　268
ロンディニウム・アウグスタ　10
ロンドン大疫病（1665年）　147, 148-9
ロンドン大火（1666年）　122, 149-53, 150-1
ロンドン塔　36, 37, 65, 100, 106, 252
ロンドン塔の王子たち　68
ロンドン同時爆破テロ（7・7）（2005年）　270, 271
ロンドン・ネクロポリス・カンパニー（LNC）　217
ロンドン橋　14, 16-17, 28, 70

ワ

ワイアット、トマス（卿）　98, 99-101
ワイルド、オスカー　230, 231
ワイルド、ジョナサン　176, 176-7, 178
ワインハウス、エイミー　255, 255
ワーズリー、リチャード（卿）　197-9
ワーズリー、レディ・シーモア　197-9, 198

図版出典

Alamy: 7 (Everett Collection), 15 (Robert Stainforth), 20 (Homer Sykes), 26 (De Luan), 30 (CPC Collection), 34 (National Geographic), 45 (Timewatch Images), 52 (2d Alan King), 60 (Classic Image), 64 (Classic Image), 74 (Lebrecht), 76 (Classic Stock), 77 (Timewatch Images), 78 (Prisma Archivo), 80 (GL Archive), 90 (Lebrecht), 91 (GL Archive), 94上 (Timewatch Images), 94左 (Classic Image), 96/97 (Steve Vidler), 100 (19th Era), 101 (Interfoto), 105 (SOTK2011), 110 (Timewatch Images), 111 (Hilary Morgan), 116 (GL Archive), 117 (Photo Researchers), 118 (Peter Horree), 120 (Martin Bache), 125 (Reflex Picture Library), 126 (Walker Art Library), 132 (19th Era), 141 (Old Paper Studios), 147 (19th era), 152 (GL Archive), 153 (Pictorial Press), 159 (Archive Photos), 160 (Artokoloro Quint Lox), 162 (Lebrecht), 164 (GL Archive), 170/171 (GL Archive), 172/173 (Pictorial Press), 177 (Artokoloro Quint Lox), 181 (Prisma Archivo), 187 (Artokoloro Quint Lox), 189 (Falkensteinfoto), 194 (Antiqua Print Library), 198 (Colombe de Meurin), 220 (Artokoloro Quint Lox), 226 (Lordprice Collection), 243 (Hilary Morgan), 244 (John Frost Newspapers), 251 (Everett Collection), 255 (Julio Etchart), 258 (Mirrorpix), 269 (Mirrorpix); **Alamy/Chronicle:** 2, 11, 31, 46, 63, 82, 89, 102/103, 128, 130, 133, 144, 150/151, 167, 174, 176, 185, 200, 218, 232; **Alamy/Mary Evans Picture Library:** 10, 41, 67, 84, 86, 124, 135, 140, 168, 191, 193, 204, 207, 208, 216, 222/223, 227; **Alamy/Granger Collection:** 4, 21, 38, 48/49, 98, 156, 231; **Alamy/Heritage Images:** 12, 16/17, 23, 55, 165, 166, 195; **Alamy/North Wind Picture Archive:** 40, 81左, 129, 143, 145; Alamy/World History Archive: 22, 51, 54, 56, 88, 138/139, 183; Dreamstime: 14 (Claudiodivizia), 24 (Cogent), 29 (Tony Baggett), 37 (Tony Baggett), 212 (Dimitry Naumov); **Mary Evans Picture Library:** 59 (Interfoto/Sammlung Rauch), 73 (Illustrated London News), 205 (Metropolitan Police Authority), 225; Getty Images: 32 (Corbis), 66 (Universal Images Group), 122 (Universal Images Group), 134 (Corbis), 136 (Time Life), 155 Corbis), 202 (Corbis), 214/215 (Heritage Images), 217 (SSPL), 238 (Corbis), 240 (Universal Images Group), 248 (Bettmann), 249 (Popperfoto), 257 (Bettmann), 259 (AFP), 261 (Popperfoto), 267 (Dan Kitwood), 268, 271上 (AFP), 271左 (Gareth Cattermole), 272 (Matthew Lloyd), 273 (Natasja Weitz); **Getty Images/ Hulton:** 5, 8, 18, 27, 42, 57, 61, 65, 68, 71, 114, 158, 178, 190, 209, 210/211, 235, 250, 253, 256, 260, 265; **Library of Congress:** 242; **Photos.com:** 108/109; **Press Association:** 263 (Tim Ockenden); **U. S. Department of Defense:** 246, 247

◆著者略歴◆

ジョン・D・ライト（John D. Wright）

イングランド在住のアメリカ人ライター・編集者。ロンドンでタイム誌およびピープル誌の記者として、政治と犯罪などを扱っている。著書には、『The Oxford Dictionary of Civil War Quotations（オックスフォード南北戦争引用句辞典）』、『The Routledge Encyclopedia of Civil War Era Biographies（ラウトレッジ南北戦争期伝記事典）』など、数々の歴史書があるほか、『Crime Investigation（犯罪捜査）』、『Unsolved Crimes（未解決事件）』などの著書もある。テキサス大学にてコミュニケーションの博士号を取得し、3つの大学で文章力養成講座をもっている。

◆訳者略歴◆

井上廣美（いのうえ・ひろみ）

翻訳家。名古屋大学文学部卒業。おもな訳書に、ハービー・J・S・ウィザーズ『世界の刀剣歴史図鑑』、ビル・プライス『図説世界史を変えた50の食物』（以上、原書房）、マーク・マゾワー『バルカン――「ヨーロッパの火薬庫」の歴史』（中公新書）、ロン・チャーナウ『アレグザンダー・ハミルトン伝』（日経BP社）などがある。

BLOODY HISTORY OF LONDON
by John D. Wright
Copyright © 2017 Amber Books Ltd, London
Copyright in the Japanese translation © 2018 Harashobo
This translation of Bloody History of London first published in 2018 is published
by arrangements with Amber Books Ltd.
through Tuttle-Mori Agency, Inc., Tokyo

図説
呪われたロンドンの歴史

●

2018年2月10日 第1刷

著者………ジョン・D・ライト
訳者………井上廣美
装幀………川島進デザイン室
本文組版・印刷………株式会社ディグ
カバー印刷………株式会社明光社
製本………小高製本工業株式会社

発行者………成瀬雅人
発行所………株式会社原書房
〒160-0022 東京都新宿区新宿1-25-13
電話・代表 03(3354)0685
http://www.harashobo.co.jp
振替・00150-6-151594
ISBN978-4-562-05470-1

©Harashobo 2018, Printed in Japan